EPISODE Ⅵ

미몽

오철환 소설집 迷夢

화니콤

ⓒ 오철환 소설집 미몽, 2022

차 례

- 4 첫번째 이야기_달구벌 무간도
- 33 두번째 이야기_개들의 행진
- 54 세번째 이야기_이여인을 돌로 쳐라
- 73 네번째 이야기_딜리이트
- 83 다섯번째 이야기_존엄의 굴레
- 103 어섯번째 이야기_시나브로
- 125 일곱번째 이야기_바벨탑
- 142 여덟번째 이야기_남자의 마음은 갈대
- 154 아홉번째 이야기_불꽃
- 174 열번째 이야기_迷夢 1 비극의 전주곡
- 190 열한번째 이야기_迷夢 2 화성살인사건
- 210 에필로그_소설의 첫걸음

달구벌 무간도

#1
정치는 만남과 소통을 전제로 한 합의도출 과정이다. 그 과정에서 한 정치인이 성장하게 되면 독자적인 이너서클이 형성되기도 한다. '인왕산포럼'도 일종의 이너서클인 셈이다. 인왕산포럼은 이성만의 '씽크탱크'이자 후원조직이다. 이성만이 정치 거물로 성장하면서 그 핵심 멤버 다섯 명은 '인왕산 호랑이 오인방'이라는 이름으로 인구에 회자되고 있었다. 약칭 '호인방'이라 했다. 좌장 이병출은 서울대학교 공과대학을 수석 졸업한 수재다. 그는 졸업 후, 정보통신사업에 투신하여 큰돈을 벌었다. 요컨대, 그는 자수성가한 머리 좋은 기업인이다. '인왕산포럼'이 이성만을 후원하는 역학관계를 감안하면 이 회장은 이성만의 후견인 격이라 할만하다. 천하의 이성만이 그 의견을 무시하기 힘든 사람들 중 첫 번째가 바로 이 회장이다. 국회의원을 중도에 사퇴하고 서울시장에 출마할 때, 그가 극력 반대하는 바람에 이성만은 진땀을 흘렸다. 서울시장을 그만두고 국회의원으로 돌아가는 일도 이병출이란 큰 산을 넘어야 한다. 만약 그의 말을 듣고 국회의원을 계속했다면, 지금 가장 유력한 잠룡으로 인정받고 있을 가능성이 높다. 사실, 서울시장을 한 덕분에 인지도가 더 높아진 건 맞겠지만, 대권 차원에서 보면 득보다 실이 더 많을 수 있다. 이 회장은 이성만이란 아바타를 통해 현실 정치에 간접적으로 참여함으로써 자신의 신념을 구현하고자 했다. 올해 고희를 맞았다.

신현호는 경제학 교수 출신 전직 장관으로 써클 서열 2위다. 경제에 관해서만은 남에게 첫 번째 자리를 양보하기 싫어할 만큼 경제통임을 자부한다. 예순여섯이다. 김수성은 정치학 교수로 흔히 폴리페서라 불리는 부류의 현실 참여형 지식인으로 써클 서열 3위다. 그는 현실 정치판에 관심이 많고, 호시탐탐 기회를 노리는 예비정치인이다. 예순셋이다. 박대준은 신문기자 출신으로 현실 정치 감각이 뛰어난 기획사 대표로 써클 서열 4위다. 선거에 돌입하면 그가 실질적으로 총대를 메고 전투를 지휘한다. 예순이다. 마지막으로 배공심은 운동권 후배로 '호인방'의 막내이자 총무다. 그는 재선 서울시의원 출신으로 국회의원에 도전하였다가 낙선하는 바람에 백수가 된 인물이다. 정치평론가로 종편에 출연하여 주가를 높이는 중이다. 배공삼은 고교와 대학 그리고 운동권까지 같이 한 이성만의 직계 후배다. 가족 같은 끈끈한 유대감을 공유하고 있다. 쉰아홉이다. 국회의원과 서울시장을 거치면서 이성만의 도움을 받은 사람들이 주변에 널려있어 여차하면 달려올 우군들이 꽤 많을 것이다. 물론 인과론적 착각일 수 있다.

총선을 일 년 정도 앞두고 '호인방'이 한 자리에 모였다. 서울시장 삼선을 포기한 이후, 이성만은 주로 '인왕산포럼' 사무실을 그 아지트로 활용해왔지만 뭔지 모르게 2% 부족한 느낌을 받았다. 그건 비단 이성만만의 느낌은 아니었던 모양이다. 누가 먼저랄 것도 없이 다른 대안을 찾아내었다. 중국음식점이 그것이다. 여섯 명이 오랜 시간 토론하기엔 중국음식점 만한 곳도 드물었다. 토론하다가 배가 고프면 요리를 시켜먹었고, 브레이크 타임 땐 술을 마시며 분위기를 식혔다. 덤으로 포커도 쳤다. 이성만과 '호인방'은 원탁이 있는 밀폐된 방과 맛있는 요리가 구비된 식당이라면 아무도 장소 문제에 이의를 달지 않았다. 장소는 대부분 배 총무가 일방적으로 잡았지만 아직 불평하는 사람은 없다. 배 총무가 두 가지 조건을 두루 갖춘 곳을 잘 찾아낸 덕분이다. 어떤 모임이든지 요리만 만족스러우면 큰 불평이 없다. 만난다는 명분 그 자체가 중요한 모임이라면 음식 맛은 모임의 성패에 결정적이다. 음식만 맛있어도 괜히 왔다는 느낌은 들지 않는다. 뿌듯한 포만감이 부정적 마음을 보담아 주는지도 모른다. 토요일 오찬이었지만 멤버들이 한명도 빠짐없이 참석했다. 나이가 들면서 추위를 많이 타는 까닭인지 약속이나 한 듯 모두 짙은 색 롱패딩을 입고서 모자와 장갑에다 마스크까지 착용하고 나타났다. 미세먼지가 무섭긴 하다. 다들 악수를 하며 웃어 제꼈다. 무엇이 그렇게 우스운 것인지 잘 알 수 없었지만 여섯 명이 활짝 웃으며 무탈함을 확인했다. 어쨌든 웃는 얼굴도 전염성이 있고, 시너지마저 발생하는 모양이다.

사실, 대선 준비 차 총선으로 갈아타기 위해 시장 3선 도전을 포기한 이래로 세월이 갈수록 등등한 기세가 꺾였다. 3선 불출마 결정에 대한 미련이 전의를 좀먹었다. 필요할 때 언제든지 달려올 것 같았던 사람들이 가시권 밖으로 하나 둘 떨어져나갔다. 욕먹을 각오를 하면서 남들이 임기 중간에 시장 직을 사직하고 바로 국회의원 선거에 출마하는 이유를 절감했다. 정치인이 2년씩이나 공백을 갖는다는 것은 치명적이다. 그건 겪어보지 않으면 알기 어렵다. 정치인은 가끔 얼굴에 철판을 깔아야 한다는 지인의 푸념이 맞는지도 모른다. 정치윤리를 따지기보다 실리를 취하여야 하는 정치 현실이 피부에 와 닿는다. 중도 사퇴에 대한 비난을 피하기 위해 불출마 선언을 한 것이 순진한 실책인가.

다른 분야로 진로를 바꾸는데 드는 낭비와 비용은 민주주의를 꽃 피우기 위하여 불가피하게 치러야 할 대가다. 지방선거 선출직은 계속 지방선거에만 나오고, 국회의원은 계속 총선에만 출마하라는 취지가 아니라면, 임기도중 사퇴하고 노선을 전환할 수 있는 선택의 자유를 인정해야 한다. 보궐선거 비용이 낭비라는 여론이 확고하다면, 이런 경우에 한하여 임기까지 보궐선거를 하지 않는 예외를 두면 될 일이다. 부단체장이 권한대행을 할 수도 있고, 의원 정수를 안 채우면 큰일 나는 것도 아니다. 중도 사직에 대한 비난을 이성적으로 따져볼 가치가 있다.

다들 먹는데 집중했다. 아침을 거른 탓이다. 기획사를 경영하는 박대준을 제외하면 모두 아침 식사를 따로 하지 않았다. 간헐적 단식이 건강에 좋다는 내용이 텔레비전 특집으로 보도된 후 새로이 나타난 변화다. 늙으면 귀가 얇아지는 법이다. 그게 건강에 관한 것이면 더 심하다. 박대준 사장만 먹는 낙을 양보할 수 없다며 하루 세끼를 고수하고 있다. 해파리냉채, 전가복을 차례로 먹었다. 깐풍기 접시를 거의 다 비울 때쯤, 먹는 속도가 눈에 띄게 떨어졌다. 눈치를 살피던 이 회장이 젓가락을 내려놓고 허리를 곧추 세우고 입을 열었다.

이성만 시장이 내년 총선에 출마하는 일에 대해선 다들 잘 아실 거고, 그러면 어디에서 출마하느냐 하는 것이 오늘의 어젠다입니다. 이에 대한 의견이 있으면 기탄없이 말해 주세요. 시간이 걸리더라도 모든 사람들의 의견을 다 들어볼 생각입니다. 시계방향으로 돌아가면서 고견을 말해주세요. 그럼, 생각을 정리할 시간을 주기 위해서 저부터 먼저 의견을 내겠습니다.

대안은 두 가지인 것 같습니다. 우선, 서울에서 출마하는 안이 하나 있습니다. 구체적으로 예전의 선거구에서 출마할 수 있겠지만, 그 지역에는 우리 측 사람인 김태용 의원이 뿌리를 내리고 있는 관계로 조금 곤란한 점이 있습니다. 시장을 했으니 서울시 어디라도 출마 가능하고, 또 당선가능성도 크다고 봅니다. 서울에서 출마해야 한다면, 서울의 어디에서 출마해야하느냐, 하는 문제가 여전히 남습니다. 그 부분에 대해 좋은 의견이 있으시면 말해주십시오.

또 다른 하나의 대안은 고향인 달구벌에서 출마하는 방안입니다. 고향이기 때문에 명분이 충분하고, 대선을 생각한다면 외연을 확장할 수 있는 이점이 있습니다. 달구벌로 간다면 구체적으로 어느 선거구로 가는 것이 유리한지, 그 점에 대해서도 각자의 의견을 말해주시기 바랍니다.

　개인적으로 저는 고향 달구벌 수창구로 내려가는 대안에 한 표 던집니다. 총선만의 문제가 아니라 대선까지 길게 봐야 할 것이기 때문입니다. 서울 출신 국회의원이 대선에 출마하면 서울에서 몰표를 받을 수 없지만, 지방 출신 국회의원이 대선에 출마하면 그 지방의 몰표를 이끌어 낼 수 있다는 실리적 사정을 감안하지 않을 수 없습니다. 달구벌은 우리 당 텃밭이기 때문에 당선가능성이 높은 관계로 공천경쟁이 치열한 것이 난점이긴 합니다. 마침 당협위원장이 비어 있는 지역구가 있습니다. 물론 그 지역에 진보당 후보예정자가 버겁기는 합니다. 진보당 김규를 극복한다면 대선이 한층 더 수월해진다는 이점을 감안해야 합니다.

　이 회장이 말문을 터놓자 의견이 봇물 터지듯 쏟아졌다. 다섯 사람이 서울과 달구벌, 2대3으로 의견이 갈렸다. 김 교수, 박 사장이 서울 종로를 주장했고, 이 회장, 신 교수, 배 총무가 달구벌을 주장했다. 당사자인 이성만이 키를 쥐게 된 상황이 만들어졌다. 이성만이 달구벌 쪽을 선택하면 당연히 결론은 달구벌이다. 이성만이 서울을 선택하면 양쪽이 동수일 것이나 본인의 의견을 존중한다는 차원에서 결론은 서울이 된다. 결국 본인의 일은 본인이 결정하게 된 형국이다.

　고향 '달구벌 수창구' 쪽 주장은 대략 이런 맥락이다. 이 시장이 고등학교를 졸업한지 근 50년이 지났다. 거의 반세기 만의 귀향인 셈이다. 굳이 말하자면 미완의 금의환향이다. 대권을 향한 포석이다. 고향에서 바람을 일으켜 수도권으로 몰고 가는 것이 기본 전략이다. 고향은 인간에게 정말 특별한 곳이다. 수구초심이라는 말도 있듯이 고향은 엄마 품같이 포근하다. 파락호가 되어 고향을 찾아도 아무런 불평 없이 보담아 주는 곳이 고향이다. 그것은 이해관계를 떠나 원초적인 현상이다. 이런 경향은 정체되어 있는 시골 지역으로 갈수록 더 잘 나타난다. 달구벌 지역은 대도시라 하더라도 이동성이 떨어지고 보수적인 곳이라 고향사랑은 유별나다. 이런 지역일수록 결집력이 강하고 강력한 지지세를 얻어

바람을 일으킬 가능성이 크다. 영남지역의 인구비율이 전인구의 약 30퍼센트에 육박하고, 수도권에도 영남에 뿌리를 둔 사람들이 상당하다는 점을 감안하면 대선에서 영남의 중요성은 절대적이다. 이는 우리나라 대선 역사에서도 잘 나타난다. 영남 주자라야 승리한다는 것은 진보당에서도 불문율처럼 되어있다. 이 시장은 영남지역 출신이라 천만다행이다. 대선에서 유리한 조건을 태생적으로 갖춘 셈이다. 이 유리한 조건을 최대한 활용하려면 반드시 달구벌에서 출마해야 한다. 서울시장을 하면서 지방민에게 욕먹은 게 있다면 이 기회에 완전히 풀어야 한다. 총선과 대선은 별개가 아니다. 같은 선상의 목표로 보고 함께 공략해야 한다. 이 시장이 국회의원 한 번 더 히려고 이렇게 모여 있는 것은 아니다. 국회의원 한 번 더 하는 것이 목표가 되어서는 결코 안 된다. 길게 보고 가야 한다. 달구벌로 가는 길이 정답이다. 달구벌에 진보당 거물이 있다면 금상첨화다. 달구벌에서 진보당 김규를 꺾으면 이 시장은 바로 유력한 대선주자로 뜨게 된다. 어차피 싸울 거면 센 놈하고 붙어 이겨야 한다.

반면, 서울에서 출마해야 한다는 주장은 대략 이러한 논리다. 이 시장이 나고 자란 곳은 비록 달구벌이지만 정치적 기반은 수도권이다. 수도권에서 승부수를 던지는 것이 유리하다. 대권 도전에 앞서 국회로 진입해야 탄력이 붙는다. 국회에 베이스캠프를 치고 우리당의 국회의원들을 장악하는 것이 급선무다. 각 지역의 국회의원을 지방 거점으로 삼아 그 지역의 오피니언 리더 격인 지방의원들을 포섭하는 것이 그 다음 순서다. 지방의원을 잡아야 책임당원의 지지를 순차적으로 이끌어낼 수 있다. 그래야만 우리당의 대권주자로 선출 가능하다. 여론조사 지지율을 올리고 대선에서 승리하는 것은 그 후의 일이다. 총선과 대선은 그 성질이 확연히 다르다. 300명을 뽑는 것과 단 1명을 뽑는 것이 같을 수 없다. 총선과 대선의 전략이 달라야 하는 이유다. 목표를 2단계로 나누어 국회의원 당선을 1차 목표, 대통령 당선을 2차 목표로 설정하고 우선 1차 목표 달성에 매진해야 한다. 일단, 2차 목표는 제껴두고 1차 목표만 생각하자. 지금은 국회의원 당선이란 목표만 생각하자. 그렇다면 이 시장이 총선을 어디에서 출마해야 하는지는 명확하다. 국회의원과 시장을 역임한 수도권이 정답이다. 이 시장의 정치적 고향은 수도권이다. 살아도 여기서 살고, 죽어도 여기서 죽어야 한다. 국회의원 하나만 본다면 현실적으로 수도권에서 출마하는 것이 당선 확률이 더 높다. 우리당 텃밭인 달구벌로 가는 길이 꽃길일 수 있다. 진보당 예상후보자가 김규라는 점에 주목해야 한다. 김규는 지난 총선에서 우리당 중진 이만석 의원을 상대로 선전을 펼쳤던 진보당 거물이다. 달구벌로 가는 길은 꽃길이 아닐 수 있다. 그 길이 죽는 길일 수 있다. 대중에게 석패에 대한 보상심리가 있다. 선거에서 가장 무서운 것은 동정 여론이란 점을 명심해야 한다. 동정 여론은 김규 편이다. 그 길이 꽃길도 아닌데, 꽃길이라는 비아냥을 들으면서 굳이 달구벌로 갈 이유가 없다. 거기서 진다면 이 시장은 끝이다. 이 시장이 평소 고향에 정을 낸 적도 별로 없는 것 같다. 고향에 대한 낭만적이고 감상적인 기대는 금물이다. 경쟁자 김규의 고향도 달구벌이다. 적장과 차별성이 전혀 없다. 이번에 다시 국회에 입성하면 그때 고향에 구애해도 늦지 않다. 1차 목표를 달성한 연후에 2차 목표를 추구하는 것이 효율적이다.

　이성만은 '호인방' 다섯 호랑이의 포효에 귀를 쫑긋 세웠다. 한마디 한마디가 다 피가 되고 살이 되는 보약과 같은 말이었다. 이성만은 마침표를 찍어야 할 때가 왔다고 생각했다.

　훌륭한 멘토들이 있어서 행복합니다. 저는 정말 복 받은 사람입니다. 여러분의 고견을 잘 들었습니다. 저는 달구벌에 한 표를 던지고 싶습니다. 그렇지만 서울이란 둥지를 결코 떠나지 않겠습니다. 어려운 시점에 고향에서 힘을 받고 싶을 뿐입니다. 지금은 제 인생에서 가장 중요한 고비이자 기회인 것 같습니다. 고향사람들의 격려와 지지가 절실합니다. 그동안 고향에 소원했던 점도 이번 기회에 만회하고 싶고요. 큰 목표를 향한 외연 확장과 당선가능성은 후순위로 두렵합니다. 가장 센 경쟁상대와 맞붙는 것이 가장 이윤이 많이 남는 거래라는 말에 전적으로 동의합니다. 그런 면에서 본다면 진보당 김규와 싸우는 것은 내가 오히려 손해 보는 게임이라는 생각도 듭니다. 진보당 김규도 나와 같이 생각한다면 재미있는 한 판 승부가 될 것입니다. 김규를 희생양 삼아 큰 꿈을 성취하고 싶은 오만한 마음을 여러분에게 굳이 숨기고 싶진 않습니다. 대선이 얼마 남지 않았습니다. 총선과 대선은 한 몸으로 봐야 합니다. 총선은 대선의 출발점입니다. 대선 전초전을 영남권 총선으로 생각하고 달구벌로 갈 생각입니다. 김 교수님과 박 사장님, 두 분과 의견이 일치하지 않은 점은 유감입니다. 최종 목표가 같은 점을 감안해서 조그만 차이점은 극복해 나갑시다. 우린 같은 배를 탔습니다. 우린 이제 공동운명체입니다. 곧 물이 들어옵니다. 물 들어올 때 힘을 모아 노를 저읍시다. 여러분을 결코 실망시켜드리지 않겠습니다. 필승을 위해 힘을 보태주십시오.

이성만이 똑 부러지게 결론을 내버리자, 다들 박수를 치며 환호했다. 달구벌로 가야한다고 주장했던 멤버들, 이 회장과 신 교수 그리고 배 총무는 눈물까지 글썽이며 좋아했다. 서울에 남아야 한다고 주장했던 멤버들, 김 교수와 박 사장은 조금 떨떠름한 표정을 짓긴 했지만, 곧 얼굴을 풀고 깨끗이 승복했다. 이 회장은 필승을 위해 건배하자며 술잔을 높이 쳐들었다. 그날, 점심 식사는 저녁까지 이어졌다.

#2
벼슬을 내려놓고 '백수환향' 한 탓인지 생각보다 달구벌 분위기가 썰렁했다. 서울에서 내려올 때부터 언론의 거부반응이 심했다. 꽃가마 타러 왔다는 언론의 비아냥이 이어졌다. 여론이 생각보다 좋진 않았지만 그렇다고 크게 나쁘진 않았다. 여론조사 전문가들은 박빙의 승부를 예측했다. 우리당의 숨은 표를 감안하면 이성만이 유리하다는 관측도 있었다. 이성만은 달구벌에 거주하는 일가친지와 지인들을 만나 자신의 뜻을 전했다. 잘 왔다는 사람들도 있었지만 걱정 반 비난 반이었다. 왜 왔느냐는 사람들이 의외로 많았다. 그를 진심으로 아끼는 몇몇 친구들은 달구벌 분위기가 심상찮다며 다시 서울로 돌아가라고 충고했다. 유력한 지역신문 정치부 기자의 비판은 신랄했다.

이성만이 서울 사람이지, 어떻게 달구벌 사람입니까? 달구벌을 위해 한 게 뭐가 있는데요? 서울시장 하면서 달구벌 작살 내놓더니, 왜 달구벌로 왔나요? 본인 출세를 위해서겠지요, 달구벌을 위해서 왔을 리 없잖아요. 서울 사람은 그냥 서울에서 노세요. 고향을 지키고 고향을 위해 일하지는 못해도, 적어도 진정성 있는 애향심은 보여줬어야 되는 것 아닌가요. 서울로 공부하러 간 것까진 좋아요. 명절 때라도 가끔 고향에 와서 얼굴이나 내밀어야지요. 잘 나갈 땐 생 까고 있다가 이제 와서 국회의원 하겠다고, 대통령 하겠다고, 여기 와서 표 달라고 손 벌리면, 누가 표를 줄 것 같아요. 동창회 체육대회라도 한번 온 적이 있으면 말도 안 해요. 달구벌 사람들 머저리 촌놈이지만, 그래도 알 건 다 안답니다. 이성만, 똑똑하고 청렴한 사람일지 모르겠지만 싸가지가 없어요. 제 잘난 맛에 사는 그런 속물일 뿐이지요. 좋은 머리, 자기 출세를 위해 썼지, 남들을 위해 썼나요. 봉사도 한 건 인정하지만, 그 봉사도 출세를 위한 도구로 가식적인 행동이겠지요. 청렴, 개뿔! 진짜 청렴한 사람은 그런 당연한 일로 자랑하지 않아요. 청렴도 출세를 위한 수단이자 브랜드일 뿐이겠지요. 남 앞에 나서려면 먼저 인간이 되어야 합니다. '수신제가 치국평천하' 라 안 합니까. 공직자가 성인일 필요는 없겠지만, 기본은 갖추고 있어야지요. 물론 이성만 시장도 평균치를 넘는 정치인인 것은 인정합니다. 진보당 김규에 비하면 진정성과 정당성이 부족합니다. 달구벌에 내려올 때, 김규는 험지인 달구벌에서 지역 구도를 깨고 정치적 다양성을 성취하겠다는 확고한 명분이 있었어요. 떨어질 각오를 하고 내려온 겁니다. 그 진정성이 피부에 와 닿았어요. 이성만은 오히려 그런 정당한 명분을 깨려고 온 꼴입니다. 언론의 비판은 이 지점에서 출발하

는 겁니다.

 후배 정치부 기자의 비판이 폐부를 찔렀다. 시원하게 반박할 논리가 생각나지 않았다. 서울로 돌아가고 싶은 마음이 절로 일었다. 존경하는 집안 어른의 간절한 눈동자를 보면서 달구벌 출마 결정을 철회하고 싶었다. 벌써 주사위는 던져졌다. 현실은 이미 번복할 수 없을 정도로 굳어졌다. 아파트를 사서 달구벌로 이사를 했을 뿐만 아니라 달구벌 수창구 조직위원장으로 공식 지명되었다. 빼도 박도 못하는 처지였다.
 이성만은 부정적인 여론을 깨려고 될 수 있는 대로 많은 사람을 만나 소통하고자 노력했다. 일가친지, 친구, 동문, 시의원, 구의원, 운영위원, 책임당원, 관변단체 간부, 통장 등 지역의 오피니언 리더들을 만나서 달구벌로 온 당위성을 설명했다. 만나야 할 사람은 많고, 일손과 시간이 절대적으로 부족했다. 솔직히, 자금이 가장 부족했다. 현직 국회의원이 아니다 보니 세비는 말할 것도 없고, 후원금을 받을 수도 없었다. 사무실을 얻어야 했고, 사무국장, 여성부장, 경리, 수행비서 겸 운전기사 등의 지원 인력이 필요했다. 다 돈이 들어가는 일이다. 평생 돈에 대해 아무런 욕심 없이 살아온 이성만으로서 당혹스러운 상황이다. 이 회장에게 지원을 요청했다. 이 회장은 그런 걱정 하지 말고 부지런히 바닥이나 훑고 다니라는 당부했다. 주말에 달구벌로 내려가 바로 조치하겠다고 약속했다. 속 시원한 답변에 이성만은 눈이 번쩍 떠지는 듯했다. 힘이 솟았다. 주먹을 불끈 쥐고 마음으로 파이팅을 다짐했다.

 돈은 참 묘한 힘이 있다. 통장에 돈이 많이 꽂히면, 기분이 날아갈 듯해지고 힘이 펄펄 솟아 무엇이든지 할 수 있다는, 긍정의 마음이 샘솟는다. 그건 고령의 어머니도 마찬가지인 모양이다. 어머니는 갈 곳도 없고 잘 드시지도 못해서 돈 쓸 데가 별로 없다. 그런데도 용돈을 받으면 무척이나 좋아하셨다. 남녀노소 할 것 없이 머리 달린 사람들은 모두 돈을 좋아하니, 돈은 무조건 많이 벌어야 하는 모양이다. 모아놓은 재산이 별로 없는 이성만은 괜한 자괴감이 들었다. 조금 쓸쓸하다. 국회의원 세 번과 서울시장 두 번을 역임했다는 이유로 돈이 넉넉할 거라고 다들 생각했다. 그랬으면 좋겠다. 아무리 청렴하다고 하더라도, 숨겨놓은 돈이 많을 것이라는 이야기를 들은 적 있다. 그 말을 전해준 친구에게 이성만이 한마디 해주었다. 제발 숨겨놓은 돈 좀 찾아달라고. 헛웃음이 났다. 이성만은 모아둔 돈이 정말 없다. 33평형 서민 아파트 한 채가 전부다. 돌이켜 생각해보니 이성만은 돈 벌 생각을 아예 안 한 것 같다. 남들이 부동산 사두라고 할 때, 돈도 없었거니와 그렇게 해서 돈 벌 생각이 별로 없었다. 투기해서 벌려고 작정했으면 땡빚을 내서라도 했을 수는 있다. 5년 마다 새 아파트로 이사 다니라는 동생의 충고도 무시한 이성만이다. 돈이 붙지 않는 사정은 어쩌면 당연하다. '선출직 공무원 해서 돈 벌기'는 '낙타가 바늘구멍 지나가기' 보다 더 어렵다. 선출직 공무원은, 단체장이든 의원이든, 봉사를 하는 직업으로 돈을 쓰는 게 통상이다. 선출직 공무원이 받는 세비나 봉급은 거의 실비 수준이다. 차기를 준비하면서 의욕적으로 부드럽게 업무를 수행하려면 제 돈이 더 붙어나가는 게 정상이다. 선출직 공무원이 되고자 하는 사람은 돈부터 충분히 벌어 놓아야 처자식 고생 덜 시킨다. 공직에 들어와서 돈을 벌려고 재주를 부리다간 언젠가 스포트라이트 받으며 검찰청 포토라인에 서기 십상이다. 이성만은 청렴하려고 노력한 게 아니고 법대로, 규정대로 살다보니 결과적으로 청렴하게 된 것이다. 청렴이란 브랜드로 인해 생활의 불편을 감수해야 하는 가족들에게 살짝 미안해하지 않으면 싸가지가 없다고 욕먹을 것이다.

#3
우리당 달구벌 수창구 당원협의회 운영위원회가 열렸다. 당원협의회 운영위원회는 당원협의회의 최고의사결정기구로 당연직인 시의원 2명과 구의원 9명, 다섯 개 지역의 지역위원 5명, 당협위원장이 지명한 위원 5명 그리고 당원수에 따라 추가 배정된 위원 5명, 총 26명으로 구성돼 있다. 연령별로는 50대 2명, 60대 18명, 70대 6명이고, 성별로는 남성 20명, 여성 6명이다. 청년과 여성이 부족한 감이 들었다. 한 명도 빠짐없이 전부 출석한 걸 보면 열의는 다소 있어 보였다. 이성만은 돌아가면서 자기소개와 하고 싶은 이야기를 해보라고 했다. 자기소개는 부실하기 그지없었다. 성명과 현재 하고 있는 일을 간단히 언급하는 정도였다. 이성만 위원장을 환영하고, 모두 함께 열심히 해서 다음 총선에서 필승하자는 요지가 모든 사람이 한 얘기의 전부였다. 이성만은 깜짝 놀랐다. 당원협의회의 핵심이라는 사람들이 무기력하다 못해 한심하다고 여겨졌다. 현역 지방의원들만 남기고 전부 교체해야 할 것 같다. 지방의원들은 일단 총선부터 치르고, 다음 지방선거에서 전원 교체하는 것으로 일단 가닥을 잡았다. 이성만은 다소 굳은 표정으로 운영위원들에게 일장 훈시를 시작했다.
지금 우리지역에서 진보당 김규의 조직과 세력이 우리당을 능가합니다. 언론도 진보당 편입니다. 우리당 텃밭에서 이런 현상을 그대로 방치한다면 달구벌 전 지역이 위태로울 수 있습니다. 여러분의 책임이 막중합니다. 너나 할 것 없이 분발해야 합니다. 발이 닳도록 뛰어야 합니다. 우리당을 공격하는 말에 강력하게 대응해야 합니다. 이 지역에서 우리당이 말뚝만 꽂아도 되는 시대는 지났습니다. 총선이 얼마 남지 않았습니다. 진보당 김규는 지역주의 타파라는 명분을 걸고 우리 지역을 공략하고 있습니다. 제법 먹혀드는 분위깁니다. 언론과 방송이 일방적으로 저쪽 편을 들고 있습니다. 우리도 반격해야 합니다. 달구벌을 위해서는 지역구도 타파라는 단선적 사고에 갇혀있는 사람보다, 지역의 현안을 해결하고 글로벌 스탠더드를 이해하는 사람이 더 절실하다고 외쳐야 합니다. 어느 한 정당이 달구벌 의석을 독식했다고 달구벌 유권자의 신성한 선택을 폄하하는 것은 민주주의에 대한 심각한 도전입니다. 선거결과가 어떻게 나타나든 그것은 달구벌 시민의 자유로운 선택의 산물이고, 그 누구도 이를 비난할 수도 없으며, 또 비난해서도 안 됩니다. 선택은 각자의 몫이고, 한 표 한 표 신성하지 않은 것이 없기 때문입니다. 이 지역이 우리당 일색이어서 문제가 있는 것처럼 말하는 것은 옳지 않습니다. 단지 그것 때문에 경제가 어려운 것도 아니고, 단지 그것 때문에 달구벌 정치인이 동메달인 것은 더더욱 아닙니다. 달구벌 정치인이 동메달이라는 말은 달구벌 시민에 대한 묵과할 수 없는 모욕입니다. 지역구에 지나치게 얽매이지 않고 국정에 더 전념하는 알짜배기 의원들은 알고 보면 달구벌에 더 많습니다. 빛고을은 진보당 일색입니다. 빛고을이 그 때문에 발전하지 못했다는 근거는 전혀 없습니다. 달구벌에 진보당 국회의원이 몇 명 나와야 달구벌이 발전하고, 그게 민주주의의 증표인 것처럼 주장하는 것은 새빨간 거짓말입니다. 지역주의 타파만이 최고의 유일한 가치인 것처럼 말하는 것은 시민을 속이고자 하는 사술입니다. 지방의 어려움은 글로벌 현상입니다. 지방분권에서 그 답을 찾아야 합니다. 수도권일극주의를 타파해야 합니다. 지방분권만 성공적으로 실현하면 지방인구가 늘고, 지방경제도 살아날 겁니다. 지방분권을 실현하고 지방을 살릴 사람은 이성만입니다. 제가 해내겠습니다. 서울시장을 해본 이성만이 해내겠습니다. 범을 잡으려면 범굴에 들어가야 하고, '지피지기면 백전불태'라고 합니다. 범굴에서 시장을 한 이성만, 범의 생리를 제대로 잘 아는 사람입니다. 법을 잡고 지방을 살리겠습니다. 달구벌을 살리겠습니다. 우리 모두 똘똘 뭉쳐 달구벌을 살립시다.

이성만은 사자후를 토했다. 운영위원들이 기립하여 박수를 치며 환호했다. 연설에 감동한 것인지, 아니면 다른 각별한 이유가 있는 것인지, 모두들 이성만과 사진을 찍고자 줄을 섰다. 이성만은 팔이 아프도록 하트를 그렸다.

#4
달구벌에서 '호인방'이 모임을 가졌다. 장소는 달구벌에서 소문난 중화요리집인 '자금성'이다. '자금성' 2층은 크고 작은 다양한 객실이 구비되어 있어 회합하기 좋았다. 예약한 방은 붉은 카펫이 깔린 12인용 방이었다. 고급스럽게 만든 길쭉한 원목 식탁 위에 열한 개의 냅킨이 종이학처럼 맵시를 뽐내며 예약손님을 기다리고 있었다. 이성만을 포함해서 총원이 6명에 불과할 텐데 11명의 좌석이 세팅되어 있었다. 방으로 들어서자 배 총무가 구석에 앉아 있다가 이성만을 맞았다. 오래지 않아 네 명의 '호인방' 멤버가 동시에 방으로 들어왔다. 이성만이 예약 인원이 잘못된 거 아니냐고 묻자, 배 총무가 30분 후에 다섯 명이 더 올 거라고 해명했다. 달구벌에서 선거용으로 요긴하게 써먹을 사람들을 한번 모아 봤다며, 배 총무가 간략하게 그 내용을 브리핑했다.

시장님이 선거판에서 실무적으로 편하게 써먹을 수 있게 똘똘한 놈 다섯 명을 뽑아 '달구벌 오인방'을 만들어 봤습니다. 그냥 줄여서 '달인방'이라고 하겠습니다. 조금 있다가 보면 아시겠지만 선거판에서 유용하게 써먹을 만한 사람들로 엄선했습니다. 시장님은 그냥 적극 활용하시면 됩니다. 다른 건 이 회장님이 다 알아서 조치해 놨습니다. 부담감 전혀 갖지 말고 마음껏 시키시면 됩니다. 막말로 뒈지게 부려먹어도 된다는 뜻입니다. 뒷감당은 모두 '호인방'이 하겠습니다.

배 총무의 브리핑이 끝나자 나머지 멤버들이 활짝 웃으며 박수를 쳤다. 이성만은 '호인방'의 마음 씀씀이가 눈물이 핑 돌도록 고마웠다. 반드시 큰 뜻을 이루라는 채찍으로 알고 기대에 부응하는 정치인으로 거듭 나겠다고 말하며 고개를 숙였다.

이 시장, 이거 달구벌 오더니 살짝 외로운 모양이네. 그만한 일로 벌써 감동하면 안돼요. 앞으로 더 큰 이벤트를 준비하고 있는데, 마음 단단히 먹어야 될 거요. 우린 벌써 사무실 기타 등등 다 조치해놨어요. 이 시장은 그냥 여기저기 열심히 뛰어다니며 인사나 부지런히 하세요. 이 시장이야 선거의 베테랑이니 우린 큰 걱정 안 해도 잘 되겠지요. 아직 선거에서 패한 적이 없잖아요. 그래도 돌다리도 두드려보고 건너라고, 만사 조심하는 게 상책입니다. 멀리서 바람결에 들어도 진보당 김규가 만만한 상대가 아니라고 합다. 아무리 달구벌이 우리당 텃밭이라 하더라도 요즘 우리당 인기가 워낙 바닥이라 의외로 어려운 싸움이 될 수 있어요. 최선을 다합시다.

이 회장이 말문을 터자, 김 교수도 훈수를 뒀다. 로마에 가면 로마법을 따르라고, 달구벌은 서울하고 달리 보수적이고 정체된 곳인 만큼 이 지역 논리에 맞게 운동해야 할 겁니다. 이 지역 명망가를 가까이 두고 후광을 활용해야 할 뿐만 아니라 이 지역 토박이를 중용해야 할 겁니다. 선거판이 벌어지더라도 기존의 서울 캠프 사람들은 불가피한 경우를 제외하곤 절대 쓰지 말아야 해요. 지방 사람들은 서울 사람에 대해 콤플렉스이랄까, 억하심정이 좀 있어요. 달구벌 사람들은 배타적이고 자존심이 세며 아집이 강하다는 건 다 잘 알 겁니다. 유비무환, 단단히 준비해야 나중에 후회나 우환이 없지요. 이 모든 게 기우가 된다면 우리는 뒷방 늙은이가 돼도 좋습니다.

도사 앞에 요롱 흔드는 소리, 이제 그만합시다. 우리 일꾼들 올 시간입니다. 이 회장이 김 교수의 말을 막고 나섰다. 때를 맞추어 마치 밖에서 기다리고 있었다는 듯이 다섯 사람이 눈치를 살피며 방안으로 들어왔다. 나란히 서서 모두를 향해 인사를 하고 난 후, 일일이 악수를 하며 한 바퀴 돌았다. 자리에 앉자 돌아가며 각자 자기소개를 하였다. 리허설을 하였든지 일사불란한 느낌이 들었다. 이성만에게 인복이 있다는 덕담이 나왔다.

강완용은 58세로 달구벌에서 35년 동안 전기설비를 해온 전문건설업자로 자타 공인 마당발이다. 달구벌공고를 나와 가방끈은 비록 짧지만 대구에서 자수성가한 대표적 기업인이다. 인왕산 호랑이, '호인방'의 전화를 받고 난 후, 바로 상호 연락을 취하여 인근 휴양림에서 합숙훈련까지 했단다. 최고연장자로 회장이자 맏형이다. 정순자는 57세로 사무용 가구를 취급하는 대리점을 운영하고 있다. 비단 가구영업 뿐만 아니라 무엇이든지 파는 일엔 일가견이 있단다. 선거에서 표를 모으는 일도 영업과 비슷하다고 자신감을 나타냈다. 문재만은 55세의 전직 구의원 출신으로 지역에서 식당을 하고 있다. 조직 관리가 특기란다. 김좌익은 52세의 전직 신문기자로 광고기획사를 하고 있다. 언론기관과 여론조사기관 쪽에 발이 넓다. 이구는 48세로 보험 영업 맨 출신이다. 보험회사 퇴직 후, 공인중개사 자격증을 취득하여 부동산중개사무소를 운영하고 있다. 입소문을 내고 여론을 조성하는 일이 전공이다. 당협사무실을 얻는데 기여했다. 물론 수수료는 무료다.

비록 화려한 스펙은 아니지만 선거에 필요한 사람들임에는 틀림없어 보였다. 모두 박수를 치며 환영했다. 합숙훈련까지 했다니 오버하는 감이 있다. 강완용, 리더십과 추진력이 있어 선거판의 일꾼으론 제격인 것 같다. 체격도 듬직하다. 정 사장은 붙임성이 있어 보였고, 말도 나름 설득력 있게 잘 한다. 문재만, 우리당의 텃밭인 달구벌에서 무소속으로 구의원에 당선되었던 전력을 보면 개인기가 여간 아니다. 김좌익, 가방끈도 제일 길고 지역의 유력한 신문기자 출신이라 활용도가 제법 높을 듯하다. 이구, 다부지게 보이는 것이 여러 가지로 쓸모가 많을 듯하다. 열 길 물속은 알아도 한 길 사람 마음속은 모른다지만, 얼핏 보기에는 대체적으로 쓸 만한 사람들을 잘 구한 것 같다. 연령대는 확실히 좋다. 당협 운영위원들에 비하면 한참 윗길인 것 같다.

#5
우리당 달구벌시 당사는 달구벌시의 금싸라기 땅에 자리 잡고 있다. 우리당의 몇 안 되는 당 소유 건물이다. 그것만 보더라도 달구벌이 우리당의 심장이라는 점을 쉽게 알 수 있다. 우리당 달구벌시당사무소가 달구벌 수창구에 위치하고 있는 관계로 편리한 점이 많았다. 우리당 달구벌시당 위원장이 이성만에게 할 말이 있다고 만남을 요청했다. 그는 재선 국회의원으로 연배가 한참 낮은 후배 정치인이다. 우리당 달구벌시당에 들어가면 이성만은 당의 원로 취급을 받는다. 이성만이 당사 안으로 들어가자 모두 일어나서 깍듯이 인사를 했다. 위원장은 공천 후폭풍에 휩쓸려 마음고생이 심한 듯 퀭한 눈으로 이성만을 맞았다. 위원장은 이성만의 눈치를 잠시 살피다가 말문을 열었다.

외람됩니다만 많은 지역 유지들과 원로 선배님들께서 한 목소리로 걱정하며 하시는 말씀이라 선배님께 실례를 무릅쓰고 감히 전해드립니다. 선배님 당협 조직이 분열되어 내분이 극심하다는 얘기입니다. 기존 조직을 패싱하고, 선거를 치른 적도 없는 신참들을 중심으로 조직을 재편하는데 대한 우려가 큽니다. 이른바 '달인방'이라는 멤버들에 대한 개인적 비방이나 인신공격이 심각한 수준입니다. 개인적 연줄을 통해 알아본 결과, 달인방은 검증되지 않은 사람들 같습니다. 우리당에 가입한 지도 몇 달 되지 않을 뿐더러 진보당 당원이었다는 말도 있습니다. 전과자도 있고, 전반적으로 질이 좋지 않은 것으로 소문난 사람들입니다. 물론 성인군자가 선거판에선 무용지물일 수 있지만 그래도 기본은 되는 사람을 써야 표가 붙는 점도 사실입니다. 특히 우리 달구벌은 대도시이지만 이동이 심하지 않고 보수적인 지역이라 한 다리 건너면 다 아는 지역사회입니다. 선배님이 활동해 온 서울과는 판연히 다릅니다. 서울에서 달구벌처럼 선거운동해도 안 되겠지만, 달구벌에서 서울처럼 선거운동 해도 안 됩니다. 서울엔 서울의 문법이 있다면, 달구벌은 달구벌의 문법이 있습니다. 요즘 만나는 사람마다 대부분 이 시장님의 이야기를 합니다. 전부 잘못하고 있다는 비난입니다. 지금 조직이 비록 마음에 차지 않다고 하더라도 선거를 코앞에 두고 기존 조직을 내치고 조직을 재편할 필요가 있겠습니까. 적전 분열은 필패입니다. 선거를 치루고 나서 개편해도 늦지 않습니다. 왜 하필 지금, 전쟁 직전에 조직을 건드려서 분란을 일으켜야 합니까. 정 못 미더우시면 '달인방'을 비선조직으로 활용하시면 되지 않겠습니까. 안 그래도 공천 후유증으로 우리당의 인기가 급락하고 있는데, 선거 앞두고 굳이 긁어 부스럼을 만들 필요가 있습니까. 기존 조직은 그냥 두되, '달인방'을 비선조직으로 최대한 활용하는 타협안으로 가도록, 부디 재고해 주시지요. 달구벌에서 국회의원 한 석이라도 펑크 나면, 우리당 아성이 허물어지는 것은 시간문제입니다. 달구벌 수창구만의 문제가 결코 아닙니다. 달구벌은 모두 연계되어 있습니다. 달구벌은 모두 한 개의 선거구라 해도 과언이 아닙니다. 이번 총선에서 패하면 대선도 어렵습니다. 기분 나쁘게 듣지 마시고 정말 신중히 생각해주십시오. 오죽하면 하늘같은 대선배님에게 이런 무례한 이야기를 하겠습니까. 여기저기서 선배님에게 강력한 경고음을 울려줘야 한다고 목소리를 높이고 있습니다.

　위원장의 입에서 경고음이란 말까지 나오자 이성만은 더 이상 참지 못하고 자리를 박차고 일어났다.

　내 선거는 내 책임 하에 내가 알아서 할 것이니 걱정하지 마시오. 난 선거에서 떨어져 본적이 없는 사람이오. 우리당이 이긴 적이 없는 선거구에서 3번이나 내리 당선되었소. 남의 제사에 '감 놔라 배 놔라' 하지 말고 위원장 선거나 신경 쓰시오.
　이성만은 자존심이 무척 상해서 당사를 뛰쳐나왔다. 당사에 진을 치고 있던 많은 사람들이 구경거리가 생긴 듯 이성만을 힐끔힐끔 쳐다보며 웅성거렸다. 기자실에서 안면 있는 기자가 무슨 일인지 물으며 이성만을 따라붙었다. 이성만은 아무 일도 아니라며 손 사레를 치며 황급히 계단을 뛰어 내려갔다. 말이 나왔으니 말이지, 방금 위원장이 한 충고는 한두 번 들은 이야기가 아니다. 우리당 실세 국회의원, 이웃 동네 중진 국회의원, 달구벌시장, 수창구청장, 고교 동창회장 심지어 '호인방' 박대준 사장에 이르기까지 많은 사람들이 비슷한 충고를 해댔다. 그럴수록 기존 운영위원들이 더욱 비굴하고 한심해 보였다. 이성만은 자기의 고집이 결코 오기라고 생각하지 않았다. 자기가 보는 눈이 정확하다고 확신했다. 물론 콩깍지가 씌었을 수 있지만.
　문득, '호인방' 배 총무가 '달인방'에 대한 현지인들의 볼멘소리를 들었든지, 원죄에 대한 죄책감이 잠재하고 있었든지, 변명하듯 힘없이 중얼거리던 넋두리들이 불현 듯 떠올랐다.
　'달인방'은 서울 '호인방' 멤버가 알고 있던 사람들 중에서 직접 좋은 사람을 추천한 것이 아니고, 한 다리 건너서 추천받은 인물들을 검증도 제대로 안 해보고 바로 추천했답니다. 사실, 저도 달구벌을 떠난 지 오래 돼서 검증할 방법이 별로 없었고요. 이런 상황이 될 줄 정말 꿈에도 몰랐어요.
　그 순간, 가슴이 철렁 내려앉았다. 곧, 긍정적인 생각이 놀란 가슴을 어루만져 주긴 했지만 마음 한 구석에 불안한 앙금이 남아있었다. 누가 추천을 했든지 사람만 좋으면 그만이다. '달인방'은 입안의 혀처럼 놀았다. 남들한테 과거에 무슨 짓을 했든 현재 자기한테 충성하는 사람이 장땡이다. 지금 와서 원위치 시키기도 어렵다. 돌이키기엔 너무 멀리 왔다. 콩깍지가 씐 것인지, 코를 꿰인 것인지, 아무튼 이젠 갈 때까지 가보는 수밖에 없다. 온 몸이 찌뿌둥하고 머리가 아프다. 아무래도 사우나에

가서 좀 쉬어야 될 것 같다.

#6

이성만은 선거캠프를 '달인방'에게 공식적으로 맡기기로 최종 결심했다. 그들은 선거사무실을 임대하는 과정에서 탁월한 실력과 추진력을 확실히 보여주었다. 현수막 달기 좋은 곳이 선거사무실의 첫째 조건이라 할 수 있다. 그들이 얻은 선거사무실은 최고의 번화가에 위치한 현수막 달기 좋은 최신빌딩 3층 200평이었다. 사무실 공간 배치도 실내가 장방형으로 구획되어 있어 실효 면적이 넓은 특A급이었다. 사무용품 일체는 가구업을 하는 '달인방' 멤버인 정순자가 책임지고 들여놓았다. 이성만은 매우 만족해했다. 선거대책본부장에 강완용, 사무장에 문재만, 대변인에 김좌익, 여성위원장에 정순자, 청년위원장에 이구 등으로 내정했다. 광고와 홍보는 '호인방'의 박대준 사장에게 맡겼다. 선거조직 핵심 멤버를 공식 발표하자, 수창구 당협은 벌집 쑤셔놓은 꼴이었다. 달구벌시장과 수창구청장까지 직접 선거조직의 문제점을 강한 톤으로 지적해왔다. 만나는 사람들마다 애정 어린 걱정을 해주었다. 반발이 거셀 것이라고 예상했지만, 그 수위가 예상보다 훨씬 더 높았다. 이성만은 학생운동 때부터 지금까지 간만 키워온 사람이다. 이성만은 눈도 끔뻑하지 않았다. 기존 조직의 멤버들이 필드에서 뛰어야 하는 상황이 조금 부자연스럽게 비치긴 하다.

'달인방'의 반격도 만만찮았다. 그들은 기존 멤버들의 반발에 대한 주도면밀한 대비책을 준비하고 있었다. 말발이 센 핵심 원로 열 명을 대상으로 '달인방' 멤버가 각각 2명씩 맡아 각개격파 하는 작전을 썼다. '이성만 후보를 비난하고, 적장인 김규와 내통까지 했다'는 얼토당토않은 누명을 상대방에게 뒤집어씌우고, 막가파 식으로 무지막지한 욕설을 퍼부었다. 도저히 남에게 옮길 수 없을 정도로 극악무도한 욕설로 상대방의 기를 완전히 꺾어놓았다. '달인방'에게 대들었다간 뼈도 못 추린다는 인상을 각인시켜 주고자 고의적으로 무리한 공격을 감행했다. 어설프게 했다간 도리어 당할 수 있으니 독하게 마음먹고 철저히 준비한 일이었다. 그들은 직접 대면하기보다 전화를 이용했다. '달인방'의 작전은 대체로 성공적이었다. 내부갈등이 수면 아래로 가라앉는 듯 보였다.

달인방의 전화를 받은 기존 조직의 원로들은 하나같이 너무나 억울하고 분통이 터져 피가 거꾸로 돌 지경이었다고 토로했다. 혈압이 높은 몇 분은 실신까지 했다고 한다. 자존심 상하고 부끄러워 차마 그 일을 남에게 털어놓지도 못한 사람도 있었다고 한다.

본격적인 선거전이 시작되었다. 초보자가 지휘를 하고, 베테랑이 필드에서 뛰는 기현상이 선거운동을 파행으로 이끌었다. 선거운동원의 간식 공급도 예상하지 못해 손 놓고 있었다. 초장부터 선거운동원들의 불평이 쏟아졌다. 노인들이 나오기 전인 아침시간 대에 경로당을 돌아보라고 했다. 팀장이 항의를 해봤지만 타박만 맞았다. 가는 곳마다 사진을 찍어 보내라는 지시가 내려왔다. 필드를 신뢰하지 못한다는 뜻이다. 신뢰가 없는 조직은 쉽게 무너지게 마련이다. 불신은 선거운동원들의 눈속임을 조장했다. 효율적으로 선거운동을 할 생각은 않고, 모여서 사진 찍어 보내기 바빴다. 선거운동이 형해화되었다. 바쁜 시간에 교육한답시고 사람들을 불러 모았다. 격려를 해도 시원찮은 판에 도리어 욕설을 하며 선거운동원들을 나무랐다. 그들은 도대체 무슨 생각을 하고 있는 것인지 모를 일이다, 선거운동원들은 피고용인이기 이전에 영향력이 큰 유권자라는 사실을 모르는 것일까. 선거운동원들은 선거캠프를 조롱하였다. 여론조사 지지율 격차가 점점 더 벌어지는 것으로 나왔다. 이성만은 '달인방'에게 좀 더 분발하라고 촉구했다. 선거사무실을 연 이후, 그들은 하루도 빠짐없이 자정까지 일했다. 자정까지 제 돈 써가며 자원 봉사하는 사람들을 두고 그 이상 닦달하기도 어려웠다.

선거는 첫째가 구도, 둘째가 바람, 셋째가 인물, 넷째가 정책이다. '보수 대 진보', '전쟁 대 평화', '경제 대 사회정의', '성장 대 분배', '자유 대 평등' 등 싸움의 틀을 어떻게 가져가느냐가 선거판을 좌우하는 제1의 변수, 구도다. 우발적 대형사건, 일시적인 유행이나 국민적 관심사 등으로 인한 여론의 감정적 쏠림현상이 선거판의 제2의 변수, 바람이다. 후보자의 사람 됨됨이와 스펙 등이 제3의 변수, 인물이다. 공적 목표를 달성하기 위한 장기적인 지침이 선거판의 제4의 변수, 정책이다. 그 영향력이 상식적인 생각과 반대일 수 있다. 이성적으로 판단한다면 정책의 영향력이 제일 커야 하겠지만, 현실 선거판에서는 명분이나 분위기 등의 영향력이 더 크다. 단순명쾌한 논리나 우발적인 사건 또는 감성적인 호소가 선거판을 뒤흔들 수 있다. 선거에서 운이 크게 작용한다는 말은 결코 빈말이 아닌 셈이다.

  선거운동은 정당과 후보자의 본 모습을 유권자에게 알리는 공식적인 홍보 절차다. 그러나 현실 선거운동은 정당과 후보자의 추한 모습을 숨기고 좋은 모습만 선전하는 광고 전쟁으로 변질되기 일쑤다. 그래서 유권자가 선거에서 옥석을 가려내기는 쉽지 않다. 어쨌든 무엇이든지 열심히 하는 모습은 보는 사람들에게 감동을 줄 수 있다.

  선거는 '전쟁과 부패 대 평화와 적폐 청산'이란 터무니없는 구도로 짜여졌다. 우리당을 '전쟁과 부패'의 정당, 진보당을 '평화와 적폐 청산'의 정당으로 낙인찍었다. 진보당의 교묘한 전략에 우리당이 말려든 결과였다. 정부의 평화공세는 우리당의 반공노선을 시대에 뒤떨어진 폐기물 정도로 만들어 버렸다. 바람까지 진보당으로 불고 있었다.

  이성만은 주먹을 불끈 쥐었다. 유세차를 타고 목이 쉬도록 연설을 하며 골목골목을 누볐다. 한 번 유세차를 타면 쉬지 않고 네다섯 시간씩 초인적으로 연설을 했다. 유세차 기사가 놀랄 정도로 유세에 몰입했다. 그만큼 이성만은 똥줄이 탈 정도로 절박했다. 그래도 지지율이 떨어진다고 하니 죽을 노릇이다. 패색이 짙어지자 지지층 이탈이 가속화되는 듯하다. 이성만은 젖 먹던 힘까지 짜내어 선거유세를 이어갔다. 후보의 가족들도 거리를 부지런히 다니며 명함을 돌렸다. 열의가 지나쳐 선거운동원들에게 갑질한다는 부정적 여론이 일기도 했다. 선거운동원들에 대한 후보자 자녀들의 지나친 간섭과 지적 질이 오히려 역효과를 초래했다. 재수가 없으면 뒤로 자빠져도 코를 깨는 법이다.

문재만 사무장은 선거운동원들을 좀 더 빡세게 돌려야 한다며 농땡이 치는 사람을 잡아내기 위해 감시인을 돌렸다. 참다못한 구의원이 사무장에게 삿대질을 하며 강력하게 항의했다. 다혈질인 구의원과 고집 센 사무장이 멱살을 틀어지고 몸싸움까지 벌였다. 주변 사람들이 뜯어말리는 통에 외형상으론 두 사람의 충돌이 일단 수습되었으나 신·구조직간 불신의 골은 더욱 깊어갔다.

사전투표 독려는 선거운동의 백미를 장식했다. 사전투표 결과가 선거일 전에 개표되어 공개되는 것도 아니고, 투표할 사람이 굳이 사전에 해야 할 합리적 이유도 전혀 없는데, 지나치게 법석을 떨었다. 선거운동복을 벗고 카페 같은 곳에 은거하면서 사전투표 독려 전화를 하라는 지시가 떨어졌다. 독려한 유권자 명단을 문자로 보고해야 했다. 그것도 모자라 감시인이 돌아 다녔다. 어안이 벙벙한 일이었지만 한편으론 오히려 편하다고 좋아했다.

선거운동 마지막 날, 대대적인 유세가 있었다. 유세 광장은 우리당의 운동원들로 붉게 물들었다. 시간은 사정없이 가는데, 의미 없는 연설은 자꾸 길어졌다. 마이크를 잡은 사람들은 분위기는 살피지 않고 자기 할 말만 끊임없이 쏟아냈다. 급기야, 소음에 격분한 인근 아파트 주민들이 후보자에게 삿대질을 하며 항의하는 사태까지 발생했다. 광장에는 빨간 옷을 입은 사람들만 매가리 없이 남아있었다. 최근 여론조사에서 달구벌 수창구는 우리당이 승리하기 어려운 지역으로 나왔다는 풍문이 돌았다.

이성만 후보는 마지막까지 최선을 다하는 모습을 보여주고자 자정까지 유세차를 타고 다녔다. 혼신의 힘을 다했다. 유권자들을 감동시켜 막

판 뒤집기를 시도한다는 의도였다. 우리당은 패해도 나만은 승리한다는 신념을 불 태웠다. 후보자의 열정에 부응한다는 의미에서 선거운동을 자정까지 진행하라는 지시가 내려졌다. 최후의 순간까지 선거운동의 본보기를 아낌없이 보여주려는 모양이다. 선거캠프의 전략이 너무 창의적 역발상이었던 탓인지 아마추어 선거운동원들마저 고개를 갸우뚱거리며 낯설어했다. 13일간의 열전은 자정을 기해 마침내 그 막을 내렸다. 선거운동원들은 사는 동안 가장 긴 13일을 보낸 것 같다고 소회를 말했다. 이성만은 새벽 1시가 넘어서야 집으로 돌아갔다. '진인사대천명', 유권자의 심판만 남았을 뿐이다.

#7

총선 개표가 끝났다. 김규 후보 63%, 이성만 후보 37%. 진보당 김규 후보의 압승으로 나타났다. 이성만이 달구벌로 처음 내려왔을 때만 해도 비록 조금 밀리는 감은 있었지만, 지지율 차가 그렇게 크진 않았다. 이성만이 선거운동을 잘못했거나 김규가 선거운동을 잘했다는 결론이다. 그것도 아니면 둘 다 해당될 수도 있을 것이다. 이성만 후보의 비효율과 김규 후보의 효율이 시너지를 일으킨 현상으로 볼 수 있다. 이성만은 참담했다. 정신이 멍하고 잠도 오지 않았다. 별별 생각이 다 났다.

김규를 선거법 위반으로 집어넣을 방도가 없을까? 잘 찾아보면 분명히 뭔가 있을 것이다. 장 변호사에게 꼼꼼히 한번 챙겨보라고 해야겠다. 범한테 물려가도 정신을 차리랬다. 이럴 때일수록 정신 바짝 차리면 반드시 길이 있을 것이다. 하늘이 무너져도 솟아날 구멍이 있다지 않는가. 선거캠프의 간부와 각 동별 책임자를 선거사무실로 불러 모았다. 선거운동과 지역별 득표 현황을 분석해보고 참패의 원인이 과연 무엇인지 확인해 보고 싶었다. 귀책사유가 있는 자가 있다면 그 책임을 묻고 싶었다. 현재, 문책할 효과적인 수단이나 방법이 별로 없긴 하다. 힘이 빠진다. 장수가 전쟁에서 패배하는 일은 '병가지상사'라지만 막상 패하고 보니 보통 일이 아니다.

선거에 패배한 직후라 참석 인원이 적을 것 같다. 이성만은 일찌감치 선거사무실로 가서 투개표결과를 출력해 보았다. 모든 투표소에서 완패했다. 젊고 진보적인 지식층이 몰려 살고 있는 변방 신도시 쪽에서 표를 많이 잃었다. 선거일까지 계속 여론조사에서 밀리는 것으로 나왔지만, 숨은 표 운운하며 10% 정도는 극복할 수 있다고 큰소리 친 일들이 낯선 기억으로 다가온다. 수많은 사람들의 충고를 무시하고 소신대로 밀어붙인 일들이 돌이킬 수 없는 실책이었다는 생각이 든다. '달인방', 그들의 정체는 무엇일까? 그들은 과연 무슨 일을 벌인 것일까? 배 총무의 의심처럼, 그들은 김규가 잠입시킨 스파이들일까? 그리고 생각해보니, 선거사무소 임대 건을 빼곤, 그들의 전략과 전술이 제대로 먹혀들어간 적이 없는 듯하다. 일단 한번 의심의 눈으로 돌아보자, 지나간 일들이 하나 둘 의혹 덩어리로 줄줄이 엮여서 매달려 올라왔다.

약속시간이 가까워지자, 캠프 식구들이 하나 둘 모여들었다. 현역 지방의원 11명과 동책 5명 총 16명이 모였다. 다음 지방선거의 공천을 생각해서인지 지방의원들은 시·구의원 모두 한 사람도 빠짐없이 다 모습을 보였다. 캠프의 핵심인 '달인방' 다섯 명은 아무도 오지 않았다. 전화를 해봤으나 신호가 가질 않는다. 전화기를 꺼둔 모양이다. 누군가 말했다.

그 놈들, 벌써 튀었을 걸. 한 탕 크게 해먹고 튄 거지.

이성만은 동별 득표현황을 보며 해당 동의 동책에게 그 원인이 무엇인지 물었다. 잘못을 문책하자는 게 아니고, 다음 선거에 참고하자는 취지라는 단서를 달았다. 패전한 후라 그런지 상상외로 하고 싶은 말들이 제법 많았다. 물론 변명일 수도 있었다. 지방의원들은 눈을 끔뻑이며 듣고 있었고, 주로 동책들이 말이 많았다.

우리당이 질 수밖에 없는 구도였다. '전쟁과 부패'란 오명을 덮어쓴 정당이 어떻게 '평화와 적폐 청산'을 내세우는 정당에게 이길 수 있겠

나. 선거캠프의 내부분열도 한몫했다. 선거운동원들도 유권자인데 이들을 신뢰하지 못하고 갑질만 했다. 그 바쁜 와중에 선거운동원들에게 교육시킨답시고 귀한 시간을 너무 많이 뺏었다. 선거운동원들을 부려먹을 생각만 했지 베풀 줄 몰랐다. 선거운동원들은 우리의 전투병들인데 사기를 돋우는 사기진작책이 부족했다. 선거운동의 디테일을 모르는 사람들이 캠프 사령탑에서 지휘하고 있는 점은 최대 패착이다. 간식을 준비 못한 것만 봐도 잘 알 수 있다. 오전에 모든 경로당을 순회·방문하고, 그 증거로 사진을 찍어 보내라는 지시는 자살골이다. 카페에서 옷 갈아입고 지인들에게 사전투표 독려 전화를 하라고 한 일은 정신 제대로 박힌 사람이라면 절대 이해할 수 없는 일이다. 확인 불명의 무의미한 명단을 문자로 보고받은 일이며, 감시인이 점검한다고 돌아다녔던 일들을 후보자가 과연 알고 있었는지 궁금하다. 선거운동원들도 크게 보아 근로자다. 하루 8시간 이상 일 하지 않도록 배려하지도 않았고, 8시간 이상 열심히 일 했지만 고마워하지도 미안해하지도 않았다. 그러한 점은 후보가 너무 차갑고 싸가지 없다는 인상을 주었다. 지금 돌이켜보니, 장소를 이동하고 사진 찍어 전송하는 일만 했던 것 같다. 패배하고 나서 생각하면 패인이 백 가지도 넘는다. 이제 그만하자. 선거의 모든 책임은 후보자가 져야 한다.

　패인은 후보자에게 있고, 그 책임도 후보자가 져야 한다는 말이 나올 때 까지, 이성만은 놀라움과 분노를 억누르며 조용히 듣고만 있었다. 이성만이 마무리 발언을 했다.

　모든 패인은 후보자인 저에게 있습니다. 제가 모든 책임을 지겠습니다. 그동안 못난 후보자를 위해 신명을 바쳐 열심히 뛰어주셔서 감사합니다.

　이성만은 끝내 눈물을 보였다. 분위가가 숙연해졌다. 회합이 파할 때쯤, 한 구의원이 정보형사에게 오전에 들었다며 놀라운 사실을 깜짝 공개했다. 그의 말은 지금까지 이해할 수 없었던 많은 의혹을 말끔히 해소

해주는 열쇠였다. 어쩌면 꽉 막혔던 맥을 확 뚫어주는 사이다 발언이기도 했다. 그의 발언 요지는 간단했다.

'달인방'은 모두 다 진보당 김규의 스파이들이다. 강완용과 문재만, 두 사람은 김규의 달구벌초등학교 후배이고, 김좌익과 이구, 두 사람은 김규의 수창중학교 후배다. 정순자는 맏형 격인 강완용의 이종사촌 여동생이다. '달인방'은 김규를 적극적으로 지지하는 골수 '규빠'다. 지난 총선 때도 비록 낙선하긴 했지만, 그들은 김규의 외곽 별동부대로 활약했단다.

이성만은 고개를 숙이고 눈을 내리깔았다. 어색한 침묵이 한참동안 지속되자, 사람들은 슬금슬금 자리에서 일어나, 이성만에게 목례를 하곤, 하나 둘 사무실을 슬슬 빠져나갔다. 넓은 사무실에 이성만만 덩그러니 홀로 남아 있었다. 엄지로 이마를 지그시 공구고 눈을 감았다. 머리에서 복잡한 상념들이 스멀스멀 빠져나가는 듯하다. 머릿속이 하얘진 느낌이다. 빈 머리통에 새로운 기억들이 나타나 어른거렸다. '호인방' 배 총무의 걱정스러운 목소리가 귓속에서 웅얼거리며 맴돌았다.

우리당의 유력한 차기 대권주자인 이월남 의원이 시장님을 떨어뜨리려 작업한다는 루머가 있습니다. 시장님의 당선을 두려워하는 자들이 우리당 내에서도 상당수 있다는 건 확실합니다. 그들이 언제, 어떤 식으로 공격해올지 모릅니다. 지금까지 정치판이 항상 그래 왔으니까요. 내부의 적이 더 무섭습니다. 항상 경계하고, 대비해야지요. 서울 '호인방' 몇 명도 '양다리'라는 의심이 듭니다. 교수들이 좀 약삭빠른 면이 있잖아요.

이성만의 부질없는 헛웃음이 사방 벽면에 가득했다. 조금만 눈썰미 있게 보아도 가식적이고 어설픈 연출된 웃음이라는 사실을 대번에 알 수 있었다. 그래서 아무도 속아 넘어가지 않은 것일까. 이성만은 책상에 걸터앉아 창밖을 하염없이 내다보았다. 길가의 느티나무에는 어느 듯 연초록 잎사귀가 소복이 돋아 있었다. 길 건너 오백년 묵었다는 고목나무도 봄소식을 전해주려고 얼굴을 내밀고 손짓했다. 사위에서 어두운 그림자가 엄습해왔다. 많은 사람들이 어디론가 분주히 오고 갔다. 그들은 어디에서 와서, 무엇 하러, 어디로 가는 것일까?

　거리를 오고가는 사람들에게 묻고 싶다. 당신은 과연 누구인가? 당신의 정체가 궁금하다. 사위가 깜깜해지고 눈앞의 모든 것들이 사라져갔다.

개들의 행진

    단풍이 빨갛게 물들고 보도블록 위로 낙엽이 수북이 쌓여갈 때쯤 이오성 회장은 숨을 놓았다. 뇌경색으로 쓰러져 식물인간이 된 지 근 십 년이 되었으니 세상에 어지간히 미련이 남았던 모양이다. 하긴 대한민국 대표 재벌의 3남으로 태어나 두 형을 젖히고 후계자로 지명된 후 도전과 혁신으로 전무후무한 성과를 거두어 간판기업인 오성전자를 세계 초일류기업으로 키우는 등 수성의 신화를 새로 썼으니 그럴 만도 할 것이다. 사는 동안 감방도 몇 번 갔다 오고, 말년에 난삽한 사생활이 폭로되어 세인의 비난을 산 적도 있었지만 공이 과보다 훨씬 많다는 것이 일반적인 평가다. 그런 까닭에 이오성 회장의 죽음을 애도하는 물결이 점차 전국으로 확산되었다.

    촉이 좋은 지방자치단체들은 분위기를 감지한 듯 하나둘 임시분향소를 설치하고 조문객을 맞았다. 이오성 회장이 평생 동안 수집한 천문학적인 가치를 지닌 희귀한 미술품 컬렉션이 세간의 관심사로 부상하고 그 미술품들을 사회에 환원한다는 풍문이 나돌았다. 대중이 그 소장 미술품들을 한 곳에서 관람할 수 있도록 새로운 미술관(가칭 이오성미술관)을 건립해야 한다는 여론이 일었다. 이오성미술관을 유치하면 빌바오효과로 인해 세계적 명소가 될 가능성이 크다는 분석이 언론에 대서

특필되었다. 인구도 줄어들고 기업도 떠나가는 지방에선 눈이 확 떠지는 유혹이다.

대구가 먼저 선수를 쳤다. 대구시장이 이오성미술관 대구 유치를 공식 선언하고 '이오성미술관유치추진위원회'를 조직하였다. 대구 시민들이 적극 호응에 나서고 대구미술가협회를 필두로 대구관광산업협회, 대구요식업협회 등 각종 민간단체들이 합류했다. 오성그룹의 모태가 된 오성상회가 대구에서 문을 연 점, 이오성 회장의 생가가 대구라는 점에 기대를 걸고 전 시민이 일심동체가 돼 이오성미술관 유치운동에 나섰다. 대구의 언론과 방송도 힘을 보탰다. 거리엔 이오성미술관 대구 입지를 촉구하는 현수막이 여기저기 내걸렸다. 정체된 도시와 무기력해 보였던 시민이 한 가닥 희망을 발견한 양 모처럼 손을 잡고 파이팅을 외쳤다.

부산도 이오성미술관 유치에 발 벗고 나섰다. 부산도 상황이 절박하긴 대구와 크게 다르지 않았다. 부산은 오성그룹 창업자의 고향이라는 점, 국제공항과 항만을 두루 갖춘 점 등을 강점으로 내세워 거세게 몰아붙였다. 광주도 질세라 이오성미술관 유치전에 뛰어들었다. 지방 소멸에 대한 우려가 현실화하고 있다는 위기감이 등을 떠밀었다. 광주는 전통적 예향이라는 점, 기존의 문화예술 시설과 시너지효과가 크기 때문에 가장 유리한 입지라는 점을 부각시키면서 이오성미술관의 최적지라는 주장을 펼쳤다. 다른 중소도시도 이오성미술관의 유치를 선언하였지만 국민의 관심을 끌기에는 다소 역부족이었다. 결국 지방의 3대 주요 대도시가 유치 경쟁을 벌이는 셈이었다.

치열한 유치 전쟁의 와중에 서울로 갈 것이란 밑도 끝도 없는 소문이 돌아다니며 불안감을 부추겼다. 공정한 입지 심사를 한다면 접근성이 우수하고 배후지가 넓고 기름진 서울을 당해낼 곳은 하나도 없을 터다. 온 나라의 돈과 사람, 명문대학교, 기업 등 모든 것들을 블랙홀처럼 빨아들이는 상황에서 그 어떤 분야, 그 무엇이든지 서울은 객관적으로 최고최선의 입지로 확고부동할 터이다. 아마도 만만한 경쟁상대도 찾기 힘들 것이다. 지방 균형발전이라든가 서울의 입지 규제 등 다른 가치나 페널티를 설정하지 않고서는 지방이 서울을 당할 재주는 없다. 다른 모든 지방이 모두 힘을 합쳐도 서울과 싸우긴 버겁다. 대한민국에 사는 사람이라면 모두 그런 사실을 잘 알고 있다.

서울 입지 소문에 위기감을 느낀 대구가 먼저 승부수를 띄웠다. 이오성미술관 건립에 필요한 모든 비용을 대구가 자체적으로 부담하겠다고 밝혔다. 대표적 경제성분석기법인 비용편익분석(BC분석)에서 분모인 비용을 최소화시켜 우위를 확보하겠다는 전략이다. 일부에선 그냥 둬도 될 텐데 무모하게 앞서간다는 비판이 있었지만, 딴에는 정보를 빨리 입수한 대구시장의 선제적 조치였다. 부산은 지방 균형발전이란 헌법적 가치를 주장하며 부산 입지를 압박했다. 광주는 우호적인 정권을 바탕으로 정치권 로비에 사활을 걸었다. 그만큼 지방소멸에 대한 징후가 뚜렷하게 피부에 와 닿았기 때문이다.

풍문이 현실로 나타났다. 이오성미술관의 최종 입지가 서울로 결정됐다. 유치활동을 펼쳤던 지방도시의 주민들은 이른바 멘탈붕괴 상태였다. 대구시장을 비롯한 부산시장과 광주시장이 일제히 반발했다. 해당 지역의 언론과 방송도 서울 입지의 부당성을 성토했다. 심사위원 구성이 서울사람 위주였다는 절차상의 부당성과 지방 균형발전이란 헌법적 가치를 감안하지 않았다는 가치 편향성을 집중적으로 지적했다. 지역의 분위기가 심상찮게 돌아가자 학계와 종교계도 우려를 표명하였다. 급기야 시민단체에서도 합동기자회견을 갖고 서울 입지 결정을 번복하라는 성명을 발표했다.

반발이 가장 거센 대구에서 '이오성미술관 입지 결정에 대한 비상대책위원회(이미비)'가 먼저 구성되었다. 대구에 호응이라도 하듯 부산과 광주에서도 잇따라 이미비가 만들어졌다. 대구 이미비 위원장에 신나라, 부산 이미비 위원장에 김가야, 광주 이미비 위원장에 현백지 등이 추대되었다. 대구 이미비가 깃대를 잡고 부산과 광주에 연락을 취하여 이미비 연합체 결성을 제의하였다. 이미비 연합체는 일사천리로 진행되었다. 이미비 연합체의 공식 명칭을 '이미비연합회'로 하고 대구와 부산 그리고 광주의 위원장을 이미비연합회 최고의사결정기구의 임원으로 선임했다.

 깃대를 잡은 대구에서 첫모임을 가졌다. 동대구역에서 만나 보안상 미리 예약해 둔 카페의 스터디 룸으로 장소를 옮겼다. 서로 명함을 주고받고 자기소개를 하였다. 신나라 대구 위원장은 대학 시절부터 시민운동으로 잔뼈가 굵은, 50세를 갓 넘긴 독신 남자였다. 이슈가 있을 때마다 삭발을 단행하고 일인 시위를 한 탓인지 짧은 머리에 새까만 얼굴, 작은 키에 탄탄한 몸매를 가지고 있었다. 안광이 강해 척 봐도 보통사람으론 뵈지 않았다. 청바지에 회색 재킷을 입고 운동화를 신은 모습이 당장이라도 데모 판에 나갈 태세였다. 의외로 물려받은 재산이 많은 금수저라 한다. 부산 위원장 김가야는 유튜브에서 방송을 하는 일인방송국 대표로 가입자가 백만에 육박하는, 영향력이 막강한 47세의 인권변호사다. 감색 싱글 양복에 갈색 목 티를 입은 차림이었으나, 유난히 돌출한 광대뼈와 좁은 이마가 개성이 강하고 고집이 셀 것 같은 인상을 주었다. 광주 위원장 현백지는 대학 총학생회장 출신으로 광주시민단체연합회 회장을 맡고 있는 재개발 시행사 대표다. 청바지에 검은 재킷을 입은, 손이 유난히 큰 45세의 미남이다. 제각기 특색 있는 외모와 개성을 가진 리더였으나 모두 독신이라는 점이 특이했다. 세 사람은 우선 연장자인 대구 이미비 신나라 위원장을 이미비연합회 회장으로 추대했다.
 신나라는 비장한 얼굴로 회장을 수락하며 입을 열었다. 입술은 부르텄지만 미리 리허설을 한 것처럼 말이 술술 나왔다.
 "이거 참, 큰일입니다. 정치, 경제, 문화, 정보, 어느 분야 할 것 없이, 아쉬운 것 하나 없이 다 갖추고 사는 놈들이 미술관 하나 해달라고 그렇게 간청하는데도 싹 무시하고 지들 욕심 다 차리고, 이건 정말 함께 살자는 태도가 아니라고 생각합니다. 전부터 다 알고 살아왔지만 이젠 정말 참을 수 있는 임계점을 넘어선 것 같습니다. 죽기 전에 살 길 찾자고 하지 않습니까. 우리는 지금 살 길을 찾자고 이 자리에 모인 겁니다. 어떻게 해야 하겠습니까? 두 분의 고견을 한번 듣고 싶습니다. 멀리서 오신 광주 현 위원장님부터 한 말씀 해주시지요."

눈을 지그시 감고 손가락을 꺾으며 신나라의 말을 듣고 있던 현백지가 자기 이름이 호명되자 눈을 뜨고 자세를 고쳐 앉았다. 잘생긴 외모만큼이나 말솜씨도 유려했다.

"회장님 말에 전적으로 동의합니다. 국가적 시각에서 정치를 하고 행정을 펼쳐야 될 텐데, 지금 하는 짓거리를 보면 모든 걸 서울 위주로 하고 있습니다. 서울 사람만 국민입니까. 잘 알다시피 안 그래도 지방은 죽을 판 아닙니까. 죽을힘을 대해서 애들 교육시켜서 키워놓으면 다들 서울로 빠져나가는 판에, 기부 받은 미술품까지 서울에 미술관을 새로 지어 전시하겠다는 것은 지나친 서울중심주의입니다. 지방은 유배집니까. 억울하면 서울 와서 살라는 걸로 보입니다. 그들 눈에 지방 사람은 흑사리 쭉대기로 보일지 모릅니다. 제가 못나서 지방에 사는 주제에 불평불만 늘어 놓는다고 손가락질한다면 할 말은 없습니다. 지렁이도 밟으면 꿈틀거립니다. 이 정도로 밟혔으면 이젠 행동해야 할 때입니다. 분연히 일어서서 뒤집어엎어야 합니다. 그렇지 않으면 지방은 소멸합니다. 살아남는다 하더라도 서울의 식민지가 될 겁니다. 죽기 전에 살 길을 찾아야 합니다. 어떻게 살 길을 찾을 건지 저도 두 분의 고견을 듣고 싶습니다."

현백지의 말에 분위기가 한층 고양되어 갔다. 유리칸막이가 쳐져 있었지만 말이 새어나갔던지 인근 룸의 연인이 컵을 들고 창가의 오픈된 자리로 옮겨갔다. 부산의 김가야는 자기 차례를 기다린 듯 두 사람의 눈치를 살폈다. 손을 맞잡고 팔꿈치를 탁자에 괴더니 천천히 입을 열었다.

사투리를 자제하고 표준말을 쓰려는 두 사람의 노력에 공감한 듯 김가야도 떠듬거리며 어색한 표준말로 자기 의견을 개진했다.

"두 분의 고견에 동의합니다. 나는 다른 시각으로 이번 사태를 볼까 해요. 통일이 우리 국시라고 하는데, 과연 그게 필요하고 옳은 방향일까요. 대한민국이란 이 작은 땅덩어리 안에서 서울과 수도권만 비대해지고 지방은 쪼그라들고, 그마저도 쪼개지고 갈라져 있는 상황에서 더 큰 땅덩어리가 필요할까요. 이념이 다른 국가를 동족이라는 이유로 통일한다고 진정한 통일이 이루어질까요. 같은 역사와 말을 쓰는 한 민족이라도 모래알처럼 흩어져 사는 개인주의 시대이고, 각종 인종이 함께 살아가는 다문화가 대세인 시대입니다. 단지 한민족이라는 이유로 한 나라로 통일해서 살아야 할까요. 전 회의적입니다. 옛날에는 외적의 침입이 잦았고 지켜줄 막강한 힘이 필요했기 때문에 동족끼리 똘똘 뭉쳐 큰 국가를 만들어야만 생존할 수 있었죠. 심지어 다른 민족도 아우르는 정복국가, 거대국가가 필요했고 또 유용했습니다. 이젠 다들 깨어서 함부로 다른 나라를 쳐들어갈 수 없는 상황입니다. 특히나 핵을 보유한 나라는 아무리 작아도 쳐들어갈 수 없죠. 그 말은 나라가 클 필요가 없다는 뜻이죠. 작을수록 효율적, 경제적이지요. 작을수록 개인의 만족도도 커지는 경향이 있다는 뜻입니다. 작은 것이 아름답다는 말도 있듯이 작은 것이 좋다는 말입니다. 너무 작아도 비효율이 나타날 수 있으니까, 요는 적당히 작아야 하겠지요. 거대국가들이 연방국가로 돼 있는 것도 그런 연유가 아닐까요. 미국의 주나 중국의 성은 사실상 하나의 국가라 해도 과언이 아니죠. 주나 성은 광범위한 자율권을 가집니다. 전 사실 연방국가도 20세기 유물이고, 지금은 도시국가로 가야 한다고 생각합니다. 희랍의 도시국가나 싱가포르 같은 모델이 이상적이라고 봐요. 이번 이오성미술관 입지 결정은 빙산의 일각일 뿐이고 앞으로 이런 일은 더 빈번해질 겁니다. 결국 지방은 소멸한다는 말입니다. 그 전에 대책을 세우고 투쟁해야 지방이 살아날 수 있습니다. 그런 취지로 이 자리에 모인 거 아니겠습니까."

세 사람의 발언이 끝나자 긴장감이 감돌았다. 표현은 조금씩 달랐지만 결국 비슷한 생각을 공유한 건 확인한 셈이다. 입맛을 다시던 신나라가 커피를 쭉 들이켰다. 발언하는 중간에 말을 끊고 자기 의견을 보태고 싶었지만 꾹 참고 있던 터였다. 막상 한 바퀴 돌아 발언 순서가 다시 돌아오자 머릿속이 하얘지는 것 같았다.

"에~, 두 분 고견 잘 들었습니다. 다들 대단합니다. 고견을 들어보니 서로의 생각이 신기할 정도로 비슷한 걸 보고 깜짝 놀랐습니다. 피를 나눈 형제보다 뜻이 같은 동지가 더욱 가까운 존재라는 걸 실감합니다. 우린 의심할 여지없이 동지인 것 같습니다. 이제 우리의 뜻을 실천할 방도에 대해 의견을 나누고 싶습니다. 지금까지 나온 의견을 감안해보면, 우리 이미비연합회의 당초 목적, 이오성미술관 입지 결정의 번복에 집중하느냐, 아니면 범위를 확대해서 근본적인 해결책을 강구하느냐가 우선적 의제가 돼야 할 것 같습니다. 이번엔 거꾸로 돌까요. 그럼, 김 위원장님?"

조금 전 마지막으로 발언한 부산의 김 위원장이 먼저 발언에 나설 준비를 하느라 오른손 검지로 이마를 누른 채 눈을 감고 생각을 정리했다. 짧은 시간이었지만 정적이 흘렀다. 김 위원장은 정리가 끝난 듯 눈을 뜨자 바로 자신의 주장을 피력했다.

"최종적으로 우리나라를 3개의 도시국가로 독립시키는 방안이 최선이라고 생각합니다. 서울권과 경상권 그리고 전라권으로 나누는 겁니다. 구체적인 경계는 정밀 조정할 필요가 있겠지요. 그렇지만 급할수록 돌아가라고, 지금은 연방국가로 개편하는 게 맞다고 봅니다. 자칫 북한의 주장에 동조하는 것으로 오해받을 순 있겠지요. 하지만 이건 통일을 전제로 하지 않는, 북한과 무관한 연방제입니다. 통일국가로 향하는 과도적 연방제가 아니라 독립적인 도시국가를 지향하는 연방국가지요. 둘 사이의 차이는 엄청납니다. 쇠뿔도 단김에 뽑으라고, 지방주민이 엄청 열 받았을 때 치고 나가면 가능하다고 생각합니다. 적절한 타이밍이 왔습니다. 지금이 바로 그때입니다."

예상보다 센 주장이라고 생각했던지 신 회장이 두 사람의 눈치를 살피면서 손가락으로 볼펜을 돌렸다. 언제 자리 잡았는지 옆 부스엔 대구 이미비 간부 아홉 명이 힐끗거리며 앉아 있었다. 이쪽의 눈치를 살피며 담소하는 모습이 눈에 거슬렸다. 현 위원장이 의자에서 등을 떼 허리를 꼿꼿이 세우면서 발언을 이어갔다.

"김가야 위원장께서 좋은 의견을 내셨다가 행동목표 설정에서 한 발 빼셨군요. 전 바로 독립 도시국가로 가야 한다고 봅니다. 생각과 행동이 달라선 곤란하거든요. 도시국가로 가는 길이야말로 지방이 중심이 되는 방법이고, 지방이 사는 길입니다. 한 울타리 안에서 찌지고 볶고 머리 터지도록 싸우느니, 각각 갈라서서 울타리를 따로 치는 것이 맞는다고 생각합니다. 맞는 생각이라면 그렇게 목표를 세우고 투쟁해야 성과를 얻을 수 있습니다. 설사 거기까지 못 가더라도, 잘못돼도 최소한 연방제란 차선의 목표를 성취하는, 차선의 경우까지 생각해야겠지요. 비록 연방제로 결론 날 땐 그렇게 하더라도, 지금은 무조건 지방의 독립 쟁취, 도시국가 건설 쪽으로 몰아가야 대중의 힘을 모을 수 있습니다."

현 위원장이 강하게 치고나오자 신 회장은 곤혹스러운 듯 눈을 내리깔았다. 김 위원장은 자신의 주장을 곧이곧대로 쏟아내는 현 위원장을 쳐다보다가 너털웃음을 웃었다. 두 사람의 주장을 보듬은 업그레이드된 주장을 내놓아야 하는 부담감이 신 회장의 마음을 내리눌렀다. 회장으로서 헤게모니를 장악하고 조직을 일사불란하게 이끌어가기 위해 강경책으로 밀고 가야 한다는 것은 경험으로 얻은 지혜다. 그렇다면 독립 도시국가 주장에 손을 들어줘야 할 것이다. 그렇지만 그게 결코 만만한 일이 아니다. 나라를 혁명적인 상황으로 몰고 가는 만큼 모든 것을 걸고 올인해도 성공할까 말까 하다. 혁명에 성공하면 최소한 도시국가 수반을 차지할 것이지만 실패하면 내란음모 및 선동이란 죄목으로 무기징역형을 받을 수 있다. 신나라는 자신도 모르게 한숨을 쉬었다. 한편 강경파 광주 현백지 위원장에게 회장을 넘겨주고 싶은 마음도 일었다. 언제까지나 발언을 미적거릴 수 없었다. 신 회장은 떠듬거리며 말문을 열었다. 두 사람은 그런 신 회장의 입을 뚫어지게 쳐다봤다.

"두 분 고견을 잘 들었습니다. 우리는 이오성미술관 입지가 그의 고향인 대구로 올 것이라고 굳게 믿었습니다. 나뿐만 아니고 대부분의 대구 사람들이 그렇게 생각했지요. 참 순진한 생각이었지요. 그런데 알다시피 결과는 서울로 나왔습니다. 뒤통수를 된통 맞은 셈이지요. 그런데 지금부터라도 세게 항의하면 번복될 줄 아는 대구사람이 많아요. 내심 이오성미술관 분관이라도 오길 기대하는 사람도 있고요. 본관을 대구로 분관을 서울과 다른 지방으로 배분하자는 의견도 듣고 있어요. 서울에 분관을 짓는다 하더라도 여러 가지 여건상 분명히 본관보다 더 성공작이 될 텐데 왜 그렇게 욕심을 내느냐고 흥분하는 사람을 알고 있습니다. 생각해 보니 그 말도 일리가 있더라고요. 기증된 미술품을 순회 전시한다면 본관이든 분관이든 그 이름에 관계없이 도시의 세력에 비례하여 관람객이 몰릴 건 확실하거든요. 사실 대구 이미비 결성 목표는 내심 분관 건립입니다. 결정을 번복하고 대구 본관을 성취한다는 생각은 외부용으로 명분 쌓기 정도지요. 다른 지방에서도 반발 움직임이 커서 제가 연대하자는 제안을 한 거고요. 그래서 여기 이 자리에 모인 거죠. 참 소박합니다. 그런데 두 분의 이야기를 들어보니 속이 다 시원합니다. 핵심은 독립이 맞습니다. 서울과 수도권의 식민지로 사니 목숨 걸고 독립운동에 나서는 것은 당연한 선택이지요. 나도 원칙적으로 독립 도시국가로 가는 것이 미래 비전이라고 믿습니다. 허나 지금 상황에서 우리 힘으로 가능한가라는 현실적 문제를 고민해봐야 합니다. 다 아시겠지만 백만 명 이상 인원을 상당기간 동원해야 하지 않겠어요. 능동적이고 적극적인 행동파 인원동원이 최대 관건입니다. 게다가 목숨을 걸고 선봉에 설 전위 돌격대만 최소 일천 명은 넘어야 할 겁니다. 저보다 더 잘 아시겠지만 보통 일이 아닙니다. 독립 도시국가는 국가를 뒤집어엎는 혁명인데 인원동원은 많을수록 당연히 좋습니다. 다다익선. 그렇게 하려고 하면 효율적인 조직이 필요하고 조직을 잘 움직이려면 엄청난 자금이 또 필요하지요.……"

신나라 회장이 고추 먹은 이야기를 늘어놓자 현 위원장이 버럭 소리를 지르며 언성을 높였다.

"어허, 신 회장님, 이미비연합회의 목적에 대한 의견만 내면 되지, 무슨 사변이 그렇게 구질구질합니까. 우선 목적부터 결정해야지요. 그 대책과 방법은 그 다음입니다. 목적도 결정되지 않았는데 그런 너절너절한 걱정부터 늘어놓습니까. 똥오줌 못 가리시는 거 아닙니까. 그런 식으로 하니까, 대구사람을 꼴통보수라고 하는 겁니다."

현 위원장이 흥분하자 김 위원장이 급히 제지하고 나섰다.

"현 위원장님, 아무리 못마땅한 점이 있어도 회장으로 추대한 동지에게 그런 말 하면 안 됩니다. 지금 당장 사과하세요!"

심상찮은 분위기를 감지한 듯 옆 부스의 대구 이미비 간부들이 일제히 시선을 집중했다. 신 회장은 자리를 박차고 일어날 듯했지만 김 위원장의 만류로 다시 자리에 앉았다. 다혈질이라 그렇다며 현 위원장이 양해를 구했다. 김 위원장의 중재로 가까스로 험악한 분위기가 다소 가라앉았다.

"말이 늘어졌지만 원칙적으로 독립 도시국가로 가야 한다는 점에 찬동합니다. 그러나 지금 이미비연합회의 목적으로는 시기상조라고 봅니다. 지금 우리는 일단 달성 가능한 중간목표를 설정하는 안에 한 표를 던집니다. 중간목표가 달성되면 그 후에 최종적으로 독립 도시국가로 가는 게 합리적이라 생각합니다. 다시 정리하면 김 위원장이 제안한 연방국가안을 이미비연합회의 목표로 정하자는 데 동의합니다."

눈을 감고 신 회장의 발언을 듣고 있던 현 위원장이 차분한 목소리로 그의 말을 받았다.

"흥분한 점, 양해를 바랍니다. 신 회장님과 김 위원장님, 두 분이 연방국가안을 선택했기 때문에 제 주장을 접고 두 분의 주장을 따르겠습니다. 절차적인 방법론이 다를 뿐 근본적인 생각은 다르지 않으니까요. 결정된 사항에 절대적으로 따르고 협조하겠습니다."

생각과 달리 현 위원장이 깔끔하게 승복했다. 신 회장이 현 위원장에게 악수를 청하자 김 위원장도 손을 내밀었다. 세 사람이 서로의 손을 맞잡고 끝까지 단결할 것을 다짐했다. 그런 모습을 보고서 옆 부스의 대구 이미비 간부들이 박수를 쳤다. 신 회장은 오늘 결정사항을 각 지역의 간부회원들에게 전하고 절차적 사항을 구체적으로 논의한 후, 그 결과를 가지고 다음 주 수요일쯤 부산에서 다시 만나 의논하기로 하였다. 구체적인 장소와 시간은 호스트인 부산 김 위원장이 결정해 유선전화로 알려주기로 했다.

가을의 끝자락에 선 거리는 낙엽을 깔고 행인을 유혹하고 있었다. 신 회장이 저녁식사를 쏘겠다며 팔공산으로 가자고 제안했다. 파군재 삼거리에서 칼 찬 장군의 동상을 보자 현 위원장이 누구의 동상인지 물었다. 이곳은 후백제와 고려의 공산전투가 벌어진 장소로 동상의 주인공은 신숭겸 장군이라고 신 회장이 친절히 답해주었다. 신숭겸 장군이 왕건의 갑옷으로 갈아입고 대신 죽음으로써 주군의 목숨을 구한 일화를 얘기해 주었다.

"아, 그러고 보니 신 회장님은 신숭겸 장군의 후손이군요."

신 회장은 미소를 띠며 말없이 현 위원장의 손을 잡았다. 신 회장은 식당으로 가는 길에 팔공산 기슭에 조성된 신숭겸장군유적지를 들렀다. 노쇠하고 타락한 신라를 뒤집어엎는 일에 공을 세운 장군의 정신을 본받고 싶은 마음에서였다. 신 회장은 신숭겸장군유적지에 온 취지를 간략히 설명하고 장군의 동상 앞에 묵념한 뒤 거사의 성공을 빌자며 제안했다. 팔공산의 정기와 신 장군의 충정을 받은 듯 세 사람의 얼굴엔 결연한 의지가 뚜렷이 보였다. 길가엔 노란 은행나무가 열병식 하듯 양 옆으로 나란히 늘어서서 그들 일행을 맞아주었다. 부산 김 위원장과 광주 현 위원장은 감탄사를 연발하며 주위를 둘러보느라 정신이 없었다.

  예약한 식당은 대한수목원 내에 있었다. 사재를 털어 수십 년에 걸쳐 조성한 수목원이라 한다. 어스름이 내린 팔공산 기슭에 비친 수목원의 자태는 언뜻언뜻 비치는 여인의 속살처럼 애간장을 녹여낼 듯했다. 신 회장은 두 사람의 성화에 못 이겨 부득이 수목원을 한 바퀴 돌아야 했다. 방대한 수목원을 한 개인이 조성했다는 말을 현 위원장은 믿으려 하지 않았다. 수많은 수석과 멋진 소나무, 폭포와 분수에 선녀탕까지 어우러져 선경을 연출했다. 고즈넉한 정자에 앉아 바둑이나 한 수 둔다면 무릉도원이 부럽지 않을 듯하다. 팔공산의 밥상은 맑은 공기와 깨끗한 물만큼이나 정갈했다. 그날의 결말을 생각하는 듯 팔공산은 말을 아꼈다.

  부산의 김가야 위원장은 보안을 감안하여 해운대의 힐튼호텔에 방을 예약해 뒀다. 일찌감치 도착한 김 위원장은 체크인을 하고 방으로 올라갔다. 바다가 훤히 보이는 방이었다. 갈매기가 방 안을 살피듯 하늘을 떠다녔다. 김 위원장은 스파이 드론이 없는지 고개를 내밀고 하늘을 둘러보았다. 햇살이 눈에 들어 재채기가 났다. 거사를 성공적으로 이끌기 위해선 비밀 유지와 보안에 만전을 기해야 했다. 회의 참가인원을 세 사람으로 한정한 것도 그 때문이다.

  광주의 현백지 위원장이 도착했다. 분위기가 어색한 듯하여 TV를 켰다. 뉴스채널엔 정치권의 추한 진흙탕 싸움이 보도되고 있었다. 서로의 정치성향을 모르니 조마조마하다. 분위기가 더 어색해질 것 같아서 다시 TV를 껐다. 때맞추어 대구의 신나라 회장이 들어왔다. 세 사람이 되자 머쓱한 분위기가 다소 해소되었다. 두 사람은 뭔가 서먹하고 어색하다. 연인이 아니라면 적어도 세 사람은 모여야 분위기가 산다. 말해야 하는 부담감이 덜어지는 때문인지도 모르지만.

  신 회장은 자리에 앉자마자 바로 회의를 시작했다. 열차를 타고 오면서 회의 진행의 구상을 철저히 해둔 모양이다. 세 사람은 아직 흉금을 터놓고 얘기할 막역지간이 아닌지라 막간 시간을 줄이는 방법도 나쁘지 않았다. 신 회장이 다이어리 노트를 펴고 볼펜을 쥔 채 모두 발언을 했다.

"자, 회의 시작합시다. 모두들 간부들과 많이 의논하셨지요. 그런 줄 알고 웬만하면 오늘 다 확정하려고 합니다. 우선 D데이는 언제로 할까요. 준비된 분부터 말씀하시면 됩니다. 전 공휴일인 10월3일 개천절이 좋다고 봅니다."

"개천절, 하늘이 열리는 날, 의미 있고 좋은 날입니다. 찬성합니다."

"다들 생각이 비슷하군요. 찬성합니다."

김 위원장이 동의를 표하자 현 위원장도 바로 손을 들고 찬성의 뜻을 나타냈다.

"그럼, D데이 날짜는 개천절로 확정합니다."

신 회장이 주먹으로 탁자를 세 번 내리쳤다.

"다음은 최종 시위장소는 어디가 좋겠습니까? 전 당연히 광화문광장입니다."

"찬성입니다."

"광화문광장, 오케이."

회의는 일사천리로 진행되었다.

"다음은 최종 시위장소인 광화문광장까지 가는 방법에 대한 논의가 필요할 것 같습니다. 바로 광화문에 집결하는 방법, 고속도로로 행진해서 올라가는 방법 등이 있겠지요. 고속도로를 따라 행진해서 올라가는 방법이 시위효과 면에서 제일 좋겠지만 쉬운 일이 아닐 겁니다. 경찰의 버스 바리케이드와 결사적 저지선을 돌파해야 하는 일이 난관일 겁니다."

"이왕 하는 거 제대로 확실히 해봅시다. 광화문까지 가는 게 중요한 게 아니라 정권을 압박하고 국민의 공감을 불러일으키는 일이 요체지 않습니까. 고속도로로 행진해서 올라갑시다. 그리고 고속도로를 다 점거해서 올라가면 교통대란이 일어나 역효과가 나겠지요. 갓길로 올라가는 방안에 찬성합니다.”

혈기 왕성한 현 위원장이 단호하게 말했다.

“나는 서울역에 만나서 시청을 거쳐 광화문으로 행진하는 방안을 제안합니다. 유동인구가 많은 까닭에 인원 동원에 큰 도움이 될 수 있습니다. 고속도로로 행진해서 올라가는 안은 성공가능성이 낮습니다. 경찰의 저항이 만만찮을 것이고 자칫하면 국민의 공분을 살 가능성이 큽니다. 게다가 결정적인 것은 거리가 너무 멀어서 짧은 시간 안에 광화문에 도달하는 것은 무리라는 점입니다. 광화문에 집결하는 시간을 정확하게 지키기도 어렵습니다.”

김 위원장이 강하게 제동을 걸었다.

“듣고 보니 그런 난점이 있군요. 좋은 지적입니다. 현 위원장님 생각은 어떤지요?”

신 회장이 현 위원장을 돌아보며 의견을 구했다.

“김 위원장님 말씀을 들어보니 그 말이 맞는 것 같습니다. 트럭이나 트랙터를 몰고 올라가면 모를까, 걸어서 간다는 것은 현실성이 떨어질 듯합니다. 서울역에 집결해서 광화문으로 행진하는 안으로 수정 동의합니다.”

“알겠습니다. 저도 제 의견을 접고 두 분 의견에 따르겠습니다. 그럼 서울역에 집결하여 서울시청을 거쳐 광화문으로 행진하는 안이 확정되었습니다.”

신 회장은 주먹으로 탁자를 세 번 내리쳤다.

“마지막으로 제일 어려운 것입니다. 인원동원입니다. 몇 명이나 동원해야 할까요.”

“전체 10만 명 목표로 하고 대구 4만 명, 부산 3만 명, 광주 3만 명으로 배정하는 게 어떻겠습니까. 대구가 미술관 서울 입지 결정에 대해 반

발이 가장 세니까요."

현 위원장이 동원해야 할 구체적인 지역별 할당 인원까지 거침없이 제시하고 나왔다. 잠시 침묵의 시간이 흘렀다.

"부산은 3만 명 가능합니다."

"대구도 4만 명 해보지요. 그럼 인원 동원은 대구 4만 명, 부산과 광주 각각 3만 명 등 총 인원 10만 명으로 확정하겠습니다. 이건 최소 인원으로 다다익선인 거 잘 아시지요, 그럼 의결합니다."

신 위원장이 주먹으로 탁자를 3번 내리쳤다.

"당일 유동인구를 잘 흡수하면 기하급수적으로 늘어날 수 있고, 언론에 백만 명으로 보도자료 뿌리면 됩니다. 그리고 회장님 의사봉 없는데 의사봉 안 치셔도 됩니다. 주먹 아프겠습니다."

현 위원장의 말에 김 위원장이 싱긋 웃었다. 신 회장은 겸연쩍은 듯 미소를 지으며 회의를 속개했다.

"언론 담당과 인원 통제 담당, 선봉 돌격대 등은 지역별로 별도 조직·관리하는 게 효율적이라고 생각합니다. 피켓이나 현수막 등 시위 소품도 지역 이미비에 전부 일임합니다. 각 지역 이미비 연락 담당은 미리 상호 소통할 수 있도록 조치해주시기 바랍니다. 기타 의논할 사항이 생기면 수시로 연락을 취하도록 합시다. 또 직접 만나서 의논해야 할 사안이 생기면 다음 모임은 광주에서 갖도록 하겠습니다. 모든 의결사항은 대외비입니다. 이의 있습니까."

"없습니다."

회의가 끝나자 호스트인 김 위원장이 저녁을 사겠다며 앞장을 섰다. 해가 벌겋게 바다 밑으로 빠져들고 있었다. 부산의 김 위원장은 바다로 돌출한 횟집으로 일행을 안내했다.

서울로 출장 가는 아들을 위해 어머니는 새벽부터 부산하게 움직였다. 가는 길에 휴게소에서 먹을 거라고 했지만 막무가내다. 꼭두새벽에 삼겹살을 굽고 달걀부침까지 부쳤다. 오랜 경험과 직감으로 일상적인 출장이 아니란 걸 짐작한 터다. 이번 일은 워낙 위중한 사안이어서 내일이 어떻게 될지 모르는지라 어머니의 극성을 뿌리치지 않았다. 밥이 넘어가지 않았지만 억지로 밀어 넣다시피 했다. 어머니가 손수 삼겹살을 상추에 싸서 입에 넣어주었다. 눈물이 핑 도는 걸 억지로 참았다.

시위하기 좋은 옷은 가볍고 활동하기 편한 등산복이다. 신 회장은 등산복을 입고 집을 나섰다. 등산복차림으로 출장 가는 아들을 배웅하기 위해 어머니는 주차장까지 따라 나와 두 손을 부여잡았다. 몸조심하라고 거듭 당부하다가 눈물까지 비쳤다. 신 회장은 못 본 척 외면했다. 아파트를 빠져나오자 억눌렀던 눈물이 터져 나와 길가에 차를 잠시 정차하고 마음을 진정시켰다.

이미비 간부와 선봉 돌격대만 하루 전에 함께 출발하기로 하고 나머지 동원 인력은 당일 오전 11시에 서울역에서 합류하기로 했다. 대구스타디움 제2주차장에 도착한 신 회장은 매점 커피자판기에서 따뜻한 아메리카노 한 잔을 뺐다. 커피를 다 마실 때까지 아무도 나타나지 않았다. 골프를 치러 가는 사람들이 타고 온 차를 주차하고 한 차로 몰아 탄 후 골프장으로 떠나는 광경이 이어졌다. 좋은 세상이고 팔자 좋은 사람들이다. 신 회장은 은근히 부아가 지솟고 자괴감마저 들었다. 누구를 위해 이 고생을 하는가.

8시가 되자 버스와 승합차가 도착하고 차들이 밀려 들어왔다. 버스엔 돌격대 30명이 타고 있었다. 인원체크를 하고 버스를 출발시켰다. 신 회장과 간부 9명이 승합차에 옮겨 타고 서울로 출발했다. 산에서 놀던 까치 두 마리가 날아와 배웅했다. 다들 까치를 보고 즐거워했다. 까치는 늘 거기에서 출몰하는 텃새였지만 어쨌든지 기분은 좋았다. 신 회장이 파이팅을 선창하자 나머지 사람들이 일제히 파이팅을 세 번 연창했다.

당일 인력이 얼마나 동원될지 걱정이 되었다. 실무총책과 연락담당에게 점검을 부탁했다. 계속 통화가 이어졌다. 연락담당이 어이없다는 듯이 점검 결과를 보고했다.

"회장님, 부산은 연락이 안 되고, 광주는 준비가 부족해서 불참하기로 결정했답니다. 어떡하지요? 진짜 황당하네!"

연락담당의 말에 모두 눈이 휘둥그레졌다. 신 회장은 그동안 조마조마하던 마음이 이상하게 착 가라앉았다. 드디어 올 것이 왔다는 기분이다. 뭔가 석연치 않았는데 그 실체가 드러난 셈이다. 일단 부산 김 위원장에게 전화를 했다. 휴대폰이 꺼져 있었다. 광주 현 위원장에게 전화를 했다.

"위원장님 신나라입니다. 우린 출발했는데, 거긴 어떻습니까?"

"저, 회장님 죄송하게 됐습니다. 반발하는 사람 몇 명이 간부회의를 소집해 의견을 물은 결과 광주는 이번 시위에 불참하기로 결정했습니다. 다 제가 못난 탓입니다. 이 일로 전 광주 이미비 위원장에서 물러났습니다. 거듭 사과 말씀 드립니다. 저는 개인 자격으로 내일 서울역으로 가겠습니다."

광주 현 위원장은 끝까지 자기 책임임을 강조하며 거듭 사과했다. 신 회장이 통화를 마치자 차 안에서 통화내용을 듣고 있던 간부들이 욕설을 내뱉었다. 부위원장이 이제 어떻게 할 것인지 의견을 물었다. 신 회장은 마치 이런 상황을 예측한 듯 망설임 없이 단호하게 말했다.

"독자적으로 밀고 가는 거지요. 정부의 부당한 결정에 항의하기 위해서 모였고 우리 고향을 살리기 위해 자진해서 일어선 거 아닙니까. 우리가 언제 남 믿고 나섰습니까. 부산이나 광주 없이도 잘할 수 있습니다. 시위 준비도 우리 것은 우리가 다 했지 않습니까. 그냥 계획한 대로 밀어붙입시다. 만약을 위해 집회신고도 다 해뒀습니다. 말이 났으니 말이지. 이오성미술관 입지를 대구로 결정한다면, 부산이고, 광주고, 이의를 달지 못할 겁니다. 그게 그들 불참의 본질입니다. 대구의 들러리를 선다고 생각하는 거지요. 연방제 쟁취 쪽으로 이슈를 확대해서 그들을 포섭하려고 했는데 결국 다 빠져나가네요. 이번 일은 우리 발등의 불이니 우리가 해결합시다. 안 그렇습니까?"

신 회장은 다소 격앙된 목소리로 간부들을 설득했다.

"회장님, 근데 우리도 내일 인력동원에 차질이 있을 듯합니다."

실무총책이 어두운 얼굴로 말을 떠듬거리며 말했다.

"최소 몇 명까지 예상합니까?"

"전화, SNS, 카톡, 문자 등 다 동원해서 독려했지만, 서울까지 끌어내기엔 역부족인 것 같습니다. 몇 명이라고 장담하기 어렵습니다. 요즘, 사람 동원하기가 하늘의 별 따기입니다. 일당을 주거나 언론에서 세게 띄워주면 모를까……."

실무총책은 죄라도 지은 양 고개를 숙였다.

"참 큰일났네. 망신당하는 거 아닌지 모르겠네. 버스 타고 간 돌격대와 우리가 다인 거 아닐까 몰라. 돌격대는 일당 받는 꾼들이니까, 순수한 참가자는 우리 간부 열 명이 다네! 용두사미라더니 우리 하는 일이 정말 용두사미구먼."

신 회장이 신세 한탄을 하자, 실무총책이 수습 차 마무리를 했다.

"몇 명을 동원했느냐가 중요한 게 아닙니다. 요즘 1인 시위가 대세 아닙니까. 우리 인원이면 충분합니다. 사람들 눈을 끌고 뉴스를 타면 우리의 뜻을 널리 알릴 수 있습니다. 하는 데까지 해봅시다. 힘냅시다, 힘!"

실무총책의 말을 듣고 다들 고개를 끄덕이며 호응했다. 신 회장이 좋은 생각이 난 듯 무릎을 치며 뒤를 돌아보면서 말했다.

"눈을 끄는 방법이 있어요. 내 동생이 서울 근교에서 개를 조련하는 일을 하는데 훈련 받은 개들을 시위에 앞세우는 게 어떨까요. 내 동생은 개와 소통이 가능한 특별한 능력을 가지고 있는데, 마음만 먹으면 내일까지 수백 마리를 동원할 수 있을 겁니다. 시민의 관심을 끌어 시위 효과도 높이고 시위진압대로부터 우리 안전도 지켜주고, 일거양득 아닙니까. 물론 평화적으로 시위할 테지만, 만에 하나 불상사가 발생할 수 있으니까……."

신 회장의 말에 수긍하는 듯 누구도 이의를 달지 않았다. 개들이 앞장선다니까 든든한 감이 드는 모양이었다. 자칫 희화화될 소지가 없는 건 아니지만 지금 상황에서 이것저것 가릴 처지가 아니었다. 훈련된 개들이 합류한다는 말에 분위기가 많이 부드러워진 듯 가벼운 농담이 오고 갔다. 훈련견 합류에 반대 의견이 나오지 않는 걸 확인한 신 회장은 바로 동생에게 전화를 했다.

"잘 있나. ……. 난 내일 시위하려고 상경 중이다. 지방을 살리자는 취지로 연방제를 실시하자는 데모야. 그런데 동원 인력에 차질이 생겨서 그러는데, 잘 훈련된 개들을 동원할 수 없을까. ……. 많이 동원할수록 좋지. 내가 다음에 원수를 갚을 테니 신경 좀 써 줄래. ……. 백 마리, 오케이. ……. 내일 10시 반에 서울역에서 보자. 고맙다."

통화가 끝나자 다들 박수를 치며 좋아했다. 박수소리가 잦아들자 실무총책이 더듬거리며 말을 꺼냈다.

"이렇게 축소되어 대구만 움직일 거 같으면 '연방제 쟁취'를 주장하는 것보다 대구 이미비의 당초 취지대로 '이오성미술관 서울 입지 철회, 이오성미술관 대구 입지 촉구'로 목표를 변경하는 게 어떻습니까."

신 회장은 가슴이 뜨끔했다. 다들 신 회장의 눈치를 보며 말을 아꼈다. 시위 비용을 신 회장이 다 부담하고 있으니 그럴 만했다. 신 회장도 이 정도 인원으론 연방제 쟁취는 무리라고 생각하고 있었다. 차마 먼저 말을 꺼내기가 민망하던 차에 실무총책이 이 문제를 거론한 것이다.

"다들 생각이 같은 겁니까?"

모두 눈을 끔벅이며 고개를 끄덕였다.

"여러분의 뜻이 그렇다면 그렇게 해야지요. '이오성미술관 서울 입지 철회, 이오성미술관 대구 입지 촉구'로 슬로건을 바꾸는 것으로 합시다. 그러면 준비해 온 피켓하고 현수막은 폐기하고 다시 만들도록 조치합시다. 지금 서울역 인근 광고업체 검색해서 각각 열 개씩 주문 넣으세요."

긴박했던 순간이 지나자 마음이 풀리는지 다들 눈을 감고 낮잠을 청했다. 고속도로 변의 가을 풍경이 천천히 지나가며 손을 흔들었다.

서울역은 언제나 사람들로 붐볐다. 오늘은 개들까지 몰려나왔다. 대형견공이 입마개를 하고 질서정연하게 열을 지어 앉아 있었다. 서울역에서 보기 드문 광경이 벌어졌다. 사람을 모을 심산이었든지 조련사가 옛날의 역전 약장수처럼 개들과 일종의 묘기대행진을 진행했다. 조련사와 개가 서로 의사를 소통하는 광경을 생생하게 보여주었다. 구경꾼들이 하나 둘 모여들었다. 신 회장이 도착하자 구경하는 인파가 꽤 많았다. 그제야 폰을 보니 도착했다는 동생의 문자가 들어와 있었다. 마음이 든든했다. 잘 훈련 받은 개들 백여 마리가 앞장선다고 하니 돌격대들도 환호를 질러댔다. 부담이 엄청 줄어든 까닭일 것이다. 광주의 현 회장도 회색 등산복 차림에 창 모자와 선글라스를 착용하고 나타났다. 시위진압대가 출동하여 시위대를 에워쌌다. 개를 앞세우고 그 뒤로 피켓과 현수막을 든 돌격대가 따라갔다. 신 회장과 간부들은 확성기를 들고 준비한 슬로건을 외치며 시위대를 지휘했다. 시위대가 광화문광장 쪽으로 행진하는 동안 인파는 눈덩이처럼 불어났다. 모두 개들의 행진 덕분이었다.

"이야! 개들도 데모를 하네! 오래 살다 보니 별일을 다보네!"

"개들도 미술관 입지가 잘못됐다는 걸 아는데, 도대체 정부는 일을 어떻게 하는 거야!"

"개보다 못한 인간들이 많아!"

"맞아 맞아, 개 말이 맞아, 이오성미술관은 고인의 고향으로 가는 게 맞지."

가을 하늘은 구름 한 점 없이 맑고 높았다. 최루탄도 쏘지 않았지만 신나라 회장의 눈에서 연신 눈물이 삐져나왔다.

이 여인을 돌로 쳐라

#너 선한 마음 가진 자 늘 용서하며 살리니

앙상한 나뭇가지가 바람에 떨고 놀이터 모래판 위엔 낙엽이 어지럽다. 하나 남은 주홍감이 그나마 아쉬움을 달래준다. 해는 여섯 시도 못 넘기고 이웃 아파트 꼭대기를 넘어갔다. 가슴이 콩닥거리고 공연히 불안하고 초조하다. 베란다 밖으로 자꾸 눈길이 갔다. 민듯하게 생긴 효요양원 빌딩 4층에서 옅은 장국 냄새가 바람을 타고 건너왔다. 허구한 날 비릿한 냄새와 밍밍한 장국냄새로 시달리다 보니 애꿎은 주름살만 늘어갔다. 요양원 글자만 봐도 절로 짜증이 났다. 황망히 베란다로 나가 새시 문을 닫고 버티컬블라인드를 쳤다. 초조한 마음을 달래보고자 소파에 앉아 TV 채널을 이리저리 돌렸다. 정신이 산만할 땐 음악프로가 제격이다. 요즘 트로트가 대세라 그런 건지 옛날 노래가 심심찮게 나왔다. 본방에, 재방에 하루 종일 트로트를 들을 수 있을 정도다. 젊은 가수가 진또배기를 열창하고 있다. 노래를 어떻게 저리도 잘 할까. 말 그대로 폭풍 음량이다. 몸이 불편한 어머니마저 큰방으로 건너와 TV 앞에 앉았다.

그 순간 '꽝' 하는 굉음과 함께 창문이 경련을 일으키듯 흔들렸다. 위순은 눈을 감았다. 이상하게도 떨리던 가슴이 편안해지고 초조한 마음도 풀렸다. 위순은 십년 묵은 체증이 내려간 듯 가슴이 후련했다. 아니다. 이런 상태는 허탈하다고 하는 건가. 버티컬블라인드를 걷고 창밖을 내다보았다. 효요양원에서 화염이 무섭게 타올랐다. 화끈한 열기가 뭉근한 냄새를 녹여버렸다. 건물 옥상에 세워진 아크릴 간판이 깨진 채 위태롭게 매달려 있었다. 비명소리와 울음소리가 뒤섞여 나왔다. 창문을 열고 뛰어내리는 사람도 얼핏 눈에 띄었다. 주방이 있는 4층에서 폭발이 일어나 요양원으로 사용하고 있는 위 5개 층으로 불길이 급속히 확산되고 있었다. 겁이 덜컥 났다. 효요양원 빌딩은 9층 건물이다. 1층은 약국과 의료기기점이 입주해 있었고, 2층은 정형외과, 3층은 물리치료실로 운영되고 있었다. 위순은 쫓기듯 황급히 집을 나와 효요양원 앞으로 갔다.

작은 폭발음이 연이어 터져 나왔다. 이불을 비롯하여 불에 잘 타는 천 따위가 많은 탓인지 화염은 괴성을 지르며 춤을 췄다. 화마는 삽시간에 건물을 통째로 집어삼켰다. 구경하던 사람들이 겁을 먹고 뒤로 멀찍이 물러났다. 건물에서 용케 빠져나온 사람들과 구경꾼들이 뒤엉켜 인근 도로는 삽시간에 마비되었다. 눈치 빠른 운전자는 재빨리 차를 돌려갔다. 탈출한 사람은 주로 1층에서 3층에 있던 사람들이었다. 대형폭발사고에 연루되기 싫은 듯 대부분 구경꾼 사이로 슬금슬금 꼬리를 감췄다.

사이렌 소리가 요란하더니 소방차와 앰뷸런스가 도착했다. 도시가스를 차단하여선지 거센 불길이 조금 수그러들었다. 그렇지만 화염의 기세는 여전히 거셌다. 소방대원들은 건물 안으로 진입하지 못하고 건물 밖에서 물줄기만 쏴대었다. 경찰이 질서를 잡으려 했지만 요양원 인근은 아수라장을 방불케 했다. 세상에서 가장 재미있는 구경은 불구경과 싸움구경이라더니 그 말이 실감났다. 구경꾼들이 꾸역꾸역 모여들었다. 코로나 극복을 위한 사회적 거리두기도 잊은 듯 역동적인 불의 마력에 빨려 들어갔다. '저런, 저걸 어쩌나!', '아이고, 큰일 났네!', '쯧쯧, 자식들 가슴에 못을 박겠구나!', '경을 칠 일이야!' 따위의 탄식이 여기저기서 들려왔다. 그런 탄식과 달리 그들의 얼굴은 하나같이 발갛게 상기된 채 들떠 있었다.

올해 들어 코로나 바이러스 펜데믹으로 잠시 주춤하긴 했지만 효요양원은 건물주에게 황금 알을 낳는 거위였다. 그야말로 눈에 넣어도 안 아플 효자 건물이었다. 인간사 새옹지마라더니 그 말이 딱 들어맞았다. 갑자기 심술궂은 화마가 찾아와 잘 나가던 판을 한 순간에 확 뒤집어놓은 셈이다.

소방관이 불을 제대로 끈 것인지, 탈 만큼 탄 탓인지, 차츰 불길이 잡혀갔다. 소방관이 건물 안으로 진입하면서 불탄 시신이 실려 나왔다. 뼈만 남은 시신부터 푹 익은 시신까지 천차만별이었다. 입원한 환자의 보호자들이 달려들어 신원을 확인하고자 했지만 모두 허사였다. 신원 확인이 가능한 시신은 거의 없었다. 바닥에 주저앉아 흐느끼는 유족도 눈에 띄었다. 하지만 살만큼 산 노인환자들이어서 그런지 가슴을 울리는 애절함이 위순에게 전해지지 않았다.

애먼 사람도 한둘 섞여있겠지만 대체적으로 가야될 사람이 간 것 같다. 세상 살다보면 대낮에 날벼락을 맞는 수도 있는 법이다. 요양원에 들어갈 정도로 심신이 성치 않은 사람은 죽음 복을 타고나지 못한 거다. 복 중에 죽음 복이 최고라 하는데 조금 섭섭해도 아쉬워하고 슬퍼하는 사람이 있을 때 가는 게 맞는다. 죄를 무릅쓰고 저들을 보내주는 일은 살신성인하는 것과 진 배 없다. 적선했으니 오히려 칭찬받을 일이다.

인간의 수명이 급속도로 늘어나면서 치매 환자가 눈에 띄게 늘어났다. 정신의 수명이 신체의 수명을 따라가지 못해 나타나는 현상이다. 인간이 신의 뜻을 거역한 반역이다. 신이 준 수명을 거부하고 억지로 몸뚱이를 붙잡다보니 정신 나간 신체가 급증한 거다. 신이 졸고 있는 건지 개선조치가 없다. 이대로 계속 갈 수 없다. 누군가 나서서 이 불경한 상황을 깔끔하게 정리해야 했다. 그렇지만 위순은 가슴이 뻥 뚫린 듯 휑했다. 이런 건 뭐지.

#괴로운 인생길 가는 몸이 평안히 쉴 곳이 아주 없네
이번 주는 오전 6시에서 오후 2시까지 근무하는 '데이 타임'이다. 계속 '데이 타임 근무'만 했으면 좋겠다. 그렇게만 된다면 남들처럼 친구와 함께 영화도 보고 클럽도 가면서 저녁시간을 즐길 수 있을 텐데. '이브닝 타임 근무'만 해도 견딜 만하지만 '나이트 타임 근무'는 정말이지 싫다. '나이트 타임'에 대한 거부감이 우울증을 더 악화시키는 것 같다. 간호사로 취업하기 전까지만 해도 나이팅게일처럼 잘 할 수 있을 것 같았다. 졸업 후 벌써 병원을 세 번이나 옮겼다. 이 직업에 대한 회의가 생긴다. 그건 어쩌면 인간에 대한 환멸일 수도 있다. 요양병원에도 근무해 보았지만 사이코 같은 의사들 등쌀에 못 버티고 나왔다. 이제 네 번째로 근무하게 된 곳이 '효요양원'이다.

요양원도 요양병원과 근무여건이 크게 다르지 않았다. 의사가 없는 관계로 간호사의 전문성이 빛을 발하는 곳이라는 점이 요양원의 매력이었다. 사회복지사, 물리치료사, 요양보호사 등 전문자격사들이 있지만 요양원의 성격상 의료인인 간호사가 가장 핵심적인 자격사일 수밖에 없었다. 요양원에선 간호사가 실질적으로 업무 피라미드의 정점인 셈이다. 환자들에게 위급한 일이 터지면 모두 간호사만 찾았다. 책임은 크지만 자존감이 충족되는 점이 좋았다.

오후 2시가 조금 지나 효요양원에서 나왔다. 벌건 대낮에 아무도 기다리지 않는 원룸 숙소로 가자니 왠지 어색하다. 그렇지만 달리 갈 데도 없어 버스에 몸을 실었다. 네플릭스 인기드라마나 볼 참이었다. 버스엔 승객들로 꽉 차서 앉을 자리가 없었다. 코로나가 창궐하는 상황에서 대낮에 버스가 만원이라는 것도 이해할 수 없었지만 승객의 머리가 모두 하얗다는 사실에 더욱 놀랐다. 하얀 머리를 한 많은 눈들이 효선에게 집중되었다. 요양원에서 노인들에게 단련되긴 했지만 이런 상황은 또 다르게 와 닿았다. 효선은 출구 반대편에 손잡이를 잡고 섰다.

다음 정거장에서 머리 하얀 할머니가 또 올라탔다. '에고, 에고' 하는 소리가 연신 이어졌다. 한 사람도 아니고 두 사람씩이나 탔다. 두 할머니가 타는 시간이 참을 수 없을 만큼 길었다. 얼굴이 절로 일그러졌다. 앉을 자리도 없었지만 자리를 양보할만한 사람도 없었다. 버스기사가 운전석에서 나와 제일 뒷자리로 가서 끼어 앉든지, 아니면 기둥과 손잡이를 꼭 잡으라고, 쥐어짜는 목소리로 말했다. 두 할머니가 안전하게 자리 잡지 않으면 운행할 수 없다고 언성을 높였다. 이런 상태로 운행하다가 승객이 다치기라도 하면 신세 망친다고 하소연했다. 할머니는 어쩔 줄 몰랐다. 할머니는 반발심에 선지 맺힌 게 있었든지 버스바닥에 주저앉아버렸다. 한 할머니가 주저앉자 다른 할머니도 따라서 바닥에 주저앉았다. 기사 양반, 이제 갑시다. 기사는 승객안전을 위해 자신의 책무를 다하고 있었지만 차안의 분위기는 무겁고 슬펐다.

연로한 노인들이 도대체 무엇을 하러 어디로 가는 것인지 궁금하다. 일일이 물어볼 수도 없고 답답한 노릇이다. 노인들에게 지하철 무임승차 혜택을 주는 이유도 이해할 수 없다. 남는 게 시간이고, 걸어 다니면 건강에도 좋을 터이다. 공연히 예산만 낭비하는 것이 아닌지 모를 일이다. 한 해에 약 이천 억 원의 예산이 소요된다는 말을 어디서 들은 것 같다. 걸어가도 될 일에 차를 타고 간다. 그러면서 건강을 위하여 굳이 시간을 내어 만보를 걷는다. 이는 명백한 자가당착이다.

#내 평생에 가는 길 순탄하여 늘 잔잔한 강 같든지 큰 풍파로 무섭고

어렵든지

　위순은 홀어머니 밑에서 자랐다. 아버지는 아예 기억에 없다. 술에 취해 뺑소니 트럭에 치여 돌아가셨다고 한다. 어머니는 식당 주방에서 뼈 빠지게 일했지만 두 모녀가 입에 풀칠하기도 빠듯했다. 그런 상황에서 위순에게 공부는 사치였다. 중학교를 중퇴하고 돈벌이에 나서야 했다. 그렇지만 어린 소녀가 할 일은 별로 없었다. 아침엔 신문과 우유를 배달하고 저녁시간엔 어머니와 같이 홀치기를 했다.
　그러던 어느 여름날, 주인집 할아버지가 방으로 들어오더니 귀엽다며 얼굴을 만졌다. 갑작스런 행동에 어쩌지 못하고 어이가 없어서 웃었더니 한술 더 떠서 허벅지를 만졌다. 손을 뿌리치고 일어나자 돈을 한 움큼 쥐어주면서 불쌍한 표정을 지으며 한 번만 봐달라고 통사정을 했다. 그래도 응하지 않자 태도를 돌변하여 힘으로 들이댔다. 순식간에 위순을 쓰러트리고 옷을 벗겼다. 소리를 치고 싶었으나 부끄럽기도 하고 쫓겨날까봐 겁도 났다. 그러는 사이 영감의 손가락이 들어왔고 얼떨결에 어른이 되었다. 그 후로 일주일에 한번 꼴로 몰래 찾아왔다. 가끔 기분이 좋을 때도 없지 않았지만 그렇지 않을 때가 더 많았다. 독특한 영감의 비린내에 구역질이 날 지경이었다. 처음 몇 번은 돈이라도 쥐어주더니 나중에는 아예 돈 줄 생각도 하지 않았다. 영감과의 관계는 세월이 해결해주었다. 일 년도 채 되지 않아 자동적으로 떨어져나갔다. 성기가 서지 않게 되자 부끄러운지 근처에 오지도 않았다.
　그럭저럭 성인이 되었지만 가방끈이 짧아 할 수 있는 일은 몸으로 때우는 일뿐이었다. 위순도 어머니를 따라 식당일을 했다. 그렁저렁 먹고 살 수는 있었다. 험한 일을 하며 바쁘게 살다보니 연애도 제대로 못해보고 청춘을 보냈다. 혼기가 지나 결혼을 포기한 때에 식당 주인이 육십 대 중반의 단골손님을 중매했다. 별로 내키지 않지만 어머니의 강권에 못 이겨 마흔에 어머니보다 다섯 살이나 많은 영감과 혼례를 했다. 말이 좋아 결혼이지 혼인신고도 없이 동거하는 거였다. 영감의 자식들은 결혼하여 분가한 상태였다. 경험이 있어서 그런지 영감과의 성관계는 무난했지만 또 다른 불행이 그녀를 기다리고 있었다. 동거생활 삼년 만에 치매가 발병했다. 졸지에 짐승과 다름없는 노인과 살면서 대소변까지 받아내야 했다. 그보다도 자신이 누군지도 모르는 낯선 노인과 싸우는 일이 더 죽을 지경이었다. 무려 4년을 병수발한 끝에 영감은 훌쩍 떠나갔다. 감옥에서 풀려난 기분이었다. 몸도 마음도 가뿐했다. 영감의 재산은 대략 10억은 되어보였으나 자식들이 다 빼돌리고 빈손으로 쫓겨날 처지였다. 혼인신고가 되어있지 않아 상속권이 없다고 주장했다. 큰아들이 그동안 병수발한 은공을 감안하여 열세 평짜리 아파트를 한 채 사주었다. 위순은 그걸로 감지덕지하고 순순히 물러났다.

칠순이 다 되도록 단칸셋방에 세 들어 사는 어머니를 모시고 위순은 난생처음 자기 명의로 된 아파트에 입주하였다. 이사하던 날 위순은 어머니를 얼싸안고 펑펑 울었다. 왜 눈물이 나는지 몰랐지만 한동안 눈물이 그치지 않았다. 정신 나간 영감과 살던 날들을 생각하면 치가 떨리지만 그래도 아파트 하나라도 건졌으니 불행 중 다행이다. 어머니가 좋아하는 모습을 보니 뿌듯하기도 하다.

살 집만 있다고 될 일이 아니었다. 돈이 필요했다. 어머니가 몸져누워 위순 혼자 돈벌이를 해야 했다. 식당일을 알아보았지만 최저임금이 많이 올라서 일자리가 줄어든 데다 코로나로 인해 문 닫은 식당이 많아 마땅한 일자리가 잘 나서지 않았다. 그래도 '굶어 죽어라' 는 법은 없었다. 그늘이 있으면 양지가 있다. 안 되는 업종이 있으면 잘 되는 업종이 생기기 마련이다. 이 코로나 와중에 눈코 뜰 새 없이 바쁜 업종이 있었다. 바로 소독방역업종이었다. 한때 같은 식당에서 일했던 아줌마가 소독방역업체를

주선해주었다. 소독약 냄새가 나고 건강에 해로울 것 같아 망설여졌다. 하지만 목구멍이 포도청이라 더운밥 식은 밥 가릴 처지가 아니었다.

#거기 악한 짐승 없으니 두려울 것 없네

요양원은 한마디로 평가하기 힘든 직장이다. 근무하기가 편할 수도 있고 힘들 수도 있다. 역겨운 욕창 냄새 따위는 자꾸 맡다가 보면 익숙해져서 무덤덤하게 될 수 있다. 요양원은 죽음을 기다리는 사람들을 죽을 때까지 돌보는 착한 곳이다. 그러다 보니 입원 환자들이 수시로 죽어나간다. 가까이서 돌보던 낯익은 사람이 죽어나가는 모습을 자꾸 지켜보다가 보면 어깨가 처지고 기분이 가라앉는다. 그대로 방치하면 우울증이나 조울증이 생기는 법이다. 그래서 요양원 종사자들은 어떤 식으로든지 스트레스를 확 날려버릴 필요가 있다. 마음 맞는 사람들끼리 인근 도시로 원정을 가서 마치 내일 세상이 끝장 날 것처럼 미친 듯이 놀기도 한다. 그룹섹스 동아리나 파트너 스왑 파티도 간혹 존재한다. 그들에겐 노는 것은 살기 위한 몸부림이다.

효선이 병실로 들어서는 순간, 수많은 시선들이 일제히 그녀에게 꽂혔다. 젊은 사람이 귀한 까닭일 것이다. 눈을 감은 사람도 귀신같이 눈을 뜬다. 단내가 나는 모양이다. 뜨거운 눈길은 노골적이고 도발적이다. 옆으로 지나가노라면 드러내놓고 가슴과 복부를 보며 입을 벌리고 침을 질질 흘렸다. 짓궂은 사람은 엉덩이나 허벅지를 잡고 불러 세우기도 했다. 손목을 강하게 비틀며 밀어낼 마음의 준비를 하고 있어야 한다. 손목이 비틀려도 즐거운지 웃었다. 머리가 아프다느니 가슴이 두근거린다느니 허접한 농을 늘어놓으며 수작을 걸기 일쑤다. 근무복 안에 거들 같은 속옷을 꼭 입어야 봉변이나 수모를 면한다. 한 달 쯤 근무하다보면 그런 류의 인간이 다 드러난다. 서너 달 쯤 지나면 그들 눈빛만 봐도 입에서 어떤 말이 튀어나올지도 알게 된다. 요주의인물은 욕쟁이, 싸움쟁이, 변태, 색마 등 딱 맞는 별명을 지어놓고 직원들 간에 정보를 교환하며 경계를 철저히 한다. 제 몸도 제대로 가누지 못하는 노인들이 성욕을 억제하지 못하고 추태를 보이는 모습은 여성의 입장에선 정말 불가사의다.

물리치료사 김샘이 새파랗게 질려서 사무실로 쫓아 들어왔다. 변태 영감이 글쎄 자기 물건을 꺼내놓고 나더러 만져 달래! 미친 거 아니야! 어휴! 그걸 그냥 뒀어! 물건을 잘라버리지 그랬어. 그 변태쟁이, 그제는 여자화장실까지 따라가서 할매를 안고 난리친 영감이잖아. 퇴실시키든지 무슨 조치를 해야 되는 거 아닌가. 여기 들어온 노인들 거의 다 정신

나간 사람들이야. 요양원으로 보내는 거 이외에 다른 방법이 있을까. 여기가 요양원인데, 우리의 숙명이지. 근데 겪어보면, 완전히 맛이 간 치매환자보다 멀쩡한 노인이 더 힘든 거 알지. 제 정신 가진 놈이 말을 더 안 들을 뿐더러 얍삽하게 잔머리 굴리고, 엉큼하게 색 밝힌다니깐. 절이 싫으면 중이 떠나는 법이야. 그냥 개나 돼지와 같은 짐승이라고 생각하고 그러려니 하는 거지. 다들 한 마디씩 거들다가 갑자기 조용해졌다. 본의 아니게 자기비하로 몰고 가는 분위기였다.

효선이 매섭게 치고나갔다. 심신을 못 가누는 노인은 싹 다 청소해야 돼. 똥·오줌도 못 가리는 사람을 염라대왕은 왜 안 데려 가는지 몰라. 처자식도 못 알아보는데 사는 게 무슨 의미가 있어. 솔직히 이 일에 보람을 느끼는 사람 있으면 지금 손 들어봐요? 어찌 보면 여기 들어온 사람들, 그 처자식도 감당 못해서 여기 데려다 놓은 거 아닌가. 본인에게도 사는 게 불행일 거야. 저래 사는 게 무슨 존엄이야. 홍수로 세상을 심판하던 그 잘난 여호와하나님은 도대체 어디서 무얼 하는지 몰라! 내가 그래서 신을 안 믿는다니까! 하나님이 안 하면 누군가 나서서 본보기를 보여줘야 되는데! 참 답답해요!

효선은 만만한 동갑내기 물리치료사 김샘을 보며 열변을 토했다. 워낙 무섭게 말한 탓인지 분위기가 싸해졌다. 단초를 제공한 물리치료사 김샘이 오히려 주눅 들었다. 한 마디씩 거든 사회복지사와 요양보호사들도 처연한 듯 안색이 어두웠다. 그래도 가장 연장자인 요양보호사 박 간병인이 마무리를 했다. 아이고, 세상 참 먹고 살기 힘들다. 그래도 일 해야 먹고 살지. 저런 사람들이 여기 있어줘서 내 가족 먹여 살린다고 생각하면 냄새나는 늙은이라도 예뻐 보이는 법이야. 일체유심조라 안 카나. 만사가 마음먹기 나름인 기라. 세상사는 거 뭐 별 거 있나. 그냥 견디는 거지.

#오랫동안 모든 죄 가운데 빠져 더럽기가 한량없는 우리들

집집마다 방문하는 소독방역은 순박하게 생긴 성실한 중년아줌마가 업계 직원의 이상형이다. 비교적 젊고 인상도 좋은 위순은 방역업체에 딱 맞는 스타일이었다. 생각보다 약냄새도 안 나고 분무약품이 바닥으로 내려깔리기 때문에 신중하게 다루면 코로 들이마실 일도 거의 없었다. 더군다나 요즘 마스크가 워낙 좋게 나와 마스크만 바르게 잘 착용해도 걱정할 일이 전혀 없었다. 코로나 팬데믹으로 인해 방역업계는 호황을 누리고 있었다. 여기저기서 소독방역 요청이 들어와 일손이 딸렸다. 특히 위험한 곳으로 인식되고 있는 교회와 요양원은 새로운 단골고객으로 부상했다.

아파트 베란다에서 바로 내다보이는 효요양원도 위순의 일터였다. 평소 혐오하던 곳이라 썩 내키지 않았지만 그렇다고 못할 것도 없었다. 요양원 자동문이 열리자 비릿하고 누린 냄새가 쏟아져 나왔다. 꿈에 나올까봐 무서운 지긋지긋한 영감냄새를 다시 맡게 될 줄이야! 위순은 구역질이 나서 화장실부터 찾았다. 거울에 비친 마스크 쓴 모습이 낯설었다. 눈만 내놓고 보니 훨씬 젊어 보이긴 했다. 수돗물로 입을 가시고 손을 씻고 나니 조금 진정이 되었다. 문득 요양원 원장 빼곤 모두가 여기 있는 노인들이 조속히 가주기를 바랄 것이란 방정맞고 요망한 생각이 들었다. 죽은 영감의 경우를 보더라도 자식들을 비롯하여 자신까지 모두 빨리 죽기를 바랐던 것 아니었던가. 차마 서로 드러내놓고 말은 하지 않았지만 그 정도는 이전전심으로 느낄 수 있었다.

여자 병실은 무리 없이 빨리 일이 진행되었지만 남자 병실은 완전 딴판이었다. 병실 문을 들어설 때마다 뜨거운 시선이 그녀의 특정 부위에 꽂혔다. 허리를 굽혀 분무를 하는 중에 허벅지와 엉덩이로 손이 들어왔다. 일하느라 어쩔 수 없이 한번 허용한 것이 사태를 악화시켰다. 위순이 추행에 신경 쓰지 않는 것으로 보였든지 너도나도 만지고 비비고 난리도 아니었다. 급기야 구석에 누워있던 영감은 아랫도리를 내놓고 자위행위를 하고 있었다. 위순은 방역을 하는 둥 마는 둥 설렁설렁 하고 다음 병실로 넘어갔다. 지난 병실에서의 수난을 경험 삼아 적극적으로 대처해나갔다. 몸을 숙이지 않고 경계 태세를 갖추며 허리 높이에서 약을 살포하였다. 소독약을 마시든지 말든지 신경 쓰지 않았다. 마음 같아선 코에다 대고 약물을 분무하고 싶었다. 저 인간들에게 삶은 아마 고통일 거야. 그냥 확 날려버릴까 보다.

마지막으로 보일러실을 열고 들어갔다. 바닥과 모서리에 집중적으로 분무하고 허리를 폈다. 창문 밖으로 아파트 베란다에 걸어둔 노란 빨래가 보였다. 불현 듯 무겁게 밀려오던 미지근한 장국냄새가 나는 듯했다. 벽을 타고 노란 도시가스 배관이 촘촘히 지나갔다. 쇠파이프에서 플라스틱 주름 관으로 연결된 부분이 유난히 눈에 띄었다. 위순은 반사적으로 주름 관을 잡고 힘껏 당겼다. 보기보다 튼튼하여 쉽게 떨어지지 않았다. 두 손으로 주름 관을 단단히 쥐고 온 힘을 다해 관을 당겼다. 힘이 부쳤다. 포장을 풀 때 쓰던 커트 칼을 바지주머니에서 끄집어냈다. 스테이크를 썰듯이 호스를 잘랐다. 어렵사리 흠집이 나자 가스 새는 소리가 났다. 보일러실 문을 열고 주방으로 나가서 싱크대 아래 배수관 부위를 긴성으로 분무하였다. 너무 긴장한 탓인지 얼굴에 열이 올라 화끈거렸다. 일을 마치고 요양원 문을 나서는 위순에게 관심을 두는 사람은 아무도 없었다. 그렇지만 누가 뒷덜미를 잡아당기는 것 같아 머리털이 쭈뼛거렸다.

#괴로움과 죄가 있는 곳 나 비록 여기 살아도

이 직업이 적성에 맞지 않는 것인지 모른다. 적성이 아니라면 한시바삐 다른 길을 찾는 게 정답이다. 늦다고 생각할 때 가장 빠르다고 한다. 무엇을 해볼까. 적성에 맞는 일이 무얼까. 그때 교육청에서 공무원으로 근무하는 은경이에게서 전화가 왔다. 말단공무원 정말 못해 먹겠다는 넋두리를 늘어놓았다. 자기와 직업을 맞바꾸자고 하니 민망했든지 웃어 넘겼다. 제기랄! 자기 직업에 만족하는 사람이 드물군. 순간, 효선은 번개처럼 자신이 가야 할 길이 떠올랐다. 그래! 바로 그거야! 공무원, 보건직공무원으로 가는 거다. 시간이 아직 오후 4시였다. 효선은 요양원 원장에게 일신상의 사유로 사직한다는 문자를 넣었다. 득달같이 원장의 전화가 왔으나 받지 않았다. 요양원 직원들에게 부당하게 갑질하고 반반한 여직원을 건드리는 음흉한 놈이라는 소문이 자자했다. 속이 시원하고 휘파람이 절로 나왔다.

효선은 내킨 김에 공무원 수험서를 사러 시내로 나갔다. 인터넷으로 사면 10% 정도 싸게 살 수 있었지만 한권 정도는 당장 사보고 싶었다. 바람이 차고 가로수가 앙상하다. 벌써 연말 분위기가 났다. 거리엔 롱패딩 코트를 입고 마스크를 낀 사람들이 피리 부는 소년을 따라 가는 레밍처럼 앞 사람만 보고 따라갔다. 마스크 쓴 얼굴은 잘난 사람도 없고 못난 사람도 없었다. 코로나로 인해 모두 마스크를 쓴 덕분에 남을 의식하지 않고 다닐 수 있어서 좋았다. 서점은 비교적 한산했다. 많은 책들이 누워서 선택을 기다렸지만 그 주인이 선뜻 나타나지 않았다. 유튜브나 SNS가 대세다 보니 책 읽는 사람이 크게 줄어든 모양이었다. 그 여파로 애꿎은 서점이 직격탄을 맞은 터이다. 공무원 수험서는 직렬별로 분류되어 산더미처럼 쌓여 있었다. 공무원의 인기가 실감났다. 효선은 부담 없이 쉽게 시작할 수 있는 한국사 수험서를 한권 샀다. 벌써 시험에 합격한 것처럼 기분이 좋았다.

은경에게 저녁이나 같이 먹자고 전화를 했다. 스트레스가 많이 쌓였든지 선뜻 달려 나왔다. 은경은 과단성 있고 화끈한 점이 서로 잘 통했다. 절친은 아니지만 가끔 만나는 사이다. 서로가 필요할 때 불러서 함께 놀고 헤어지면 또 한동안 서로 잊고 사는 야릇한 관계다. 둘이서 피자 한 판을 시켜 먹고 약속이나 한 듯 바로 클럽으로 직행했다. 분위기 깔리는 음악이 흐느적거렸다. 한두 살 정도 연하로 보이는 남자 둘이 집적거렸다. 당연히 콜이다. 네 사람은 내키는 대로 맘껏 술을 마시고 허파에 바람이 든 듯 마구 수다를 떨었다. 수다는 곧 소음에 묻혔다. 아무도 듣지 않아도 좋았다. 듣지도 않았다. 그냥 서로 자기 말만 열심히 할 뿐이었다. 스트레스엔 '묻지마 섹스'가 최고야. 이름도 묻지 마, 성도 묻지 마. 그냥 즐기는 거다. 은경은 근육질 남자와 뜨거운 키스를 나누다가 욕정을 억제하지 못하고 먼저 클럽을 나갔다. 들어올 때 친구처럼 들어왔으나 나갈 땐 서로 모르는 사람처럼 나갔다. 효선의 파트너는 큰 키에 몸이 날씬한 편이었다. 은경 커플이 자리를 뜨자 효선도 서둘러 클럽을 나왔다. 인사불성인척 비틀거리며 혀 꼬부라진 소리를 했다. 그러면 십중팔구 모텔로 직행하기 마련이다. 남자란 나이 불문, 학력 불문 하나같이 오직 짝짓기 본능에 충실했다. 아니나 다를까 '원 나이트 친구'도 택시를 잡아 효선을 태웠다. 낯선 두 사람이 낯선 모텔로 들어갔다.

 머리가 깨질 듯 아팠다. 생수를 따서 나발을 불고 습관처럼 폰을 확인했다. 무음으로 설정해둔 까닭에 수시로 폰을 확인해야 했다. 수십 통의 콜백 사인이 들어와 있었다. 아는 번호도 있었고 모르는 번호도 있었다. 난리 났군, 난리 났어. 뭔지 모르게 조금 불안했다. '원 나이트 친구'도 뭔가 심상찮은 분위기를 느꼈든지 재빨리 일어나 옷을 입고 눈인사만 하곤 나가버렸다. 효선은 먼저 친하게 지냈던 물리치료사 김샘에게 전화를 했다. 전화를 왜 그렇게 안 받아. 어제 저녁에 요양원에 폭발 사고가 나서 난리가 났어. 입원 환자는 거의 다 죽고 나이트 하던 직원도 다 죽었어. 뛰어내리다 나무에 걸린 요양보호사 정 간병인만 겨우 목숨을 건진 모양이야. 이샘, 어떡해!

이 여인을 돌로 쳐라 67

저장되지 않은 번호로 전화가 왔다. 평소엔 모르는 번호가 뜨면 받지 않았지만 지금은 상황이 상황인 만큼 받지 않을 수 없었다. '효요양원폭발사고긴급수사반' 강 형사라고 자기소개를 했다. 형사 같지 않은 다정한 목소리로 조사할 사항이 있으니 조속히 수사반으로 출두해줄 것을 요청했다. 뭔가 속셈이 있을 것 같긴 했지만 피하고 숨길 게 전혀 없었다. 효선은 강 형사와 오후 2시에 수사반 사무실에서 만나기로 약속했다.

#이 세상 악의 세력 아무리 강하여도 진리가 이기리니

'효요양원폭발사건긴급수사본부'가 꾸려진 경찰서 마당은 시장바닥을 방불했다. 수사반으로 꾸려졌던 것이 여론이 집중되자 하룻밤사이에 수사본부로 확대·개편되고, 서장이 본부장이 되었다. 열 대도 넘어 보

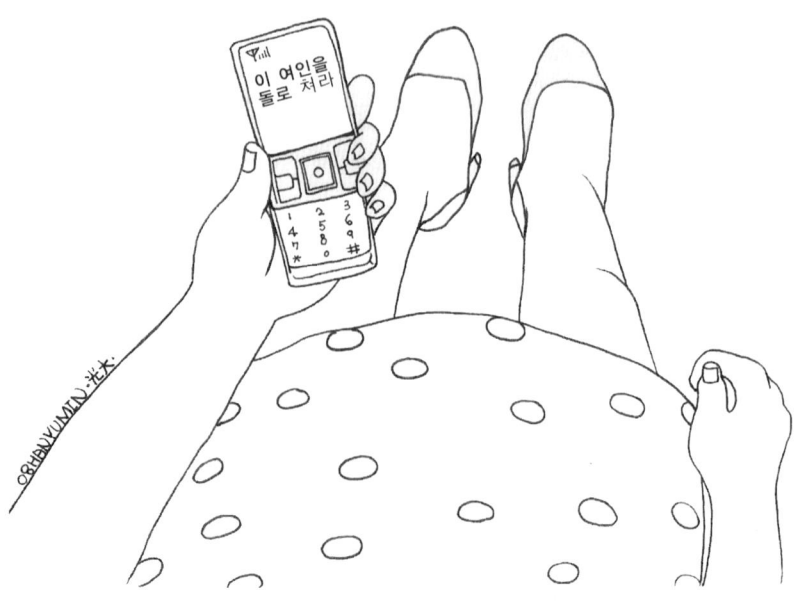

이는 방송국 카메라가 현관에 두서없이 어지럽게 서 있었고, 각종 언론 기관의 기자들이 여기저기서 인터뷰를 따고 있었다. 사망자만 해도 백 명이 훨씬 넘는 대형폭발사고라 언론과 방송의 취재 열기가 상상을 초월했다. 세월호 사고 이후 각종 안전사고에 대하여 정부와 정치권이 민감하게 반응하게 된 영향이기도 했다. 수백 명의 유가족들이 좁은 마당에 진을 쳤다. 울고불고 삿대질하며 야단이었다.

겁이 덜컥 났다. 그냥 도망가고 싶은 유혹이 일었지만 수사본부 사무실로 순순히 들어갔다. 사무실에 발을 들여놓는 순간, 형사들이 일제히 그녀를 에워쌌다. 신원을 확인한 후 조금 전 통화를 했던 강 형사가 효선을 조사실로 데려갔다. 다른 직원들의 조사도 다른 방에서 진행되고 있었다. 아닌 밤중에 홍두깨라더니 옛말이 그른 게 없었다.

유일한 생존자인 요양보호사 정 간병인은 4층 보일러실에서 폭발음이 처음으로 들렸다고 진술했다. 그 후 연쇄적으로 작은 폭발음이 계속 들려왔다고 말했다. 도시가스가 계속 누출된 데다 병실에 가연성 물질이 많았던 것이 초대형참사로 이어진 주요 원인이라는 가설이 자연스럽게 받아들여졌다. 비번이던 직원들은 마치 미리 입을 맞추기나 한 것처럼 비슷한 뉘앙스로 진술했다. 유력한 용의자로 이효선 간호사를 의심했다. 이효선 간호사는 평소 요양원에 들어온 노인들을 지나칠 정도로 혐오하였다. 며칠 전엔 요양원을 다 날려버려야 한다는 과격한 발언도 하였다. 더군다나 어제 오후 사직한다는 문자를 원장에게 보내고 연락이 끊어졌다.

앞뒤 정황으로 유추하면 이야기는 단순하고 명확하게 정리되었다. 평소 요양원을 폭파시키려고 기회를 엿보던 이효선 간호사는 어제 오후 2시쯤 몰래 보일러실로 잠입하여 도시가스 배관을 고의로 파손시켜놓았다. 오래지 않아 누출된 가스가 밀폐된 보일러실에 가득 차올랐을 터다. 이를 모른 채 조리사가 무심코 보일러실 문을 열었고 그동안 보일러실에 쌓여 있던 누출가스가 눈 깜박할 사이에 주방으로 몰려나왔다. 주방으로 유입된 도시가스가 가스레인지 불에 발화되어 대폭발이 일어난 것이다. 이 상황은 효선이 폭파장치를 해놓은 것으로 간주할 수 있다. 이른바 미필적 고의다. 이는 테러행위나 다름없다. 이러한 이야기는 전문적 식견이 없는 사람에게도 마치 팩트인 것처럼 쉽게 받아들여졌다.

효선은 기가 막히고 말문이 막혔다. 주위 사람들에게 강한 자극을 주고자 고의 반 장난 반으로 과격하고 푸짐하게 뻥을 친 걸 두고 폭파범으로 몰고 가는 상황이 너무나 황당하고 어이가 없었다. 그렇게 말을 한 건 맞는데 그렇다고 내가 실제로 요양원을 폭파하려고 한 건 아니다. 내가 우울증이 조금 있어서 시니컬하긴 하지만 그렇게 대책 없이 엄청난 범죄행위를 실행할 위인은 못된다. 내가 할 수 있는 최악은 그냥 목매다는 거 정도다. 아니, 그런 용기도 없다. 죽는 게 사는 거 보다 더 힘들다는 것도 잘 안다. 내가 요양원을 그만 둔 건 적성에 맞지 않아서 보건직 공무원하려고 결심했기 때문이다. 봐라, 책도 샀다. 그러나 효선의 말들은 힘없이 허공을 떠돌 뿐이었다.

#내 마음에 가득한 분노를 깨치고 지극히 화평한 마음으로
형사들은 이효선 간호사를 범인으로 간주하고 취조하였다. 형사를 교대로 투입하면서 같은 질문을 거듭 반복했다. 시인할 때까지 물고 늘어졌다. 어제 밤에 클럽에 가서 처음 만난 남자와 '묻지마 섹스'를 한 것도 불리하게 작용했다. 효선을 완전 '또라이'로 보는 명확한 단서로 채택되었다. 친구 은경을 숨겨줄려고 노력했지만 도저히 그렇게 할 수 없었다. 결국 공무원인 박은경이 소환되어 왔다. 은경은 배신당했다는 듯 효선을 째려보았다. 시종일관 눈을 내리깔고선 효선에게 불리한 진술을 하고 돌아갔다. 효선은 학교 다닐 때부터 과격한 '또라이'였다. 지금은 우울증이 심해 위험한 상태다. 최근의 정신상태로 판단해보건대 요양원을 폭파시킬 개연성이 상당히 크다.

효선은 은경의 진술을 전해 듣고 목 놓아 울었다. 그동안 적분된 삶에 배여 있던 억울함과 분함과 슬픔이 범벅이 되어 눈물로 흘러내렸다. 형사들은 그녀의 눈물을 악어의 눈물인양 여기고 그냥 무시해버리는 눈치였다. 무려 한 시간을 내리 울다가 실신하는 모습을 보곤 당황해하는 형사도 있었다. 촉빠른 베테랑 형사 한 사람은 뭔가 미심쩍은 감을 잡은 듯 동정하는 기미를 보였다.

효선의 행적을 추적하면 추적할수록 흥미진진한 일들이 줄줄이 엮여 나왔다. 클럽의 퇴폐상이 적나라하게 드러났다. 영화 속에서나 등장하던 문란하고 기괴한 성문화가 우리 젊은이들 사이에 만연한 상황은 기성세대에 큰 충격을 주었다. 클럽을 중심으로 마약이 독버섯처럼 자라고 있는 사실이 만천하에 드러나자 검찰이 팔을 걷어붙이고 수사를 시작했다. 유명 연예인들에게 그 불똥이 튀었고 그 파장이 일파만파로 번져갔다.

효선의 짝으로 함께 모텔로 갔던 남성도 그 신원이 곧 밝혀졌다. 그는 여성이 혼자 사는 원룸에 침입하여 성폭행을 하고 금품을 갈취하던 상습적인 치한으로 드러났다. 은경도 네티즌수사대의 추적을 받아 신상과 행적이 SNS에 떠돌았다. 낮에는 모범적인 공무원으로 조신하게 근무하다가 밤에는 팜파탈로 변신하여 짜릿한 인생을 즐기는 매혹적인 여성으로 각광을 받았다.

조사를 계속할수록 이효선 간호사가 범인이라는 확신이 옅어졌다. 그렇다고 그녀가 범인이 아니라는 증거 또한 없는 상황이었다. 시간이 지날수록 사건은 미궁 속으로 빠져들었지만 무언의 압박을 피할 수 없었다. 윗선에서 무엇을 원하는지 모르지 않았다. 결국 수사본부장은 이효선 간호사를 요양원 폭파 범인으로 결론짓고 사건을 검찰로 송치했다.

효요양원폭발사건은 연이어 터져 나오던 정치스캔들을 모조리 삼켜버렸다. 정부 여당이 각종 스캔들을 덮기 위해 전략적으로 언론을 부추긴다는 뜬금없는 가짜뉴스가 항간에 떠돌기도 했다. 이 사건은 대중의 시선을 집중시킬 수 있는 충분한 조건을 구비하고 있었다. 엄청난 폭발사고의 범죄피의자가 미모의 젊은 여성이라는 사실과 '원 나이트 스탠드'라 불리는 신종 자유연애풍속이 많은 사람들의 호기심을 자극하였다. 곪을 대로 곪은 상처가 제대로 터진 점은 수확이라면 수확이었다. 젊은 세대의 찰라주의와 쾌락만능주의 그리고 노인혐오증후군 등 심각한 사회문제를 수면 위로 끌어올려놓은 역할도 했다.

효선은 구치소 방구석에 꼼짝도 않고 쪼그리고 앉아있었다. 다들 정신 줄을 놓았다고 혀를 끌끌 찼다. 덕분에 신참에 대한 괴롭힘을 면하긴 했다. 힘든 일을 했다고 격려하는 사람도 있었다. 구치소 창밖으로 보이는 앙상한 나뭇가지에 까치 한 마리가 탐스러운 홍시를 쪼고 있었다.

Delete

    나는 집에서 혼자 공부하였다. 남들처럼 학원에 다니지도 않았고 과외를 받지도 않았다. 하다못해 그 흔한 독서실에 가지도 않았다. 공부는 눈으로 하는 것보다 손으로 하는 것이 더 효과적이라고 생각했다. 손으로 글자를 쓰면서 공부하는 방법은 비록 조금 더디긴 하지만 잠도 깨울 수 있고 지겹지도 않은 이점이 있었다. 다소 귀찮긴 했다. 물론 스타일과 상황에 따라 개인차는 있을 것이다. 손 공부법은 오랫동안 공부해야 하고 논술식 시험에 대비해야 하는 사람들에게 알맞은 공부법일 수 있다. 젊은 날, 장기간 공부했던 아버지는 자기의 공부방법을 자식들에게 전수해주고자 노력했다. 그 중 대표적인 것이 바로 손 공부법이었다. 대를 이어 전해 줄 욕심으로 아버지는 기회 있을 때마다 어렵게 터득한 자기만의 공부법을 귀가 따갑도록 설파하였다. 그런 것들이 우리에겐 꼰대의 잔소리 정도로 들렸지만 아버지에겐 꽤 절실했던 모양이다. 단순한 진리도 직접 체득하지 않으면 그 참된 의미를 잘 이해하지 못하는 경향이 있다. 아버지의 손 공부법도 마찬가지였다. 아버지는 이미 그러한 사실을 잘 알고 있었기 때문에 우리에게 지겹도록 반복 학습시킨 듯했다. 내가 아버지의 말을 전적으로 이해하고 실천하는 데는 꽤 오랜 시간이 걸렸다. 고등학교에 들어와서 우연히 실천해본 연후에야 그 말뜻을

제대로 이해하고 신뢰하였으니까. 글의 행간을 읽고 깊이 사고하는 습관은 덤이었다. 오랫동안 의지해왔던 타율적 공부방법을 청산하고 집에서 혼자 공부하는 손 공부법으로 전환하고자 했을 때, 제일 좋아한 사람은 당연히 아버지였다. 그 반면 어머니는 거세게 반대했다.

"남들이 하는 대로 가는 게 맞다. 과외하고, 학원가고, 그렇게 남들 하는 대로 하는 것이 제일 안전하게 가는 길이야. 지금까지 그렇게 잘 해왔잖아. 이 중요한 시기에 갑자기 왜 모험을 하려고 하느냐. 정 그렇게 하고 싶거든 대학 들어가서 원대로 해보던가."

나 혼자 힘으로 어머니의 반대를 감당할 수 없었다. 아버지는 기꺼이 지원 사격을 자원했다. 체험에 기반을 둔 요지부동한 신념으로 어머니의 완강한 반대를 온 몸으로 받아냈다. 치열한 공방전이 계속되었지만 어머니는 결국 아버지의 체화된 확신의 벽을 넘지 못했다. 우여곡절 끝에 나는 집에서 혼자 공부하도록 허용되었다. 오래지 않아 나는 손 공부법을 나만의 맞춤형으로 어느 정도 소화해낼 수 있었다.

  우리 집은 60평형에 방이 4개인 아파트다. 제법 큰 집이었지만 할머니를 모시고 여섯 식구가 사는 까닭에 내 공부방이 따로 없었다. 나는 중3인 여동생과 방을 함께 써야 했다. 내가 고3이 되고 대학 입시를 눈앞에 두게 되자 어머니는 여동생을 할머니와 합방시키고 나에게 독방을 마련해 주었다. 그 대신 집에 들어오는 순간부터 스마트 폰을 어머니에게 맡겨야 했다. 어떤 의미로 보면 그건 자유의지를 억압하는 불합리한 처사였다. 세상과 차단되는 불편을 감수하는 일이었다. 다만 집을 나서면 다시 돌려받을 수 있긴 했다. 아버지의 적극적인 배려 덕분이었나. 그나마 감지덕지했다. 어쨌든지 나는 혼자만의 공부방을 갖게 되어 무척 신이 났다. 여동생이 고3이 되면 그 상황이 다시 역전될 수도 있겠지만 우선은 나만의 공간이 가져다주는 해방감을 만끽했다. 자유와 프라이버시는 그렇게 나에게 찾아왔다. 여동생은 깔끔한 멋쟁이 할머니와 방을 함께 쓰는 걸 환영했다. 용돈이라도 넉넉히 챙길 기회로 생각한 모양이었다. 유산을 많이 받은 할머니는 제법 부자였다. 빳빳한 신권을 항상 불룩하게 넣어두고 있다가 베풀어야 할 때가 있으면 망설임 없이 화끈하게 지갑을 열곤 했다. 그런 할머니와 같은 방을 함께 쓰는 일은 혹시 있을 수 있는 약간의 불편을 감안하더라도 나와 비교하면 특히 경제적으로 수지맞는 일일 것이다. 할머니도 애교장이 막내손녀와 합방하게 되어 행복해하였다. 모두가 만족해하는 최적 선택이었다. 이 조합을 왜 지금까지 생각하지 못했는지 의문이다. 역발상이나 혁신은 멀리 있지 않고 가까운 곳에 숨어있다는 생각이 들었다.

  막상 독방을 쓰게 되자, 예상치 못했던 낯선 상황이 전개되었다. 우선 스마트 폰이 절실했다. 폰 중독이라더니 그 말이 딱 맞았다. 폰이 없고 보니 불안·초조하여 책이 손에 잡히지 않았다. 대략 일주일 쯤 지나자 조금씩 적응이 되는 듯했다. 자유의 길은 산 넘어 산이었다. 책장 사이로 아이돌이 아른거렸다. 연예계 스캔들이 궁금해 졌고, 텔레비전 예능 프로그램이 보고 싶어졌다. 하다못해 등하교 길에 만났던 옆집 남학생 얼굴이 나타났다 사라지곤 했다. 일 없이 거울을 보는 시간이 늘어났다. 드러누워 천정을 보며 멍 때리는 버릇도 생겼다. 혼자 있으면 저절로 공부가 잘 될 것만 같았는데 그게 아닌 것 같았다. 여동생이 그동안 이 모든 장애물을 커버해주고 있었다는 생각이 들었다. 자유와 프라이버시는 그 대가를 지속적으로 청구했다. 자유는 결코 공짜가 아니었다.

입시라는 중압감은 일상의 사슬을 벗어나게 하는 마력을 지니고 있는 듯 사람을 외롭고 무기력하게 만들었다. 입시의 중압감과 갑자기 주어진 자유를 오롯이 받아내기에 나 혼자는 너무 외롭고 무서웠다. 위기감을 느꼈다. 함께할 동지가 필요했다. 서로 의지할 동무가 절실했다. 문득 '은미'가 떠올랐다. 나는 같은 반 친구인 은미와 함께 공부하는 것이 이 위기의 돌파구가 될 수 있다고 생각했다. 나는 은미와 같이 집에서 공부하게 해 달라고 부모님을 졸랐다. 처음에는 엉뚱한 생각을 하지 말라던 부모님도 은미가 공부를 잘할 뿐만 아니라 심성도 착한 우등생이란 사실을 알고 고심 끝에 마지못해 승낙을 하였다. 은미는 집이 가난하여 학원에 다닐 형편이 못 되었고, 그렇다고 집에서 공부할 만한 환경도 못 되었다. 그래선지 은미는 나의 제안에 순순히 응하였다. 은미는 밤늦게까지 우리 집에서 공부하다가 다음날 새벽에 집으로 돌아갔다. 은미는 영리했을 뿐만 아니라 얼굴도 예뻐서 온 집안 식구들이 다 좋아했다. 은미는 집안 식구들의 기대에 부응하여 나와 함께 열심히 공부하는 모습을 보여 주었다. 그런 까닭에 부모님도 일단 만족해하였다. 아버지와 오빠가 특히 좋아했다. 남자들은 늙으나 젊으나 예쁜 여자라면 사족을 못 썼다. 아버지와 오빠도 정상적인 남자의 본성을 간직하고 있었다. 어머니는 감독의 일환인지 과일이나 간식을 들고 수시로 들락날락 거렸다. 어느 때부터인가 대학생인 오빠도 괜스레 군것질거리를 들고 눈치를 보며 내 방 주위를 어슬렁거렸다. 은미에게 끌리는 모양이었다.

날이 갈수록 처음 공부분위기가 흐트러졌다. 공부하는 시간보다 잡담하는 시간이 더 많아졌다. 혼자 일탈하는 것보다 함께 일탈하는 편이 훨씬 덜 부담스러웠다. 함께 농땡이 치는 상황이 서로에게 위안이 되었다. 은미 같은 우등생과 함께 논다는 사실이 독박 비슷한 느낌을 희석시켜 주었다. 은미와 함께라면 공부 사보타지보다 더한 탈선도 도발할 수 있을 것 같았다. 나는 그러한 긴장과 스릴을 내심 즐겼다. 상황이 예상과 조금 다른 방향으로 전개되었다. 나는 잠재적인 불안감으로 마음이 조금 뒤숭숭했다. 겉보기엔 그냥 웃고 즐기는 모양새였지만 어수선한 마음을 걷어낼 수 없었다. 그것은 은미도 마찬가지였을 것이다. 내가 과연 무슨 짓을 저지르고 있는 것일까.

뜻하지 않은 조그만 수확도 있었다. 팍팍한 현실과 숨 막히는 경쟁을 잠시 잊고 삶의 여유를 즐기는 것도 나쁘지 않았다. 은미를 크게 도와줄 입장은 아니었지만 잠시나마 그녀를 칙칙한 일상에서 벗어나게 해주는 소소한 보람도 있었다. 은미는 우리 집 분위기에 재빨리 적응했다. 좋은 환경에서 공부하는 나를 무척 부러워했다. 그래도 은미는 자신감이 충만했다. 어떤 면에서 너럭바위같이 든든했다. 넘치는 자신감이 나에게 바로 옮아오는 듯했다. 우리는 미래에 대한 긍정적 자신감을 공유했다. 원하는 대학에 너끈히 합격할 수 있다는 자신감. 그렇게 한 달이 지났다. 은미와 함께 공부하는 상황은 비록 기대만큼 만족스럽지는 못했지만 나름대로 어떤 패턴이 자리잡아갔다.

그러던 어느 날, 부모님이 해외여행을 가게 되었다. 자유는 항상 해방감과 함께 왔다. 우리는 모두 환호했다. 미처 뿌리내리지 못한 어설픈 패턴이 깨졌다. 초저녁부터 거실을 점거하고 텔레비전 앞에 모여앉아 예능 먹방을 봤다. 오빠는 먹방이 싫다며 트럼프를 들고 왔다. 포커와 블랙잭을 가르쳐주었다. 오빠, 여동생, 은미 그리고 나까지 네 사람이 즐기기에 포커는 딱 안성맞춤이었다. 우리는 포커 판을 벌였다. 판돈은 과자나 사탕으로 대신했다. 과자나 사탕은 물론 오빠가 사왔다. 간식도 당연히 오빠 몫이었다. 한번 길이 난 포커 판은 마약처럼 중독성이 있었다. 입시라는 중압감이 놀이를 더욱 달콤하게 해주었다. 평소 별로 재미없었던 게임도 공부 대신에 하는 것이라 그런지 재미가 꼴꼴 났다. 오빠는 은미가 끼여선지 유달리 즐거워했다. 땐땐모찌 구두쇠로 철벽같았던 오빠도 은미 앞에선 쉽게 무너졌다. 지갑을 활짝 열어 제켰다. 우리는 거의 매일 밤마다 파티를 열고 거나하게 놀았다. 우리의 놀자 판은 브레이크가 없었다. 할머니가 다소 껄끄럽긴 했지만 할머니는 낙천주의자인데다 오빠바라기여서 오빠의 윙크 한방이면 만사 오케이였다. 우리의 놀자 판은 부모님이 돌아올 때까지 질편하게 이어졌다. 다만 오빠와 은미의 불장난이 걱정되긴 했다. 그 문제는 나와 여동생이 본능적으로 의기투합하여 긴장의 끈을 놓지 않고 철통같이 경계하였다. 오빠와 은미에게 둘만 있는 기회를 절대로 용납하지 않았다. 나와 여동생 중 적어도 한 사람은 반드시 은미 옆을 지키는 것을 불문율로 했다. 은미도 우리의 의도를 눈치 챘던지 우리의 뜻에 순순히 따라주었다. 오빠가 온갖 불순한 공작을 시도했지만 우리의 강력한 공동 방어막을 뚫진 못했다. 어떨 땐 노골적으로 내게 짜증을 내었지만 결코 물러서지 않았다. 아무리 농땡이를 치고 있었지만 그래도 학생이 지켜야 할 마지노선이 뭔지는 알고 있었다.

 마침내 부모님이 해외여행에서 돌아왔다. 그렇지만 우리의 관성은 쉽사리 멈춰지지 않았다. 놀이 장소가 거실에서 내 방으로 옮겨진 것 외에는 달라진 게 별로 없었다. 무슨 일이든지 꼬리가 길면 밟히는 법이었다. 매일 밤 일어나는 놀자 판을 가족에게 완벽하게 숨길 수는 없었다. 결국 어머니도 우리의 놀자 판을 대충 눈치 채게 되었다. 오빠와 여동생은 입시생의 공부를 방해하지 말라는 강력한 경고를 받았다. 놀자 판을 계속 벌이면 은미를 우리 집에 오지 못하게 하겠다는 최후통첩까지 받았다. 숨바꼭질은 그렇게 시작되었다. 우리도 쉽게 무너지진 않았다. 그동안 다져진 의기로 똘똘 뭉쳤다. 오빠가 적극적으로 앞장섰다. 우리들은 각자의 방으로 흩어졌다가 은밀히 아지트로 다시 모여들었다. 내 방과 오빠 방을 옮겨 다니는 꼼수도 썼다. 될 수 있는 대로 말을 하지 않고 묵묵히 포커를 쳤다. 가끔 양념삼아 블랙잭도 쳤다. 스릴은 토핑처럼 미각을 더욱 자극했다. 우린 광대같이 팬터마임을 벌였다. 소리 없는 웃음이 방에 가득 찼다.

그러던 어느 날이었다. 내 용돈이 전부 사라졌다. 나는 한 달 용돈을 한꺼번에 받았다. 용돈을 다 가지고 다니면 분실할 우려도 있고 낭비할 가능성도 있어서 항상 그날 쓸 만큼만 갖고 다녔다. 받은 용돈을 책갈피에 끼워 두고 곶감 빼먹듯이 야금야금 빼먹곤 했다. 그런데 책갈피에 끼워 두었던 그 용돈이 몽땅 사라진 것이었다. 지금까지 이러한 일이 한 번도 없었으므로 나는 매우 당혹스러웠다. 오빠와 여동생에게 용돈 분실 사실을 얘기했다. 두 사람은 눈을 동그랗게 떴다. 결벽증이 조금 있는 여동생은 눈을 가늘게 뜨며 은미가 의심스럽다고 말했다. 나도 내심 그렇게 생각하지 않은 것은 아니었지만 좋아하는 친구라 그렇게 믿고 싶지 않았을 뿐이었다. 자존심이 상했다. 나는 여동생에게 필요이상의 과민반응을 보였다. 감히 내 절친에게 그런 의심을 하느냐며 쏘아붙였다. 반사적으로 의혹의 화살을 여동생에게 돌렸다.

"너, 고의로 은미에게 덮어씌우려는 것 아니냐?"

"뭐야! 언닌 내가 그렇게 밖에 안 보여! 내가 언제 그런 짓 하는 거 봤어?"

여동생은 잡아먹을 듯이 눈을 부릅뜨며 항변했다. 자기를 어떻게 보고 그 따위 턱도 없는 의심을 하느냐고. 눈물까지 글썽이며 결백을 호소했다. 하긴 오빠와 여동생이 그랬을 리 없었다. 잠깐 어색한 침묵이 흘렀다. 여동생은 비장한 표정을 지으며 자신의 심증을 털어놓았다.

"은미가 범인일 거야. 은미가 확실해."

"뭐야! 얘가 못하는 말이 없네. 남의 말 그렇게 함부로 하면 안 되지! 네가 봤어?"

오빠는 소리를 빽 지르며 여동생을 노려보았다. 오빠의 감정적 반응에 여동생은 몹시 야속한 듯 눈물로써 억울한 심정을 조잘조잘 호소했다. 은미에 대한 의심을 뒷받침할 만한 사정을 나름대로 조목조목 늘어놓았다. 지금까지 이런 일이 없었다는 점, 은미네 집이 가난하다는 점 그리고 은미가 대상에 가장 접근하기 쉬웠다는 점 등이 그 요지였다. 다소 황당한, 이유 같지 않은 이유였다. 그렇지만 어쩌면 현실적인 추리였다. 여동생은 그 심증을 입증할 기발한 아이디어까지 제시했다. 고개가 절로 끄덕여 졌다. 오빠는 그건 나쁜 덫이라면서 그 계획에 강하게 반대했다.

"그건 절도보다 더 나쁜 짓이야! 그렇게 도둑을 잡아서 어떻게 하겠다는 거야. 돈 때문에 그래? 제발 이성을 찾아라. 유혹에 빠지도록 유도한 사람, 범죄 기회를 제공한 사람도 잘못이 있어. 돈을 잃어버린 사람도 잘못이 많다는 말이야. 또 그렇게 덫을 놓는 건 명확한 인권유린이야. 모두에게 평생 상처로 남을 수 있어. 잘 생각해. 이왕 잃어버린 돈, 그만 잊어버려라. 내가 그 돈 보상해 줄 게. 얼마냐?"

법대생다운 말이었다. 오빠는 언성을 높이며 우리를 철딱서니 없다고 힐난했다. 오기가 발동했다. 우리는 들어보란 듯이 구체적인 시나리오를 짰다. 오빠는 화를 내며 나가버렸다.

은미는 여느 때와 같이 상큼한 모습으로 나타났다.

"은미야, 너 오늘따라 더 예뻐 보인다."

"별일이네. 오늘 무슨 좋은 일이 있었던 모양이지."

"은미야, 돈 좀 빌려 줄래?"

"뭐라고? 네가, 나한테, 돈을 빌려달라고? 나한테 무슨 돈이 있다고. 날 놀리는 건 아니겠지. 도대체 무슨 일이야?"

"용돈을 몽땅 다 잃어버렸어."

"무슨 애가 칠칠치 못하게. 돈을 어디다 두었는데?"

은미는 순간적으로 안색이 급변하였다가 이내 덤덤한 표정으로 돌아왔다. 촉빠른 말실수를 인지한 듯했다. 나는 은미에게 조금 죄스러운 마음이 들었지만 준비한 시나리오대로 말을 이어갔다.
"글쎄, 영어 참고서 갈피에 끼워 둔 것 같은데, 전부 다 사라졌어. 괜히 동생한테 의심이 가네. 돈을 잃어버린 사람이 더 나쁘다고 하더니만, 그 말이 맞는 모양이야. 괜히 다른 사람을 의심하게 되네. 아, 참. 그게 지리부도였든가? 맞아, 내가 잘 안보는 책에 끼워둔다고 지리부도 갈피에 넣어둔 것 같아! 요즘 내가 정신이 왔다 갔다 한다니까."
"지리부도는 아직 안 찾아봤구나. 한번 찾아보면 되겠네. 혹시 다른데서 잃어버리고 집에서 찾는 건 아니겠지?"
"지리부도 갈피에 끼워둔 거 확실해."
그 순간 밖에서 기회를 보며 엿듣던 여동생이 상기된 표정으로 재빨리 방으로 들어왔다. 여동생은 눈길을 맞추지 못하고 시선이 흔들렸다.
"언니, 엄마가 큰방으로 건너와 보래. 물어볼 게 있대."
잔뜩 움츠러든 목소리로 여동생이 말했다. 우리는 은미를 혼자 방에 남겨둔 채 문을 닫고 나왔다. 5분쯤 시간을 보낸 후, 다시 은미에게 갔다. 은미는 혼자서 책을 보고 있었다. 지리부도는 잘 보이는 곳에 꽂혀 있었다. 책 규격이 다른 책보다 커서 눈에 잘 띄었다. 나는 떨리는 가슴으로 지리부도를 집어 들었다. 책갈피에서 잃어 버렸던 용돈이 고스란히 나왔다. 은미가 마술을 부린 걸까. 실망스럽고 우울한 결과였다. 차라리 용돈을 잃어버리는 편이 더 나을 뻔했다. 여동생이 손뼉을 치며 좋아했다. 은미는 씩 웃어 보였다. 그녀의 손은 가늘게 떨리고 있었다.
그날 밤, 우리는 평상시처럼 모여 포커를 치며 놀았다. 오빠는 다소 넋이 나간 표정이었으나 곧 평상심을 되찾은 듯 담담하게 행동했다. 은미를 보는 오빠의 눈엔 연민과 안타까움이 교차되었다. 여동생은 그날따라 놀이가 유독 재미있었던지 유난히 큰 소리로 키득거렸다. 호응이 전혀 없는 혼자만의 오버액션이었다. 그 덕분에 다음날 우리는 단체로 어머니에게 호되게 꾸지람을 들었다. 은미를 아웃시키는 조치를 아버지와 신중히 의논해 보겠다고 말했다.

그 다음날, 은미는 변함없이 우리 집에 공부하러 왔다. 어머니의 엄중한 질책 때문이었던지 아무도 내 방 근처에 얼씬거리지 않았다. 뭔가 부자연스러운 상황이었다. 은미는 차분하게 책장을 넘겼다. 열어놓았던 마음의 문을 꼭 닫아 건 느낌이 들었다. 처절한 기운마저 묻어났다. 은미가 입은 상처가 마음에 와 닿았다. 가슴이 무너져 내렸다. 우린 예전처럼 철없이 키득거리거나 잡담도 하지 않았다. 서로 타인으로 돌아앉았다. 오빠의 말이 맞았다. 그건 절도보다 훨씬 더 나쁜 범죄였다. 그건 사람 잡는 덫이었다. 우리는 한 잠도 자지 않고 책상을 지켰다. 무거운 밤이 깊어갔다. 어김없이 새벽이 왔다. 나는 돈보다 훨씬 더 소중한 무언가를 잃어버렸다는 사실을 깨달았다.

나에게 삭제 기능이 있었다면 친구에게 검은 덫을 놓았던 그 기억을 제일 먼저 날려버렸을 것이다. [Delete]

존엄의 굴레

정년퇴직을 축하한다는 의미를 이제 안다. 정년까지 무탈하게 근무하다가 퇴직하는 것은 정말 축복이다. 나는 정년을 불과 일 년 앞두고 사달이 났다. 아들 취업과 관련해서 산하기관에 압력을 행사한 사실이 들통 났던 것이다. 관행처럼 있어 오던 일인데 굳이 긁어대자면 천인공노할 죄악이 된다. 나는 그 바람에 법원에서 집행유예 선고를 받았다. 법원 판결에 뒤이어 직장에서 파면되었다. 경제적 손실만 따져도 그 피해가 엄청났고, 설상가상 아들마저 입사가 취소되었다. 가족이 받은 정신적 데미지까지 고려하면 이 사건은 파산과 진 배 없는 재앙이었다. 지금까지 수많은 난관에 부딪혀 봤지만 이번 일만큼 충격이 큰 경우는 없었다. 우리는 살아가면서 많은 것들을 간접적으로 알게 되기도 하고, 세월 속에서 직접 경험을 통해서 체득하기도 한다. 그런 관계로 우리는 이해의 폭이 꽤 넓은 척하며 남들의 불행에 대해 이런저런 위로의 말을 하기 마련이다. 나도 마찬가지다. 사업에 실패한 친구에게 인생을 관조한 도인처럼 반듯한 금언들을 늘어놓았다. 더 잘 된 건지 모른다. 인생은 새옹지마고, 패배는 병가지상사다. 성공한 사람은 실패에서 더 많은 걸 배운다. 이런 저런, 오다가다 들은 말들을 주워섬기며 위로 아닌 위로를 하곤 했다. 그렇게 해야 하는 것이 내 역할인 것처럼 충실하게 그렇게 했다. 역할이 바뀌었을 뿐이지만 이번에도 오고가는 말들은 대동소이했다. 그 정도 흠 없는 사람은 없는데 참 안타깝다. 죄 없는 자, 이 사람을 돌로 쳐라. 자식 일에 눈이 멀지 않을 사람이 과연 몇이나 있겠나? 운이 없었다고 자위하는 수밖에 없다. 그런 말들을 했다. 그 사람들의 눈동자는 대개 생기가 돌았다. 희생의 원래적 의미를 음미해본다.

　이번 일로 나도 많이 아팠지만 나만큼 아파한 사람은 역시 가족이다. 가족 중에는 단연 아내와 어머니다. 아들은 당사자로 직격탄을 맞았으니 말할 것도 없다. 내가 파면 당하자 아내는 나보다도 더 낙담하고 슬퍼했다. 사실은 나보다 아들의 좌절과 실패에 훨씬 더 가슴 아파했을 것이다. 슬픔이 지나치면 정신 줄을 놓게 된다. 정신 줄을 놓고 있는 아내를 보면 오히려 내가 무서워지기까지 한다. 위로해 주고 싶지만 내 코가 석자다. 내 머리도 백지장처럼 새하얗다. 그냥 말하지 않고 둘이 앉아있는 게 유일한 위로였다. 그냥 아무렇지도 않은 것처럼 소파에 나란히 앉아 영화를 함께 봐 주는 것이 서로를 위로하는 마음이라는 걸 잘 안다. 이심전심이란 말은 이럴 때를 두고 하는 말일 게다. 우리는 아무런 생각 없이 볼 수 있는 단순한 액션영화를 찾아서 함께 봤다. 사이다 같은 영화를 선호했다. 마음속의 격랑에 맞춰 영화는 한층 더 사나워졌다. 아내는 마음이 여리고 착해 공포영화나 폭력영화를 제대로 보지 못했다. 잔인한 장면이 나오면 손바닥으로 눈을 가리거나 아예 눈을 감아버리는 스타일이다. 그랬던 아내가 폭력영화에 심취하는 모습은 그야말로 천지가 개벽할 변화다. 그러한 변화가 내 마음을 더욱 찢어놓는다. 우린 서로가 서로의 눈치를 봤다. 나보다 더 가슴이 아플 거야. 혹시 정신 줄을 완전히 놓거나 최악의 선택을 할까 조바심이 일기도 했다. 내가 그러한데 아내라고 다를까. 아내도 전전긍긍하기는 마찬가지다. 우리가 서로에게 힘을 보태줄 수 있는 일은 집안에서 서로 마주치기라도 하면 가만히 안아주고 등을 토닥거려주는 일 정도다.

그런 와중에 유명 정치인이 아파트에서 뛰어내렸다. 노무현 대통령이 고향마을 뒷산 부엉이바위에서 뛰어내린 이후, 가장 큰 센세이션을 일으킨 자살사건이다. 그 스케일이나 중량감이 조금 다르긴 하지만 사망 이후 인기가 폭발적으로 치솟은 점은 많이 닮았다. 자살을 은근히 부추기는 느낌도 든다. 아무리 고민해 봐도 자살은 성급하고 생각이 짧은 돌발행동이다. 그렇지만 대단한 용기와 승부사적인 결단은 인정할 만하다. 아내와 어머니 그리고 자식들이 받을 충격과 상처를 한번이라도 생각해본 걸까? 이미 이승을 떠난 분들에게 물어볼 수도 없는 노릇이다. 살아가는 것이 힘들다고 하나 죽기보다 힘들까. 자살한 사람들은 한 성깔 하거나 튀는 사람들임에 분명하다. 나 같은 범인은 감히 흉내도 낼 수 없다.

집안에서 텔레비전을 붙들고 시간을 보내는 것도 한계가 있다. 흔히 기쁨은 나눌수록 커지고, 슬픔은 나눌수록 작아진다고 한다. 우리는 슬픔을 서로 나누기 위해 손을 맞잡았다. 이는 우리 부부가 완전히 공감한 부분이다. 우리는 같이 손잡고 걷기로 했다. 개천을 따라 걷기도 했고, 인근 학교 캠퍼스를 돌기도 다. 손은 비록 맞잡았지만 생각은 각기 다른 곳으로 향하는 것까지 통제할 수 없었다. 우리는 말을 최대한 아끼고 걷는 일에 열중했다. 가끔 왜가리란 놈이 개울가로 나타나 자태를 뽐내거나 애완견이 교태를 떨며 지나갔다. 그 때, 우리는 걸음을 멈추고 함께 관심을 보이긴 했다. 강아지라도 한 마리 키워보고 싶은 생각이 든다. 내 앞가림도 못하는 처지에 그건 과욕이다. 비가 많이 온 후엔 대개 개천을 따라 걸었다. 세차게 흐르는 물을 보노라면 일종의 카타르시스를 느낄 수 있다. 한껏 불어난 개울물이 아픔과 스트레스를 모두 쓸고 가버릴 듯이 콸콸 소리를 내며 흘러갔다. 그것은 단지 생각 많은 인간의 바램이고 희망사항일 뿐이다. 물은 그냥 흘러갔다.

어머니는 또 다른 방식으로 아픔을 삭이고 계셨다. 나이 드신 분들이 대부분 그러하듯이 종교에 의지해 근심과 번뇌를 벗어나고자 하셨다. 어머니는 독실한 불자로 일상적으로 절에서 불공을 드렸다. 어머니는 부처님께 모든 것을 의탁하신 듯 크고 작은 일에 부처님의 원력을 얻고자 수시로 사찰을 찾아 기도드리곤 했다. 자식들에게서 받은 용돈은 불전함으로 거의 다 들어갔다. 절에서 받아온 부적들을 자식들에게 나눠 주는 일을 살아가는 작은 낙으로 삼으셨다. 어머니의 기도발로 우리 형제자매들이 이 정도나마 살고 있는 것 같다.

나는 신앙심이 있다고 할 순 없다. 어릴 때, 옆집 친구를 따라 성당에 가서 미사를 보고 사탕을 얻어먹은 기억이 난다. 그렇지만 신앙심을 갖고 성당에 간 적은 별로 없다. 고등학교 1학년 때, 근 1년 가까이 개신교 교회에 다닌 적이 있다. 크리스마스이브에 교회에서 남학생과 여학생이 함께 모여앉아 노래하고 춤추는, 이른바 '올나잇'을 한다는 사실에 끌렸다. 그때만 해도 남녀칠세부동석 시대라 사춘기에 이성과 밤을 새운다는 것은 꿈도 꿀 수 없었다. 그런 점에서 교회의 성탄절이브 이벤트는 가슴을 설레게 하는, 달콤한 유혹이었다. 결정적인 한방은 예쁜 여고생이 시내 중심가의 유서 깊은 한 교회에 나간다는 것이었다. 마침 내 앞자리에 있던 급우가 그 교회에 나가고 있었다. 나는 그 친구의 우정 어린 선교에 힘입어 못이기는 척 그 교회에 나가게 되었다. 그 여고생은 소문만큼은 아니었지만 나름대로 순진한 사춘기 남학생들의 눈을 끌기에는 충분할 정도로 예뻤다. 교회는 내가 살던 집에서 버스를 타고 가야 할 만큼 멀리 떨어져 있었지만 한 번도 빼먹지 않고 주일마다 교회에 나갔다. 그 여고생을 보러온 남자는 나 말고도 여러 명 있었다. 게 중에는 친구들도 있었고, 선배들도 있었다. 그녀는 은근히 그런 상황을 즐기는 듯 했다. 교회 공터에서 공놀이라도 벌어지는 날엔 사랑에 눈 먼 수컷들끼리 불꽃 튀는 경쟁을 벌였다. 그러나 그 해 크리스마스이브 '올나잇'을 끝으로 나의 교회생활은 막을 내렸다. 나의 베아트리체가 갑자기 자취를 감췄기 때문이다. 서울로 이사를 갔다고 했다. 내가 지금까지 가장 오랫동안 종교에 몸담은 시기는 그 시기였다. 그 후 나는 더 이상 종교를 갖지 않았다. 정 아쉬운 때는 종교 란에 불교라고 써넣기는 했다. 그것은 어머니에 대한 믿음이었다.

나는 외부와 일체 연락을 끊고 꼭 해야 할 필수적인 일만 단순 반복했다. 밥 먹기, 커피 마시기, 세수하기, 머리 감기, 텔레비전 시청하기, 책 읽기, 아내와 산책하기, 잠자기 등 정도이다. 커피는 어쩌면 유일한 사치였다. 직접 핸드드립으로 원액을 빼서 마셨다. 벌써 십여 년이 넘은 취미생활이다. 커피 핸드드립은 남보다 잘 할 수 있을 것 같다. 커피숍을 내는 것도 이 난국을 돌파하는 한 방법일 것이다. 다만, 오랜 공직 생활이 모험을 가로 막는 장애물이다. 숲 속에서는 숲을 볼 수 없다. 숲을 나와야 숲이 보인다. 숲 속에선 오직 나무만 보인다.

어느 날, 커피를 음미하던 중에 어머니에게서 전화 연락이 왔다. 참을 만큼 참다가 도저히 못 참을 한계에 도달하신 모양이다. 어머니는 대뜸 큰집으로 건너오라고 하시곤 전화를 끊으셨다. 큰집에 들어서니 어머니 혼자 나를 기다리고 계셨다. 어머니는 내 손을 덥석 잡으셨다. 한 바탕 눈물을 쏟을 것으로 생각했지만 예상은 완전히 빗나갔다. 오히려 담담하게 미소를 지으셨다. 살다보면 그보다 더한 일도 당한다. 몸 성하면 그만이지, 그만하길 다행이다. 밥이나 잘 챙겨 먹어라. 어머니는 도통한 수도승처럼 의연하셨다. 용한데서 신수를 봤는데 올해 힘들다 하더라. 날삼재가 무섭다 하더니만, 참 무섭고 못됐다. 그래도 열심히 기도했는데… 내 정성이 모자랐나 보다. 당신은 스스로 정성이 부족했다며 자책

하셨다. 그래도 내년부턴 내 운이 다시 좋아진다니 그나마 위안이 된다. 물에 빠져 지푸라기라도 잡는 심정이다. 어머니는 당신이 다니시는 절에 함께 가자고 하셨다. 나는 스님을 뵐 마음이 별로 없었지만 막무가내로 이끄는 어머니를 따라 윤회사라는 절로 갔다. 절집은 강변 절벽의 암석 위에 그림처럼 들어서 있었다. 동서양을 막론하고 유명한 기도 도량은 대개 암석 위에 자리 잡고 있는 경우가 많다. 암석이 거대할수록 기도발이 잘 받는다는 말도 있다. 주지스님의 법명이 인연이라 했다. 이름만 봐도 인연과 윤회를 중시하는 듯하다. 절집은 여느 절과 크게 다르지 않았지만 절 옆쪽으로 강줄기를 따라 길게 늘어서있는 잣나무 숲이 인상 깊었다. 어머니는 우선 대웅전으로 가서 석가모니불에 참배하셨다. 마치 108배를 할 듯이 큰 절을 계속 올리셨다. 나는 무의식적으로 절을 한 횟수를 세고 있었다. 절을 계속 반복하자 몸은 자동으로 작동되었다. 숫자가 잊혀져가고 머릿속이 하얗게 비었다. 무념무상이다. 어머니는 꿋꿋하셨다. 팔순 노인이 어디에서 그런 힘이 나오는지 몰랐다. 믿음의 힘이란 것이 과학적으로 설명할 수 없을 만큼 강하다 할 밖에 없다. 마음을 단단히 먹어야 했다. 대웅전을 나올 때, 가을 하늘이 파랗게 웃고 있었다. 그렇게 계산하고 설계한 것인지 대웅전 댓돌에 발을 내딛는 순간, 저절로 남쪽 하늘을 보게 되는 그런 구조였다. 어머니는 대웅전 좌측의 부속 건물로 급히 들어가셨다. 주지스님이 기거하는 곳이다. 나는 코 꿰인 송아지 마냥 어머니 뒤를 졸졸 따라갔다. 깔끔하게 정리정돈이 잘 된 방으로 들어갔다. 책장엔 분야를 망라한 다양한 책들이 빼곡히 꽂혀 있어 무식한 사람의 기를 죽였다. 방 한가운데에는 거대한 나무뿌리를 잘라 만든 탁자가 스님의 정신세계를 보여주기라도 하듯이 육중한 몸매를 자랑했다. 스님은 어머니를 보자 벌떡 일어나 합장했다. 나를 보고는 인연이라고 했다. 스님 법명이 인연이라는 것인지, 그냥 스님과 내가 만난 게 인연이란 것인지 헷갈렸다. 웃음이 나긴 했지만 애써 참았다. 스님은 그런 상황을 많이 겪은 듯 웃어도 괜찮다고 했다. 그 말에 웃음이 쏙 들어갔다. 큰 코가 얼굴 중앙에 우뚝하고 눈이 사천왕상을 닮아 부리부리하였다. 다소 고집스럽고 다부지게 보였다. 어머니 말씀으로는 예순이 훨씬 넘었다고 했지만 얼굴이 반짝거리고 탄력이 살아 있어 오십대 초반으로 밖에 보이지 않았다. 스님은 차탁을 탁자 위에 올려놓았다. 차탁 위에는 다완과 다호가 가지런히 엎어져 주인을 기다렸다. 스님은 좌정하더니 물을 끓였다. 한지에 싸두었던 보이차 덩어리를 동전 크기 정도로 떼어내었다. 젊었을 땐 녹차를 즐겼는데 나이가 드니 보이차가 몸에 잘 받는다고 했다. 나이가 들면 심장이 약해지고 핏줄이 좁아지니 체온이 떨어진다. 녹차는 냉하고 보이차는 따뜻하다. 서로 보하는 성질끼리 친하다. 노인은 추위를 타기 때문에 따뜻한 음식이 당기는 법이다. 나이 든 사람은 보이차가 좋다. 대충 그런 이야기를 했다. 나이가 많은 데다 운동량까지 턱 없이 적은 나는 손발이 차고 몸이 냉하다. 보이차가 급속히 빨려 들어갔다. 염치 불구하고 찻잔을 비워댔다. 끓인 물이 곧 동이 났다. 차탁 옆으로 생수를 담아둔 PET 병들과 빈 PET 병들이 줄지어 서 있었다. 스님은 생수를 포트에 가득 채우고 물을 끓였다. 다완도 대충 헹궜다. 어머니는 민망한 듯 손을 비비셨다. 손님에게 차를 대접한다는 일이 보통 성가신 일이 아니다. 어머니는 부처님 전에 가서 불공을 드려야겠다며 자리에서 일어나셨다. 스님은 따라 일어나 합장으로 배웅하곤 다시 좌정했다. 다완이 몇 순배 더 돌자 몸이 훈훈해지고 마음이 가라앉았다. 스님은 기다렸다는 듯이 본격적으로 설법을 펼치기 시작했다.

 인생이란 대단한 것처럼 보일 때도 있지만 인생의 본질은 허무다. 모두 다 내려놓으면 누구나 이러한 진리를 깨달을 수 있다. 허무를 바로 이해하면 삶이 오히려 편안해진다. 물론 그러기가 말처럼 쉽진 않다. 그렇다고 포기해야 할 정도로 그렇게 어려운 것은 아니다. 일체유심조라고 한다. 마음먹기 나름이다. 단단히 결심하고 마음을 다잡으면 욕심을 모두 다 버릴 수 있다. 모두 다 버리고 나면 마음은 오히려 자유로워진다. 진리는 비운 연후에라야 비로소 깨칠 수 있다. 비우기 전에는 결코 이해할 수 없는 것이다. 비우기 전에 이해했다면 이해했다기보다 배워서 알고 있다는 편이 맞는 표현일 것이다. 실패했다고 슬퍼할 필요도 없다. 슬픈 것은 슬프다고 생각하기 때문이다. 불행한 것은 불행하다고 믿기 때문이다. 성실히 청렴하게 살았는데 배신당했다고 생각하는 것은 더 많은 것을 기대했기 때문이다. 모든 불행은 과욕에서 기인한다. 욕심을 버리면 새로운 세상이 열린다. 욕심을 내려놓으면 가난해질 것 같지만 정작 부자가 된다. 욕심을 버리면 정신적으로 마음이 풍요로워 지는 것은 당연하고, 사심 없이 성실히 살다보면 재물도 안 모일 수 없다. 너무 조급하게 생각하지 말아야 한다. 하루하루 즐거운 마음으로 선을 쌓다 보면 성불하는 것이다. 성불하려고 하는 것도 크게 보면 욕심이고, 부처님 마음으로 하루하루 살다보면 누구나 성불 할 수 있다. 진리는 기발하기 보단 오히려 진부하다. 스님의 설법은 구구절절이 귀에 쏙쏙 들어왔다. 마음이 훈훈하다. 보이차를 많이 마신 대가다. 제법 크게 보상 받은 셈이다. 허한 가슴이 채워지고 진한 기운이 텅 빈 머릿속으로 흡입되는 듯하다. 내가 시간을 확인하자 스님은 말을 끊고 합장했다. 스님은 보이차를 힐끗 보면서 시간 나면 언제든지 들러도 좋다고 했다. 내가 인연 큰스님과 작별하고 나올 때까지 어머니는 대웅전에서 기도를 드리고 계셨다. 주책도 없이 눈물이란 놈이 째여 나왔다. 감동인지 슬픔인지도 모를 감정이 솟구쳐 올랐다. 강물이 제법 불어, 흘러가는 물살이 눈물처럼 햇살에 반짝였다.

  설법의 감동은 시간이 지날수록 햇볕 받은 수채화처럼 점차 희미하게 바래어갔다. 숙져있던 우울한 마음이 거짓말처럼 다시 살아났다. 보이차의 유혹이 밀려왔다. 나는 용기를 내어 윤회사로 찾아갔다. 윤회사 경내에 들어서자 49재를 올리던 사람들이 몰려 나왔다. 인연 큰스님은 잿빛 옷을 입은 신도들과 합장하며 작별인사를 나누고 계셨다. 나를 보자 반가운 얼굴로 맞이하며 합장했다. 나는 아직 합장이 몸에 익지 않아 어색했지만 어설프게나마 흉내를 내었다. 스님과 나는 오래 사귄 벗처럼 스스럼없이 방으로 들어가 자리에 앉았다. 기분이 나쁘지 않았다. 스님은 몸을 고치고 살짝 목례를 했다. 나도 급히 몸을 숙여 존경의 뜻을 표했다. 보이차가 몇 순배 돌고 몸이 데워지자 스님이 먼저 말문을 열었다.

몇 년 전에 내가 신문에 기고한 장례풍습에 대한 칼럼을 읽었단다. 티베트의 천장을 무척 바람직한 장례방식이라고 극찬한 것에 대해 정말 공감한다. 벌써 지난해부터 종교적 차원에서 이를 실천하고자 걸음마를 떼었다. 원하는 신도들에게 시신 기증 약속을 받아왔다. 그들이 사망하면 시신을 인도받아 조속히 윤회의 길로 회귀하게끔 도와주고 있다. 천장이나 수장을 통해 자연 속으로 육신을 빨리 되돌려줌으로써, 윤회의 흐름 속에서 유복한 인간으로 환생할 수 있다는 티베트불교 사상을 발전적으로 벤치마킹한 사업이다. 삶 속에서 죽음을 생각하고, 죽음 속에서 새로운 삶을 찾고자 하는 혁신적 시도다. 티베트인처럼 시신을 난도질하여 새들에게 주거나 강물에 띄워버리진 못하지만 자동화기기로 정성껏 가공하여 환약 형태로 만들어 축생들에게 보시하는 현대적 방법을 채택했다. '몸보시장례'가 그것이다.

나는 비명이 절로 나왔다. 시신을 환약으로 만든다고요? 그걸 축생들에게 사료로 준다고요? 내 목소리가 너무 컸던지 스님은 당황한 듯 문 쪽으로 시선을 돌렸다. 내가 쓴 칼럼에서 조장 내지 풍장을 좋게 해석하긴 했지만 실지로 실천하는 사람이 우리나라에 있을 줄은 꿈에도 생각하지 못했다. 유교적 문화가 깊은 우리나라에서 조장이 뿌리내리긴 힘들지 않을까 우려한다고 했다. 인연 큰스님은 내 반응이 의외라는 듯 다시 열변을 이어갔다.

불교사상의 한 기둥이 윤회다. 윤회사상에 가장 적합한 장례방식은 천장이다. 사체를 환약으로 가공하는 '몸보시장례'는 천장의 현대적 변형일 뿐이다. 인간이 죽으면 영혼이 유체 이탈하여 다른 생명체로 옮아간다. 남은 사체는 아무런 의미가 없다. 조속히 자연으로 돌아가도록 돕는 것은 종교의 몫이다. 불교의 다비나 화장도 한 방법이긴 하지만 연료도 많이 들고 대기오염도 초래한다. 그럴 바에야 사체를 가공하여 굶주린 축생들에게 몸 보시하는 것이 백번 맞다. 평생 죄 없는 축생을 학대하고 또 수도 없이 잡아먹었는데, 죽어서 축생들에게 그 몸을 돌려주는 것은 인간의 도리이고 자연에 대한 보은이다. 그게 뭐가 그리 대단한 일이란 말인가. 원시시대, 인간은 원래 포식동물의 먹이가 되기도 했다. 그게 자연법칙이자 순리다. 죽은 후, 영혼이 떠난 냄새나는 육신을 자연에 되돌려주는 것은 인간에게 경제적 부담을 주는 것도 아니다. 생산적이기까지 한 일이다. 후손들에게 여러 가지 복잡한 난제를 해결해 주는 애정 깊은 배려다. 지구의 인구가 70억이 넘어서고 있는 지금, 지구는 그야말로 정원 초과다. 육지는 쓰레기로 몸살을 앓고 있고, 바다는 바다대로 곪아터지기 일보직전이다. 대기도 그 어느 때 보다 오염이 가속화되고 있다. 대기 중 이산화탄소 증가로 인한 지구온난화와 해수 온도 상승이 급속히 진행 중이다. 그로 인한 엘니뇨현상이나 라니냐현상은 발등의 불이다. 미세플라스틱으로 모든 지구의 유기체가 그 생존을 위협받고 있다. 화장할 때 태우는 화석연료를 줄여야 한다. 화장으로 발생하는 연기나 미세먼지도 신경 써야 할 필요가 있다. 지구는 지금 말기 암환자다. 인간은 지구의 암세포가 되고 있다. 뭔가 세상을 구원할 해법이 나와야 할 때다. 손쉬운 해결책은 의외로 가까운 곳에 있다. 작은 시도부터 해볼 가치가 있다. 매장에서 화장으로 장례문화가 급속히 바뀌고 있는 지금이 골든타임이다. 현명한 장례문화를 정착시켜야 할 최적기다. 납골당은 세월이 흐르면 분묘만큼이나 문제 될 소지가 다분하다. 화장이 정답일 수 없는 이유다. 결론은 역시 '몸보시장례'로 낙착된다. 장례문화 혁신은 지금도 사실 늦은 감이 있다. 70억이 넘는 엄청난 인간의 먹거리를 위해서 식탁에 올라오는 먹거리의 먹이에 대한 대책을 세워야 한다. 발상의 전환이 필요하다. 인간 사체의 환약 가공, '몸보시장례'는 가히 신의 한수라 할만하다. 그것은 인간의 사체를 신속히 자연 속으로 되돌려주는 방법이고, 대자연의 순환을 원활하게 촉진하는 방법이다. 그것은 윤회의 고리를 잡고 성불의 세계로 들어가는 첩경이다. 중생의 살아남기 위한 몸부림이다. 중생이 축생에서 유래한 것도 미륵불의 계시다. 축생이 중생이다. 축생을 위하는 일이 곧 인간을 이롭게 하는 일이다. 불교에서 몸 보시가 최고의 적선이다. 옛날, 공덕을 많이 쌓은 고승들은 수명이 다한 걸 느끼면 몸소 짐승들에게 육신을 내어주었다. 깨달음은 동서고금 크게 다르지 않다. 존엄한 인간의 사체를 어떻게 감히 분쇄하여 환약으로 만드느냐고 혹자는 노발대발할지 모른다. 그렇다면 사체를 땅에 묻어 구더기 밥으로 묻어주는 것은 존엄한 의식이고, 또 무자비하게 불에 태워 분말로 만드는 것은 존경의 표현이란 말인가? 그런 것들을 받아들인 상황이라면, 그것보다 결코 더하다고 할 수 없는 환약 보시를 인간이 도저히 수용할 수 없는 미개인의 불경한 풍습이라고 배척할 필요는 없다. 현 시점에서 꺼림칙하다고 느끼는 것은 조금 이해가 된다. 그렇지만 어떤 일이 되풀이되면 모두 당연하게 여기게 되고, 또 세월이 가면 새로운 관습으로 굳어지는 것이다. 티베트를 보면 관습이 얼마나 인간의 의식을 좌우하는지 잘 안다. 그러나 거꾸로 의식을 바꾸면 관습도 바뀐다. 장례관습을 윤회 순응 방식, 순환 촉진 방식인 '몸보시장례'로 일대 혁신해야 한다. 고정관념과 관습을 확 뜯어고쳐야 한다. 그것이 세상을 구원하는 길이고, 인간의 종말을 지연시키는 방법이다. 인류는 자연으로 돌아가야 한다. 그것이 인류가 살아남는 길이다.

　스님은 얼마나 열변을 토했던지 입 주위에 허옇게 백태가 끼었다. 내 생각도 스님과 거의 같다고 맞장구를 쳤다. 사실이 그랬다. 스님은 내 손을 잡고 일어나 포옹을 하며 좋아했다. 천군만마를 얻은 것 같다며 함께 힘을 합쳐 세상을 구원하는데 앞장서자고 힘주어 말했다. 스님은 책상 서랍에서 용지를 몇 장 꺼내 내게 내밀었다. '시신기증동의서'였다. 순간, 나는 온 몸이 얼어붙는 듯 했다. 인과응보였다. 내가 뿌린 씨앗은 내가 거둬야 했다. 나는 빈 용지를 받아들고 책상에 앉았다. 짧은 순간 이었지만 온갖 생각이 파노라마처럼 스쳐 지나갔다. 비록 내가 죽은 후의 일이지만 섬뜩한 기분이 들었다. 내가 여기에 동의하고 사인을 해도 법적 구속력은 없다. 그때 가서 내 자식들이 거부한다 해도 제재나 불이익은 전혀 없다. 그 순간에도 내 특유의 잔머리가 초고속으로 회전했다. 나는 소위 '시신기증동의서'에 사인하고, 윤회사의 인연 큰스님이 주도하는 '몸보시장례 확산 운동'에 적극 참여하기로 약속했다. 스님은 내 두 손을 맞잡고 한참동안 흐뭇해했다. 인연 큰스님은 정말 대단한 분이었다. 세상을 바꿀 거인으로 보였다. 스님은 내일 환약제조장으로 현장답사를 하자고 제안했다. 현재 방식보다 더 좋은 새로운 아이디어가 있을 수 있으니 생각을 많이 해보라고 당부했다. 스님은 나를 유능한 인재로 알고 있다며 두 손을 모았다. 새로운 신흥종교를 창시하는 방법도 구상 중이고, 창의적 수익 모델도 준비되어 있다며 야릇한 미소를 지었다. 나는 신흥종교를 창시할 준비를 하고 있다는 말에 정신이 번쩍 들었다. 나도 머릿속에 신흥종교를 염두에 두고 있었다. 스님과 이신전심 통했던 모양이다. 창의적 수익 모델이라는 생소한 단어가 인상적이었다. 인연 큰스님이 통일교의 문선명 목사나 순복음교회의 김용기 목사와 같이 되지 말라는 법은 없다. 전화위복이라더니 파면 당한 불운이 오히려 대박 기회로 변신하는 걸까. 나는 인연 큰스님을 몇 번이나 뒤돌아보며 작별을 아쉬워했다. 나는 오랜만에 활짝 웃으며 어깨를 폈다. 강변을 따라 늘어선 잣나무들이 하늘을 찌를 듯이 솟아있었다. 가을하늘은 나무들을 비웃기나 하듯이 더없이 높고 푸르렀다.

　예상과 달리 아내는 '몸보시장례'에 대해서 조금 부정적이었다. 뜻은 좋은데 오랫동안 지켜온 관습을 그렇게 확 바꾸겠다는 것은 과격한 혁명적 발상이다. 사체 훼손은 인간존엄과 연결되는 일종의 금기사항이다. 장례문화라는 게 가장 변하기 어려운 보수적인 관습에 속하는 것인데, 인위적으로 급격한 변화를 추구하겠다는 생각은 무리다. 급격한 개혁이나 혁명이 폼 나고 멋있어 보이긴 하지만 정작 자세히 살펴보면 성공적인 사례가 거의 없다. 실패한 것으로 역사 속에 묻힌 혁명에서 교훈을 얻어야 한다. 프랑스대혁명도 마찬가지다. 역사적 진전을 이루어내긴 했지만 혁명 그 자체는 성공하지 못했다고 보는 게 일반적이다. 동학혁명도 청과 일본을 끌어들여 당초 의도와 달리 나라를 빼앗기는 단초가 되었던 사실을 알아야 한다. 답답하다고 생각할 순 있지만 점진적 개혁이 현실적이다. 생각을 조금 바꿔 그런 운동을 티베트에서 시도한다면 성공가능성이 훨씬 높을 수 있다. 과격하면 실패한다. 티베트에서 그게 혁신적 변화라기 보단 현대적 적응 내지 세련된 변화 정도로 수용될 수 있을 것이다. 불교란 종교 자체가 바로 생활인 사회가 티베트다. 최고 종교지도자, 판첸라마만 설득하면 더 쉬워질 수 있다. 망명정부의 달라이라마도 대체적이고 수단적인 도구로 활용할 수 있다. 현실적으로 그런 운동에는 탄탄한 조직이 필수적이고, 조직에는 풍부한 자금이 투자되어야 한다. 조직과 자금 측면을 고려해 보더라도 우리나라보다는 티베트에서 시작하는 게 맞다. 티베트에서 일반화시킨 다음 우리나라로 확산시키는 모델이 훨씬 더 효과적인 방법이다. 대강 그런 이야기였다. 역사학도다운 생각이다. 아내의 의견은 충분히 일리가 있었다. 그렇지만 신흥종교를 만든다는 목표를 수정해야하는 점이 걸림돌이었다. 아무튼 통찰력 있는 결단이 필요한 부분인 것은 분명하다.

　인연 큰스님은 신혼여행을 떠나는 신부처럼 들떠있었다. 가을 햇살의 축복을 받으며 플라타너스가 이끄는 길을 따라 영천 방향으로 천천히

차를 몰았다. 시골길이 다 그렇듯이 특정한 지형지물도 없는 비슷비슷한 길을 한참 달렸다. 가는 길에 아내에게서 들은 이야기를 했다. 스님도 참신한 생각이라며 고개를 끄덕였다. 스님은 눈을 감고 깊은 생각에 빠졌다. 살다보면 인생의 기로에 서서 햄릿의 고민을 해보지 않은 사람은 아마 없을 터이다. 스님과 나는 말없이 고민을 삭이며 생각을 정리해 나갔다. 목적지를 앞두고 스님이 입을 열었다. 티베트에서 일을 시작하는 방안도 좋은 방법이다. 하지만 이왕 판을 벌인 일이니 지금 와서 완전히 전환하기는 어렵고, 티베트를 최대한 활용하여 시너지를 얻도록 하는 방향으로 진행하는 것이 좋겠다고 했다. '섞어찌개'를 예로 들었다. 마치 내 머릿속을 엿본 듯한 명쾌한 결론이었다. 나는 탄성을 지르며 동의를 표시했다. 스님은 큰일을 하면서 마음 맞는 동지를 얻어 정말 기쁘다며 만족감을 나타냈다.

    차는 나지막한 고갯길을 넘어 민둥산 산기슭으로 들어갔다. 최근에 새로이 형성된 듯한 마을이 나왔다. 현대식 건물과 절집이 함께 어우러진 작은 마을이었다. 연구소나 병원 같은 하얀 건물도 보였고, 빨래가 널려있는 연립주택 같은 건물도 눈에 띄었다. 연구소와 병원이 조금 생뚱맞아 보였다. 절집은 티베트불교 양식으로 지어진 제법 큰 사찰이었다. 인근 주택에는 티베트 이주민들이 둥지를 틀고 산다고 귀띔했다. 몸보시 사업을 진행하다보니 자연스럽게 티베트 이민 알선 사업에 관여하게 되었고, 이젠 티베트 이주민들이 제법 많이 늘었다며 연립주택을 가리켰다. 종교적 기반도 다질 뿐만 아니라 시골총각들의 짝도 찾아주는 일거양득인 일이었다. 인연 큰스님의 스펙은 잘 모르겠지만 머리가 비상한 사람인 게 분명했다. 환약제조장은 간판은 없었지만 일견 일반 공장과 달라 보이진 않았다. 공장 사무실은 절집 양식이었다. 우측은 아쉬운 대로 예불을 드릴 수 있는 불당이 티베트 풍으로 꾸며져 있었고, 불당 좌측으로 사무실이 보였다. 관리에 필요한 다양한 사무기기들이 잘 갖춰져 있는 듯 했다. 건물의 여기저기에서 스님의 치밀한 면모를 읽을 수 있었다. 환약제조장에는 티베트 이주민들이 직원으로 근무한다고 했다. 티베트에서 시신을 처리하던 천장 장례사도 세 명 데려왔다고 자랑했다. 스님이 직접 티베트를 방문하여 스카우트했다고 한다. 나는 다시 한 번 스님의 주도면밀한 일처리에 감탄했다. 그들은 티베트와 우리나라의 문화 충격을 완충하는 연결고리였다. 그들은 매우 소중한 사업 동지이자 양국의 간극을 이어주는 가교 역할을 했다. 사업은 이미 '섞어찌개' 방식으로 진행되고 있었다. 종교인으로서 쌓은 공덕은 장담할 수 없지만 인연 큰스님의 사업능력 내지 경영능력은 탁월함에 틀림이 없었다. 직원들의 에스코트와 안내를 받으며 스님과 함께 제조시설을 돌아보았다. 티베트 직원들은 스님을 마치 '달라이라마'를 모시듯 극진하게 대했다. 제조시설은 사료공장과 비슷했다. 환약이 비닐봉투에 담겨 최종적으로 포장되어 나오기까지 전 공정이 거의 전자동으로 처리되었다. 필요에 따라 종이 박스로 포장할 수 있는 옵션공정도 갖춰져 있었다. 사업은 거의 완벽하게 진행되고 있는 상태였다. 지속적인 사체 확보만 과제로 남아있었다. 독실한 신도를 통하여 시신기증동의서를 꾸준히 확보한다면 지속적인 물량이 확보될 것이라고 말했다. 티베트인들도 장차 큰 힘이 될 것 같았다. 개나 고양이 등 동물의 사체도 처리함으로써 가동률을 끌어올리고 있다고 부언했다. 인간이 먹지 않는 쥐와 같은 동물도 수용할 계획이었다. 사체를 환약으로 만들어 돼지나 닭의 사료로 공급한다는데 대한 반발을 감안하여 사자의 유족에게는 편의상 비밀로 하고 있다고 했다. 경과적인 임시방편의 고육지책이었다. 언젠가 편견이 완화되는 시점을 잡아 완전히 공개할 예정이라고 했다. 대개 윤회사 경내에서 장례식을 거행하고 불교에서 운영하는 인근 화장장에서 화장을 했다. 사체가 보일러에 들어가기 직전에 사체를 유족 몰래 빼돌려 이 제조장으로 가져온다고 고백했다. 화장장에는 믿을 수 있는 신도들이 포진되어 있고, 험한 일에는 티베트인들이 주도적인 역할을 수행했다. 화장 후 유골분말을 강나루에 늘어선 잣나무 밑에 묻는다는 것이 공식적인 내용이다. 마음이 변한 일부 유족들에겐 유골분말을 인도하는 융통성도 발휘한다고 한다. 나는 관심 없는 척 시선을 창밖으로 돌렸다. 그동안 조마조마했던 근심거리가 백일하에 드러나는 것 같아 가슴이 뜨끔했다. 마치 숨기고 있던 치부를 들킨 사람처럼 스님은 황급히 불당 안으로 들어갔다. 어떻게 보면 순수한 모습이었다. 나는 팔자걸음으로 시간을 두면서 스님을 따라 들어갔다. 스님은 불상 앞에 가부좌를 틀고 앉아 기도를 드리고 있었다. 나는 그 옆에 자리를 잡고 절을 올렸다. 스님의 기도가 끝날 때까지 절을 할 생각이었지만 수십 번을 해도 기도가 끝나지 않았다. 원래 시원찮았던 오른쪽 무릎이 시큰거렸다. 나는 부득이 스님보다 먼저 불당을 빠져 나왔다. 그제야 스님도 기도를 마쳤던지 불당 밖으로 나오며 합장했다. 갈 때와는 달리 돌아오는 길은 숙연한 분위기였다. 스님은 분위기를 바꿔보려는 듯 천천히 말문을 열었다. 만사 경험이 중요하다. 돈이 있을 땐 가난한 사람들의 사정을 모른다. 배부른 사람은 배고픈 사람들의 심정을 알 수 없다. 직접 경험해봐야 비로소 본질을 바로 이해할 수 있다. 실패도 마찬가지다. 실패를 해본 사람이 실패를 더 잘 알게 된다. 실패에서 더 많은 것을 얻는 것은 새로운 경험을 통해 이해의 폭을 넓혀가기 때문이다. 듣고 배운 지식과 실제 겪은 경험은 하늘과 땅 만큼 차이가 난다. 한두 번 해 본 체험과 체험 속에서 살아온 경험도 또 다르다. 안다는 것, 느낀다는 것, 이해한다는 것이 각각 다 다르듯이 지식과 체험과 경험도 그 깨달음의 깊이가 각각 다 다르다. 아무리 설명해도 머리 좋은 사람이 잘 이해하지 못하는 일이 있는 것은 모두 그러한 연유다. 지금 당한 역경에 대해서 너무 슬퍼할 필요 없다. 역경도 일종의 경험이다. 역경을 뛰어넘어야만 역경이 남긴 선물의 주인이 될 수 있다. 이번 이야기는 나에게 정작 하고 싶었던 말씀인 것 같아 한결 가슴에 와 닿았다. 나를 힐끗 돌아보며 눈치를 살피던 스님은 얼른 화제를 다른 곳으로 돌렸다. 새로운 종교의 명칭을 그냥 '윤회불교'로 하면 어떻겠느냐고 물었다. 불교라는 명칭을 넣음으로써 사이비 종교라는 선입견을 차단할 수도 있고, 신흥종교의 포교에도 유리하다는 점을 염두에 둔 작명이라 했다. 실지로 불교의 한 종파로 분리 독립한다는 게 옳은 표현이다. 이참에 개신교, 천주교, 이슬람교 등 다른 종교의 장점을 도입하는 방법으로 불교를 혁신하도록 하자고 제안했다. 당연한 방침이라는 대답이 돌아왔다. 종교단체 등록과 같은 법적인 절차와 방법을 구체적으로 검토하여 계획안을 조만간 보고하겠다고 했다. 스님은 대뜸 나에게 윤회불교추진위원회 기획실장을 맡으라고 제안했다. 나는 제2의 인생이 장엄하게 출범하는 걸 실감했다.

　그날 이후 나는 윤회사 인연 큰스님과 수시로 만나 윤회불교의 미래 청사진에 대해 의논하였다. 스님이 바쁜 날엔 도서관에 틀어박혀 다양한 종교관련 서적들을 탐독했다. 종교단체 설립에 관한 법적 절차와 관련서류 및 준비물 등을 챙겨봤다. 신흥종교에 관한 현황과 사이비종교의 실패원인도 나름대로 분석해보았다. 알아 가면 알아갈수록 종교의 세계가 무궁무진한 기회의 땅이라는 사실을 실감했다. 기존 종교의 기반이 매우 단단한 인연 큰스님은 신흥종교를 열기에 매우 유리한 조건을 두루 갖추고 있음을 새삼 깨달았다. 종교적 성취, 명망, 조직, 자금 그리고 신도까지 두루 갖추고 있었다. 지금 당장 간판을 바꿔달아도 큰 무리가 없어보였다. 인연 큰 스님은 알아갈수록 대단한 인물이었다. 사실상 지금 교주라 칭해도 손색이 없었다. 형법 법전을 찾아보던 중에 폰이 여러 번 울렸다. 아내였다. 그 전에 벌써 낯선 번호의 콜백사인이 많이 찍혀 있었다. 조금 불길한 예감이 들었다. 아내에게 먼저 전화했다. 아내는 잔뜩 겁에 질린 채 경찰서에서 전화가 왔었다고 말했다. 나는 본능적으로 그게 무슨 일인지 바로 감이 왔다. 콜백사인에 따라 다음 번호로 전화를 했다. 예상한 대로 경찰이었다. 담당형사는 나에게 조사할 건이 있다며 동부경찰서로 출두해 줄 것을 요청했다. 순간, 다리에 힘이 쭉 빠졌다. 나는 자세한 내용도 묻지 않고 전화를 끊었다.

새로 지은 경찰서 건물이 파란 하늘을 배경 삼아 폼을 잡고 있었다. 인연 큰 스님이 조사를 받다가 나를 보자 민망한 표정을 지었다. 나는 스님과 격리된 방에서 조사를 받았다. 담당형사는 짧은 머리에 얼굴이 구릿빛으로 그을린, 형사 같이 생긴 30대 중반쯤 보이는 젊은 남자였다. 의자에 앉기를 권하더니 굳은 표정으로 바로 조사 모드로 들어갔다. 찬 바람이 일었다. 나는 거리낄 것이 없었으므로 사실대로 숨김없이 진술했다. 사자의 유족이 그 부친 사체를 환약 사료로 만들어 양계장에 공급한 사실을 뒤늦게 알아채고 인연 큰스님을 고소한 모양이었다. 나는 참고인이었다. 담당형사는 희한한 사건을 다 봤다며 황당해했다. 내가 그 취지를 잘 설명했지만 사체의 훼손, 유기, 영득 등에 수사의 초점을 맞추는 모양이었다. 형법 제161조 '사체 등의 영득죄' 해당여부가 관건일 것이다. 아무리 시신기증동의서를 받았다고는 하지만 기증 받은 사체로 사료를 만들어 판다는 사실을 속인 행위는 사기로 볼 수 있다고 했다. 이번 사안은 본인이 직접 동의서에 사인하지 않고 부인이 대신 작성, 사인한 것으로 확인되어 그 법적인 효력도 문제된다고 했다. 장기매매와 장기이식 의혹도 있다는 말에 가슴이 내려앉았다. 현장 답사 시 마을에서 봤던 연구소와 병원 등이 주마등처럼 뇌리를 스쳐 지나갔다. 인연 큰스님 방식의 대자대비 사상이라면 장기매매나 장기이식도 생명을 나누는 넓은 의미의 몸 보시로 생각할 수 있다는 생각이 들었다. 스님이 아직 나에게 말하지 못한 그 창의적 수익모델일 것으로 짐작되었다. 충분히 이해가 갔다. 모든 게 양심에 거리낄 것이 없다는 확신은 변함이 없었다. 일체유심조라더니 의외로 마음이 가라앉았다. 사심 없고 당당하다고 생각하니 무서움과 두려움이 사라졌다. '몸보시장례'의 당위성에 대해 자세히 설명했다. 담당형사는 메모를 멈추고 내 눈을 보며 경청했다. 처음부터 끝까지 성실히 듣고 있던 담당형사는 내 말을 충분히 이해했다는 듯 고개를 끄덕였다. 담당형사는 그런 뜻이라면 자기도 시신기증동의서에 사인하고 싶다고 중얼거렸다. 어느덧 그의 눈동자도 구슬처럼 반짝이고 있었다.

나는 윤회불교추진위원회 기획실장이긴 하지만 직접 범법행위에 참여한 사실이 없는 점이 인정되어 그냥 참고인 진술만하고 풀려났다. 그래도 이 정도만하고 마는 것이 불행 중 다행이라는 비겁한 생각이 들었다. 일단의 티베트인들이 경찰 버스에서 우르르 내려 경찰서로 몰려 들어갔다. 천사처럼 맑은 영혼을 가진 사람들이 낯선 땅에서 새 역사의 문을 열기 위해 박해의 길로 들어서는 것 같다. 나는 그들에게 어떤 면에서 빚을 지고 있다는 생각이 들었다. 인간의 존엄이란 것이 죽고 난 후에도 그 사체 안에 여전히 둥지를 틀고 있는 것인지 정말 의문이다. 윤회불교가 인간의 사체에서 존엄의 굴레를 벗겨낸 위대한 신흥종교로 발돋움하길 기대해본다. 인연 큰스님이 새 역사의 장을 활짝 연 거인으로 우리 앞에 우뚝 서길 소망한다. 노랗게 물든 은행잎이 햇살을 받으며 천천히 떨어져 내렸다. 바닥에는 먼저 떨어진 낙엽들이 활짝 웃는 얼굴로 그들을 맞아주었다.

집에 돌아오니 아내가 말했다. 송충이는 솔잎만 먹고 살아야 한다. 그냥 다 내려놓고 생긴 대로 살자.

시나브로

#1. 은근히

세월의 화살은 싱글남의 가슴속에 진한 외로움을 남겼다. 겨드랑이 속으로 파고드는 차가운 북풍에 공허감과 허기를 동시에 느꼈다. 전지성은 녹색신호등이 기다리는 횡단보도를 피해 애써 지하도로 내려갔다. 콧속으로 스미는 지하의 뭉근한 기운이 따스한 위안으로 다가왔다.

그는 자신을 부르는 소리에 뒤를 돌아보았다. 정소라였다. 그녀는 공개채용시험으로 입사한 똘똘한 신입사원으로 그의 조수다. 그녀는 서류봉투를 들고 헐레벌떡 따라왔다. 송장 일부를 빠뜨리고 온 걸 챙겨왔다고 생색을 냈다. 엉뚱한 일에 정신을 팔다가 깜박한 모양이다. 기회는 먼저 잡는 자의 것이다. 바쁜 와중이지만 짬을 내어 그녀와 인근에 있는 고궁으로 들어갔다. 그녀는 주위를 둘러보고 폰을 확인한 후 순순히 따라왔다.

그는 기분 좋은 기대감에 들떠 짧은 시간에 많은 점수를 따볼 생각으로 SNS에 떠도는 유머와 최근에 본 개그까지 동원하여 입에 거품을 물었다. 그녀는 언뜻언뜻 뽀얀 이빨을 드러내고 웃었다. 어린아이를 달래듯 앞으로 해야 할 많은 일들을 들먹이며 은근슬쩍 출구로 그의 발길을 돌려놓았다.

그는 거래처 재정부에서 인수증을 받아오고, 그녀는 나머지 다른 서류를 챙겨서 대강 다섯 시쯤 거래은행에서 도킹하기로 작전을 짰다. 재정부 사무실은 늘 한산했다. 재정부 직원은 은행과 제2금융권을 돌며 매일 돌아오는 결제대금을 처리하고 단기 운영자금을 조달하느라 눈코 뜰 새 없이 바쁘다. 낮 시간엔 자리에 앉아있을 틈이 없다. 출납담당 과장과 출납 직원 두 명 및 관리직원 두 명 등 많아야 다섯 명 정도가 커다란 사무실을 지키는 게 보통이다. 공장 현장에 원자재가 입고되고 송장이 접수되면 사본은 납품처가 가져가고 원본은 거래처 재정부로 송부된다. 납품처는 송장 사본을 가지고 가서 거래처 재정부에 제출한다. 거래처 재정부는 현장에서 올라온 원본과 납품처에서 제시된 사본을 대조·확인한 후 대금 결재 용 인수증을 발급한다. 그 인수증과 필요한 서류를 구비하여 신용장을 개설한 은행에 제시하면 수출대금을 미리 결제해 준다. 통상 자리를 지키고 있는 출납과장이 재정부장 대신 결재를 하고 인수증을 쉽게 발급해주었다. 이번에는 분량이 많고 큰 금액이라 그런지, 출납과장은 부장 결재를 받아야 한다며 인수증을 보류시켰다. 부장의 행방이 묘연했다. 휴대폰도 연결되지 않았다. 재정부장은 퇴근 후에야 일을 시작하는 편이다. 금융기관 지점장들을 접대하는 게 재정부장의 주요 일과다 보니 낮엔 찜질방이나 사우나에서 숙취를 해소한다. 흔히 말하는 술 상무다. 그런 업무의 특성상 자리를 비우는 일이 잦다. 난감했다. 늦어도 오후 5시까지 거래은행에 도착해야만 정상적으로 네고를 할 수 있다. 네 시 반이 지나자 몹시 초조했다. 아니나 다를까 그녀에게서 휴대폰이 왔다. 그는 적어도 정소라에게만은 유능하고 강한 모습을 보여주고 싶었다. 인수증을 못 받았다는 말을 하고 싶지 않았다. 사정을 대강 알려주고 조금만 더 기다리라고 자신 있게 말했다. 격려의 이모티콘이 간간이 들어왔다. 다섯 시가 훌쩍 지났다. 민망해 할까봐 배려해 주는 건지, 포기하고 철수한 건지, 이쪽 상황을 묻는 톡마저 뚝 끊어졌다. 문자도 오지 않았다. 그도 연락해볼 용기가 없었다. 어떤 암묵적인 합의가 텔레파시로 전해오는 듯하다. 그는 결코 포기하지 않았다. 여섯 시가 되자 재정부장이 사무실로 들어왔다. 얼굴이 반들반들하다. 사우나를 하고 온 느낌이 들었다. 재정부장은 부재중에 진행된 업무현황을 보고받았다. 그리곤 어이없는 표정으로 전지성을 쳐다보았다. 늦어서 지금 네고할 수 없을 터이니 내일 오후에 다시 오라고 불퉁하게 얘기했다. 턱도 없는 갑질이었지만 꾹 참았다. 인수증을 받기 전에는 절대 가지 않겠다고 고집스럽게 말했다. 그의 완강한 고집에 밀린 탓인지 결국 인수증을 끊어주었다. 기쁜 소식을 그녀에게 빨리 알려주고 싶었다. 휴대폰을 열었다. 한편 놀라게 해 주고 싶은 생각이 들었다. 뭔지 모르게 조금 두렵기도 했다. 은행 문을 닫았을 텐데. 그래도 아무 연락도 없이 가시 않았을 거야. 어떤 알 수 없는 믿음이 그를 은행으로 이끌었다.

거래은행 출입문 셔터가 내려져 있었으나 사무실 불은 켜져 있었다. 그는 옆문을 통해 은행 안으로 들어갔다. 그의 눈에 비친 풍경은 가관이었다. 그녀가 네고 담당과 그 책임자를 붙잡아 두고 그 때까지 무단히 기다리고 있었다. 다과와 커피를 하면서 미팅을 즐기는 듯 담소하고 있었다. 그는 온 몸을 가로지르는 전율을 느꼈다. 미인계를 쓴 모양이다. 웃음이 절로 나왔다. 그녀는 하얀 이를 살짝 드러내었다. 선녀보다도 더 상큼한 미소다.

은행 일을 마무리하고 밖으로 나왔다. 오색영롱한 꽃가루가 거리를 뒤덮고 있는 듯하다. 휘황찬란한 아름다운 밤이다.

"전 대리님, 그것 아세요?"
"뭘?"
"봉숭아 꽃물과 첫사랑 이야기."
"그게 뭐지?"
"봉숭아 꽃물이 없어지기 전에 첫눈이 오면 첫사랑이 이루어진대요."
그러고 보니 그녀의 조그만 손톱엔 봉숭아 꽃물이 들여져 있다.
"그래? 난 처음 듣는데"

　그녀는 콧노래를 흥얼거렸다. 그녀는 6차선 도로를 무단 횡단했다. 그는 순간적으로 당황했으나 곧 눈을 질끈 감고 그녀를 따라갔다. 달리던 차들이 급브레이크를 걸었다. 열 받은 운전자가 창문을 열고 뭐라고 욕설을 지껄이며 삿대질을 했다. 그러나 그는 기분이 좋았다. 그녀도 콧노래를 불렀다. 그는 그녀를 카페로 데려갔다. 손톱에 든 봉숭아 꽃물이 연분홍빛으로 부끄럼을 탔다. 그는 허무맹랑한 징크스나 미신을 잘 믿지 않는 편이었으나, 봉숭아 꽃물과 첫사랑 이야기는 그의 가슴을 설레게 했다. 그 후로도 그는 그녀와 죽이 잘 맞았고 함께 연극을 보기도 했다. 짓궂은 동료들이 국수는 언제 먹느냐고 놀리기도 했다. 그는 여자를 만나면 손톱부터 보는 버릇이 생겨났다. 신기하게도 많은 여자들이 봉숭아 꽃물을 들이고 있었다.

#2. 마구

축대 담장에는 원색의 그림들이 화려하게 그려져 동화의 나라에 온 것 같은 기분이 들었다. 무거운 삶을 가볍게 띄워주는 듯했다. 거리에는 온갖 군상들이 본색을 숨긴 채 두 눈을 두리번거렸다. 세상의 많은 눈들이 여기저기 사방 도처에서 빙글빙글 돌아다녔다.

월은 학원에서 영어회화를 가르치고 있었다. 부업으로 대기업의 영어회화반을 맡아 가르치기도 했다. 갈수록 영어 붐이 더 일었다. 영어유치원마저 미여 터지는 상황이다. 한국말도 제법인 월의 주가는 하늘을 찌를 듯했다. 위대한 미국은 외환위기를 통하여 '달러'의 엄청난 위력을 보여 주었고, 이젠 또 그 '말'로써 세계를 강력히 지배하고 있있다. 미국인은 그 자체만으로 선망의 대상이었다. 본국에서의 지위나 지식수준은 문제가 되지 않았다. 심지어 아프리카 출신이라도 영어만 조금 하면, 돈 벌기는 누워서 떡 먹기였다. 미국의 명문대학 출신은 그야말로 천정부지 금값이었다. 그런 상황이 오히려 월을 은근히 불안하게 했다.

이번 달에 수강 등록한 정소라는 얼핏 보아도 부티가 났다. 그녀는 아기자기하게 생겼지만 성적인 매력도 만만찮았다. 월은 그녀를 유심히 지켜보았다. 이 학원의 수강생 중 어떤 아가씨는 집에까지 따라와 빨래도 해 주고, 밥을 지어주기도 했다. 그렇지만 아무하고나 잠자리를 하진 않았다. 집안 좋고 돈 많고 예쁜 여자를 탐색하는 중이었다. 정소라는 모든 조건을 다 갖추고 있는 듯 보였다. 이제 기회만 노리고 있었다. 그녀는 표적이다.

학원의 영어회화 수업 저녁 시간이었다. 정소라에게 지금 무슨 일을 하고 있는지 물었으나 딴 생각을 하고 있었던지 얼굴을 붉히고 말을 잇지 못했다. 부끄러워하는 모습에 더욱 마음이 끌렸다. 상큼하고 화사하다. 그녀는 마음을 가라앉히려는 듯 눈을 감았다. 그녀는 자신에게 더 이상 묻지 않을 것이라는 사실을 모르고서 여러 가지 영어문장을 머릿속으로 두들겨 맞추고 있었다.

월은 수업을 끝내고 주차장으로 가는 길에 정소라와 마주쳤다. 우연을 가장한 치밀하게 계산된 만남이었다.
"미스 정, 쿠드 유 스페어 미 훠 러 모먼츠?"
"베그 파던?"
"시간 좀 내어주시겠요, 미스 정."
"시간이…"
뜻밖의 프러포즈에 그녀는 말을 얼버무렸다. 머뭇거리는 모습은 긍정이다. 월은 한 번 더 대시했다.
"미스 정, 잠시면 됩니다."
그녀는 못 이기는 척 월을 따라갔다. 영어를 빨리 배우는 길은 미국인과 같이 살면서 몸으로 부딪히는 것이라고 했다. 그는 앞으로 자주 대화를 나눌 수 있는 기회를 만들어 보자고 말했다. 그녀가 고개를 끄떡였다. 그는 지금 모처럼 시간이 비었으니, 그녀를 자기 집으로 초대하고 싶다고 제안했다. 앞으로 자주 회화 실습 시간을 갖자고 덧붙였다. 특별히 무료로 개인지도를 해 주겠다고 선심 쓰듯 말했다. 키도 크고 멋있다고 생각했지만 너무 빠르다는 생각이 들긴 했다. 그녀는 폰을 한 번 힐끗 열어보고는 순순히 그의 차를 탔다. 월은 학원에서 멀지 않은 오피스텔로 들어갔다. 오디오를 틀었다. 블루스 음악이 나직이 흘러나왔다. 와인을 따르고 멋지게 건배를 했다. 그는 그녀 앞에서 한 쪽 무릎을 꿇고 손등에 입을 맞추었다. 당황하기엔 분위기가 너무 무르익었다. 그녀는 엉거주춤하다가 얼떨결에 그의 손을 잡았다. 예상보단 억센 손이었다. 그녀의 몸이 그에게 빨려 들어갔다. 서로의 숨결이 바쁘게 오고갔다. 그는 꾸준히 그리고 천천히 그녀에게 다가갔다. 자존심이 상하지 않도록 배려하는 마음이 느껴졌다. 방어막이 무너져 내렸다. 마침내 다리가 풀어지고, 체중이 그에게 실리기 시작했다. 월은 그녀를 번쩍 들어 침대에 눕혔다. 그는 맛있는 게 요리를 먹듯이 정성스럽게 핥아먹었다. 그녀에게 난초 향기가 은은히 풍겼다.

"랄랄라 랄랄라라"
그녀는 깜짝 놀라 거의 반사적으로 침대에서 몸을 일으켰다. 윌이 잠결에 폰을 들었다.
"여보세요"
"누구요?"
"예, 외삼촌. 혁입니다. 엄마가 쓰러지셨다고요?"
그는 놀라고 당황해서 폰을 떨어뜨렸다.
"조금 전에 뇌경색으로 쓰러지셨는데, 지금 대학병원 응급실에 있다. 빨리 내려오너라. 여보세요. 혁아 듣고 있나?"
폰에서 그 외삼촌의 목소리기 낭랑하게 흘러나왔다. 윌은 일굴을 감싸고 당혹스러워했다. 그녀도 당황하긴 마찬가지였다. 커튼 틈새로 스며든 여린 가로등빛이 그의 털 복숭이 가슴에 안겨 들고 있었다.
그가 퇴기라는 사실을 알게 되었지만 그녀는 의외로 담담했다. 마치 예상하기라도 한 것처럼 자신도 놀랄 정도로 마음이 착 가라앉았다. 오히려 그녀의 어린 시절 이야기를 들려주며 눈물을 흘리는 그를 위로했다.
"아빠는 가끔씩 저녁 늦게 들리셨을 뿐 내가 아침에 눈을 떴을 땐 언제나 흔적도 없었죠. 철이 들 때까지 다른 아빠들도 다 그런 줄 알았어요. 나는 항상 엄마랑 둘이서 살았어요. 엄마는 때때로 영문을 모른 채 눈만 깜빡이는 나를 안고 눈시울을 적시곤 하셨지요. 엄마의 진한 눈물이 무엇을 의미하는지 알게 된 것은 초등학교 2학년 때였어요. 옆집에 살았던 꼬마 아이가 엄마보고 첩이라는 거야."
그녀는 목이 메여 더 이상 말을 잇지 못 했다. 그녀의 눈물이 볼을 타고 흘러내렸다. 그의 눈물이 그녀의 두 볼에 떨어졌다. 그는 그녀를 와락 끌어안았다. 그들은 마치 오래 사귄 연인처럼 빈틈이 없었다. 하늘에서 첫눈이 내려와 둘을 감싸고돌았다.
"정소라, 고맙고 미안해."

일의 진심이 느껴졌다.

하루저녁에 만리장성을 쌓는다더니 그 말이 실감났다. 운명은 번개처럼 그녀의 정수리를 내리쳤다. 그녀는 봉숭아 꽃물이 든 손톱을 싹둑 날려버렸다. 어차피 의미도 없는 순진한 소망이었다. 괜스레 한 남자의 말간 얼굴이 떠올랐다. 더 이상 진도가 나가기 전에 사정변경을 신속히 밝혀주고 싶었다.

#3. 우두커니

구름 한 점 없는 청명한 하늘이다. 도저히 눈이 내릴 것 같지 않았다. 그러나 그는 조금도 초조해 하지 않았다. 봉숭아 꽃물과 첫사랑 이야기를 무시해서가 아니라 그녀가 손톱을 깍지 않고 있었기 때문이다. 손톱이 자라나도 봉숭아 꽃물을 들인 부분이 그대로 있는 것을 훔쳐 본 그는 괜히 기분이 좋아 히죽거리며 돌아다녔다.

연말을 사흘 앞둔 일요일 밤에 드디어 눈이 내렸다. 늦은 밤이었지만 그는 어린애들처럼 좋아하며 밖으로 뛰쳐나갔다. 비록 눈이 눈 같지 않아 지표에 닿으면 녹아 버렸지만, 눈은 눈이었다. 그 다음날, 그는 일찌감치 출근하였다. 그는 싱글벙글거리며 출근한 동료직원에게 첫눈 이야기를 했다. 그게 무슨 첫 눈이냐고 했지만 그는 인왕산의 눈을 가리키며 첫눈이 맞는다고 감히 단언했다. 그녀가 사무실로 들어섰다. 그녀의 손톱을 훔쳐보았다. 길게 길렀던 손톱들이 가지런히 잘리고, 봉숭아 꽃물은 흔적도 없었다. 오후부터 눈이 펑펑 쏟아졌다. 첫눈 논란은 의미가 없어졌다. 그녀는 창밖을 내다보며 콧노래를 흥얼거렸다.

점심 식사를 하고 자리로 돌아오니 그녀가 커피 한잔 사겠다며 잠시 시간을 내달라고 했다. 그는 뛸 듯이 기뻤다. 카페는 고궁이 잘 보이는 2층에 있었다. 하늘에서 눈이 솜처럼 쏟아졌다. 그는 들떠서 마음이 부산했다. 그녀는 뜸을 들이다가 어렵사리 말문을 열었다.

"저, 제가 좋아하는 사람이 생겨서, 전 대리님께, 말씀드려야 할 것 같아서요. ……"

그녀는 죄 지은 사람처럼 머리를 늘어뜨렸다. 가슴이 무너지고 눈이 캄캄했다. 정신이 들었다. 그녀의 첫사랑이 그일 리가 없었다. 요즘 세상에 아리따운 아가씨의 첫사랑이 스물다섯 살에 직장에서 만난 자신이라고 생각한 것이 정말 어이없었다. 바보 멍청이였다. 첫눈이 내리고 아무도 밟지 않은 하얀 처녀지를 방정맞은 누군가가 어지럽게 밟고 다녔다. 눈이 제법 크게 올 모양이었다. 기어코 그의 눈에서 눈물이 녹아 내렸다. 올해는 웬 눈이 이렇게 많이 오지.

#4. 마냥

영업관리부는 사업계획으로 정신없이 바빴다. 다른 부서는 다들 퇴근했는데 유독 영업관리부만 열 시가 넘도록 일을 하고 있었다. 전 대리는 자정 전에 퇴근할 궁리를 하다가 문득 구석자리에서 하품을 하고 있던 신입사원을 발견했다. 전 대리는 신입사원을 화장실로 불러내었다.

"전 대리님, 왜 그러세요?"
"자네, 집에 빨리 가고 싶지?"
"물론이죠."
"그럼, 한 마담한테 전화해서 부장님 꼬셔내라고 해"
"접 때 간 데 말이죠?"
"그렇지. 명함이 여기 있으니까 요령껏 잘 해 봐."
"예."
"잘해야 돼. 여차하면 완전히 찍힌다고."

신입사원은 한참 만에 미소를 머금고 사무실로 들어왔다. 의기양양해하는 모습을 보니 일이 잘 된 모양이다. 이윽고 부장의 휴대폰이 울었다. 통화를 마친 부장은 환한 표정이 역력했다. 조금 전과는 달리 초조하게 사무실을 이리저리 걸어 다녔다. 신입사원은 두 손을 번쩍 들어 V자 사인을 그려 보였다.

"어때? 다 돼 가나?"

부장은 답답한 듯 직원들을 다그쳤다.

"아무래도 오늘 끝날 것 같지 않은데요."

김 과장이 말했다.

"난 급한 일이 생겨 먼저 들어가 볼 테니까, 조금만 더 하다가 퇴근하게."

부장은 마치 혼자 먼저 퇴근하는 것이 억울한 듯 뒤를 돌아다보았다.

"전 대리님, 성공입니다."

"부장님이 급한 일이 생기셨다잖아요."

"푸하하…"

우여곡절 끝에 전 대리는 겨우 자정 전에 퇴근하였다. 아내는 시무룩한 얼굴을 하고 있었다.

"요즘 매일 야근한다고 삐친 거야?"

"아니……"

"왜 그래?"

"자기, 나 사랑해?"

"무슨 뚱딴지같은 소리야, 그걸 말이라고 해? 당연하지."

"그럼, 내가 잘못한 게 있어도 용서해 주겠어?"

"뭔데?"

"약속?"

"약속!"

한참 뜸을 들이던 아내는 오늘 청소를 하다가 결혼반지를 배수구에 빠뜨렸다고 용서를 구했다. 그 순간 화가 나기는커녕 가슴이 덜컥 내려앉았다.

"어떡해! 잘못했어, 용서? 응?"

아내는 근래 보기 드물게 아양과 교태를 부렸다. 불현듯 결혼하기까지의 우여곡절이 주마등처럼 뇌리를 스쳤다.

정소라를 짝사랑하다가 물먹은 다음, 홧김에 대타로 아내를 선택했다. 중소도시에서 평범하게 자란 그들이 남들처럼 결혼한 일도 벅찼지만 서울에서 신혼살림을 차린 일은 더욱 힘들었다. 그래서 그들은 서울 근교의 위성도시 옥탑 방에서 신접살림을 꾸몄다. 형편이 되지 않아 큰 죄의식 없이 모조 다이아를 예물로 해주었다. 몇 번이나 아내에게 그 사실을 말해주려고 했지만 결혼반지를 신주단지 모시듯 귀하게 생각하는 아내를 보고 차마 가짜라고 얘기해 줄 용기가 나지 않았다. 애당초 속이려고 한 것은 아니었다. 결혼 전, 예물로 주기 전에 그것은 모조품이고 나중에 꼭 같은 진짜 다이아로 바꿔 주겠다고 고백하려 했다. 그 놈의 말라비틀어진 자존심 때문에 차일피일한 것이 오늘에 이른 것이었다. 그 결혼반지를 아내가 잃어 버렸다니 어이가 없었다. 꼭 바꿔주려고 했는데 모두 수포로 돌아가 버렸다. 아내에게 영원한 거짓말쟁이가 될 것 같다. 허탈한 마음을 떨칠 수 없다. 그렇지만 될 수 있는 대로 빠른 시일 내에 다시 해주어야 할 것 같다.

사업계획이 쉽게 마무리될 것 같지 않았다. 부장은 손익의 윤곽 정도는 나와야 된다고 강조했다. 모두들 탈진한 상태로 무표정하게 일하고 있었다. 사무실의 침체된 분위기를 감지한 듯 담당상무가 특별 회식을 명했다. 갑자기 사무실이 부산해졌다.

처음에는 먹고 마시는 것보다 집에 일찍 가고 싶어 몸을 사렸다. 다들 술을 아꼈다. 폭탄주가 몇 순 배 돌자 분위기가 돌변했다. 여직원들은 귀가하고 남자직원들은 단란주점으로 2차를 갔다. 스트레스 받은 만큼 본전을 뽑아야 한다는 마음에선지 서로 다투어 노래를 부르고 술도 양껏 마셨다. 전 대리도 고주망태가 되어 귀가했다.

"여보야! 한 달만 기다려, 번쩍번쩍 하는 진짜 다이아 해 줄게."

그렇게 큰 소리를 치고는 곧장 정신을 잃었다. 방안의 더운 기운에 술이 확 오른 모양이다. 아내의 눈에 눈물이 글썽였다.

며칠 전 결혼반지의 다이아 알이 느슨해져 수리 차 보석점에 들렀다.

주인은 안 해도 좋을 말을 했다. 인조 다이아라며 수리하느니 새 걸로 바꾸라고 권했다. 부끄럽기도 하고 괜히 속이 상했다. 남편이 퇴근하면 화풀이를 단단히 하리라고 벼르고 별렀다. 퇴근시간이 가까워지자 오히려 마음이 착 가라앉았다.

결혼 전에 남편의 가정형편을 소상히 다 알고 있었던 터에 이제 와서 이런 일로 바가지를 긁어 어찌 하잔 말인가. 안 그래도 여린 사람이 이것 때문에 그동안 얼마나 마음고생이 심했을까. 남편이 가엽기 그지없었다. 증거물을 영원히 인멸시켜 버리는 것이 오히려 남편을 편하게 할 것 같았다.

그 날 밤 결혼반지를 배수구에 빠뜨렸다고 둘러댔다. 남편은 얼굴색이 확 변했다. 의외로 결혼반지에 집착하는 듯 보였다. 그런 남편이 더욱 사랑스러웠다. 그래도 결혼반지는 의미 있는 것인가 보다.

남편은 자정이 지나 고주망태가 되어 돌아왔다. 결혼반지 때문에 술을 마셨나 해서 잔뜩 겁이 났다. 남편은 진짜 다이아 반지를 해 주겠다며 소리치고는 정신을 잃었다. 코인투자라도 해서 다이아 반지를 해 줄 모양인지 모른다. 장롱 속에 깊숙이 넣어두었던 결혼반지를 꺼내어 보았다. 결혼반지라는 의미 때문에 차마 버리지 못했다. 진품은 아니었지만 그것은 세상에서 가장 아름다운 보석으로 찬란히 빛나고 있었다.

#5. 오로지

이른바 민주화 세력이 집권했다. 자신의 이해관계에 털끝만큼이라도 반하는 자들은 남녀노소 지위고하를 불문하고 누구나 적이었다. 주위엔 이권을 노리는 사람들로 항상 시끌벅적했다. 모두가 너무나 똑똑하다. 남에게 양보하려고 할 만큼 어리석은 사람은 이젠 아무도 없다.

전지성은 서울의 변두리 서민 아파트에 세 들어 살고 있다. 위성도시 옥탑 방에서 여기까지 오는데도 거의 3년이 걸렸다. 요즘 또 아파트 가격이 엄청나게 오르는 모양이다.

부동산 가격이 폭등하였다. 그는 청약 1순위 자격이 있었지만 아파트

당첨은 하늘의 별 따기였다. 당첨이 된다고 해도 불입할 돈이 부족했지만 아내는 꾸준히 청약을 계속했다. 은행대출을 최대로 당기거나 딱지를 전매하여 프레미엄을 챙기는 수밖에 다른 방법이 없었다. 아내는 부지런히 여기저기 청약을 했으나 번번이 떨어졌다. 그렇지만 결코 지치거나 포기하지 않고 씩씩했다. 시골 숙맥의 엄청난 반전이었다.

아내는 아파트를 위해 모든 것을 희생하려고 했다. 그의 부모가 더 늦기 전에 둘째 아이를 보자고 했을 때, 아내는 눈썹도 까딱하지 않고 일언지하에 둘째를 낳을 수 없다고 못을 박았다. 키울 능력이 없다는 것이다. 아파트를 몇 년 미루더라도 둘째 애부터 어떻게 해보자고 아내에게 통사정을 했으나 허사였다. 하나 있는 아들도 제대로 못 키운다고 힐난을 했다. 아내의 다그침에 그는 풀이 죽었다. 먹고사는 덴 문제가 없었지만 돈을 모아 집을 사고 애들을 키우기엔 힘이 부쳤다.

아내는 낙엽을 밟으며 돌담길을 걸었던 순진했던 소녀가 아니었다. 코스모스가 피어있던 길을 좋아했던 사춘기 소년이 사랑했던, 코스모스 같은 순수한 소녀는 더더욱 아니었다. 아내는 오직 아파트, 잿빛 칸막이에만 관심을 두었다. 그 잿빛 칸막이는 비바람을 막아주는 기특한 것이긴 했지만 그것이 그녀의 모든 감성과 사고를 훔쳐가 버렸다.

정부의 투기억제책이 쉴 새 없이 계속 나왔지만 아파트 값은 천정부지로 뛰었다. 잘못하다간 평생 아파트를 못 살 것 같은 불길한 예감이 들었다. 아내는 무엇이 잘 안 풀리는지 초조한 빛이 역력했다. 어떤 때는 밥도 제대로 챙겨 주지 않았다. 집안은 온통 먼지투성이였고, 세탁기엔 빨래가 산더미처럼 쌓여 있었다.

"여보, 요새 왜 이래? 이거 너무 하잖아?"

그는 신경질적으로 소리쳤다.

"내가 지금 집안일에 신경 쓰게 됐어요? 아파트 값이 한 달 새 두 배나 올랐어요."

"대통령과 장관이 아파트 가격을 반드시 잡겠다고 하지 않았나. 부동산에 투기하면 크게 후회하게 하겠다고 했는데…"

아내는 잠시 멈칫하더니 다시 쏘아붙였다.

"뉴스도 안 봐요. 정부가 시장과 싸우자고 하는데, 시장을 이길 정부가 어디 있겠어요. 돈을 풀고 공급을 억제하면 집값 오르는 건 애도 알겠다. 미친 정부만 모르지."

아내는 분통이 터지는 듯 정부 정책을 비판했다. 남편이 지나치게 기가 죽는 걸 보곤 겸연쩍은 듯 자리를 피했다.

그는 지독한 배신감과 분노를 느꼈다. 매캐한 냄새를 맡으며, 거리로 뛰쳐나왔다. 매연과 미세먼지가 어우러져 숨을 쉴 수 없었다. 이런 열악한 곳에서도 내 집 장만을 하지 못하는 자신의 신세가 처량했다. 시간이 지나자 도저히 참을 수 없을 것 같은 배신감과 자괴감은 스러져 내리고 피로가 엄습해 왔다. 마음과 달리 눈물이 찔끔 났다. 남자도 잘 울어야 출세하는 시대이고 보니 눈물을 흘리는 것이 허물이랄 수 없다.

포장마차의 불빛이 하루살이들을 유혹했다. 그는 하루살이다. 어느 곳 하나 안식처가 되지 못하고, 어느 누구 하나 위안을 주지 못할 때, 술은 가끔 친구가 되어 주었다. 잠시나마 위로가 되었다. 피로는 알코올의 향기에 잠자고, 영혼은 그와 더불어 영롱하게 빛났다. 포장마차를 나온 그는 길을 돌아보았다. 길 양쪽으로 활짝 핀 코스모스가 손짓을 했다. 그가 가까이 다가가면 코스모스는 저만치 달아나고, 가로등만 우두커니 서서 비웃고 있었다.

#6. 버젓이

정례 인사가 발표되었다. 전지성 대리는 승진하여 외자과장으로 발령이 났다. 결혼 후 미국지사에서 근무하던 정소라는 대리로 승진하여 외자과로 배치되었다. 영업관리부에서 사수와 조수로 함께 근무했던 두 사람은 한참 돌고 돌아 외자과에서 다시 만났다. 정소라는 영어회화 강사와 결혼하여 영어회화에 두각을 나타내는 바람에 미국지사로 발령이 났었다. 그러던 정소라가 승진하여 다시 외자과로 돌아왔다. 왕족에 밀려 쫓겨 왔다는 뒷말이 돌았다. 미국 유학 중인 왕 회장의 장조카가 정소라 자리를 꿰차면서 정소라는 국내로 인사 조치되었다는 말이었다. 조금 미안했던 건지 보상 차원에서 대리승진이란 선물을 주긴 했다. 입사 3년차에 대리로 승진한 건 선두그룹에 속했다. 여자로선 유일했다. 그래선지 정소라도 별 불만이 없었다. 한때 두 사람의 관계가 연인까지는 아니더라도 분홍빛이었음을 부인할 수 없었다.

정소라 대리가 미국에서 돌아와 외자과로 첫 출근한 날부터 전지성 과장의 머릿속은 온통 그녀 생각뿐이었다. 갑순이가 시집가는 걸 보고 갑돌이가 화가 나서 장가 간 이야기는 비단 유행가 가사에만 존재하는 사연은 아니었다. 정소라가 훤칠하고 멋진 미국인 영어강사와 결혼하자 전지성은 고향에서 부모님이 소개한 동네 처녀와 홧김에 결혼해 버렸다. 두 사람은 이웃 동네에 살았던 관계로 서로 잘 아는 사이였다. 아내는 착하고 예쁜 여자였기에 순순히 결혼하였다. 양가 모두 뻔한 형편인지라 위성도시 옥탑 방에서 신혼살림을 차려야 했다. 서로 눈치 보거나 숨길 것도 없어 오히려 편한 면도 있었다.

전지성 과장은 한참을 고민하다가 정소라 대리에게 문자를 넣었다. 무슨 짓을 하는가. 한심한 짓거리라는 생각도 들었지만 그녀와 꼭 한번 개인적으로 만나고 싶은 본능적 충동을 도저히 억제할 수 없었다.

"퇴근 후에 저번 그 카페에서 함 봅시다. 그동안 밀린 사연도 나누고…"

정 대리가 폰을 보며 문자를 확인하는 모습이 보였다. 곧 답신이 왔다.

"OK 거기서 봬요."

카페는 3년 전이나 지금이나 큰 변화가 없었다. 고궁이 잘 내려다보이는 곳에 자리를 잡았다. 눈이 내리던 고궁의 풍경이 눈에 선했다. 전 과장의 입가에 웃음이 돌았다. 정 대리도 그 때를 생각하는 듯 옅은 미소가 눈가에 어렸다.

"그래도 세월은 무지막지하게 가네."

"맞아요. 과장님은 그때 그대로예요. 전 아줌마가 다 됐지요?"

정 대리는 입을 가리며 부끄러워했다.

"아니야. 더 예뻐졌는데, 섹시해졌다면 성희롱이라 할런가."

"헐! 대박. 최대의 찬사인 걸요."

"미국 생활은 어땠어?"

"그냥 정신없이 살았죠. 미국이란 나라가 그렇잖아요. 다들 바쁘게 사니까. 남편은 물 만난 물고기처럼 너무 빨리 적응하더군요. 나쁜 본만 봐서 탈이지만."

"남편이야 고향으로 돌아갔으니 아무래도 편안하고 좋았겠지. 당연하지 않나."

"글쎄, 그게… 잘못 알고 계신데요. 남편은 미국인이 아니고 한국인이어요. 미군과 사이에 난 혼혈이지요. 어머니가 동두천에 사세요."

전 과장은 정 대리의 말에 소스라치게 놀랐다. 그렇지만 그 사실이 왠지 싫지 않았다. 정 대리의 말에서 뭔지 모를 빈틈을 발견했다.

"아, 그렇구나. 그렇지만 지금 그게 무슨 문제가 될 수 있겠어. 애들은 몇이야?"

"아직 없어요. 그게, 그러니까, 과장님, 저, 벌써 헤어졌어요. 미국에 자리 잡으니까 남편은 기다렸다는 듯이 미국여자 꼬셔서 밖으로 나돌더라고요. 제가 참 어리석은 여잡니다. 애초 절 돈 많은 집 딸로 보고 표적으로 삼고 접근했나 봐요. 제법 실망이 컸겠지요. 다른 사람한텐 부끄러워 이야기도 못합니다. 과장님에게 처음으로 말하는 겁니다."

정 대리는 핸드백에서 손수건을 꺼내 눈물을 훔쳤다. 전 과장은 묘한 기쁨이 솟아올라 슬픔을 가장하느라 애를 먹었다. 도저히 참을 수 없어 화장실로 대피하여 실컷 웃으며 좋아하다가 다시 마음을 가라앉히고 그녀 앞에 앉아야 했다.

"요즘 이혼이 결혼만큼이나 흔하고 아예 결혼하지 않고 혼자 사는 젊은 사람도 많아. 세상이 완전 변했는데 너무 신경 쓸 필요 없어. 나도 사실 결혼생활이 순탄한 건 아니야. 생각 같아선 확 갈라서고 싶은 생각이 굴뚝같지만 애 때문에 이러고 산다. 두 살 난 아들 하나 있거든. 어휴, 나도 참 한심한 놈이야."

그녀는 어느덧 슬픔을 잊고 그의 말에 귀를 쫑긋했다. 가장 큰 위로는 함께 슬퍼하면서 불행과 고통을 나누는 것이다. 그의 결혼생활도 파탄 지경이라는 말이 그녀에게 큰 위로가 된 듯했다. 두 사람은 서로의 불행을 나누어 가짐으로써 빠르게 슬픔을 극복해가고 있었다. 새로운 시작이 그들 앞에 펼쳐지는 걸 직감으로 알아차렸다. 좀 더 깊숙한 이야기를 나누기 위해 장소를 옮겨갔다. 그녀는 주량이 많진 않았지만 맥주를 즐기는 편이었다. 인근 편의점에서 양념 오징어와 쥐포를 사가지고 맥주전문점으로 들어갔다. 거기엔 세계 각국의 맥주가 갖추어져 있었다. 취향대로 맥주를 골라서 마음대로 마시고 나갈 때 맥주 값만 계산하는 곳이다. 팝콘이 안주로 무료 제공되고 그 이상은 개별적으로 해결해야 했다. 실속 있게 즐기기엔 안성맞춤이다. 두 사람은 세 캔씩 마시고 자리에서 일어섰다. 그는 속으로 갈등하고 있었다. 이제 어떻게 해야 하지. 바로 대시해야 하나. '스테디 앤드 슬로우'를 할 군번은 아니지. 세상물정 모르는 처녀 총각도 아니고 산전수전 다 겪은 아줌마와 아저씨가 아닌가. 모르는 사이도 아니고 두 사람은 3년 전부터 연모해온 사이다. 이렇게 몸을 기대오는 걸 외면해도 예의가 아니지. 아끼다가 똥 되는 수가 있지. 속전속결이 최선이다. 마음 변하기 전에 돌격 앞으로다. 모텔이 몰려있는 거리로 갔다. 예정되어 있는 코스라 생각한 듯 그녀도 순순히 따라왔다. 누가 누구를 유혹하는 것이 아니라 두 사람 간에 벌써 합의된 일을 함께 수행하는 것이었다.

두 사람은 말없이 자기 할 일을 했다. 상대방이 바뀌었을 뿐 평소에 하던 일을 하는 것이었지만 그 느낌은 완전히 달랐다. 그는 난생 처음

사랑의 황홀한 정점을 찍었다. 지금까지 정상이라 느꼈던 상태와는 다른, 맨 정신으로는 도저히 감내할 수 없는 지점에 오르가즘이 존재한다는 사실을 알았다. 앞으로 더 높은 고지에 도달할 수도 있을 것이지만 그런 곳에서 다시 살아남을 것 같지는 않았다. 육체적 쾌락 상태는 결국 정신적 궁합이 잘 맞아야 누릴 수 있는 환상적 조화였다. 세상에 공짜는 없다는 말이 그 와중에 생각났다. 얼마나 엄청난 대가를 받아가려고 이토록 환상적인 선물을 주는 건지 두고 볼 일이다. 하지만 어떡하랴. 그래도 할 일은 해야지.

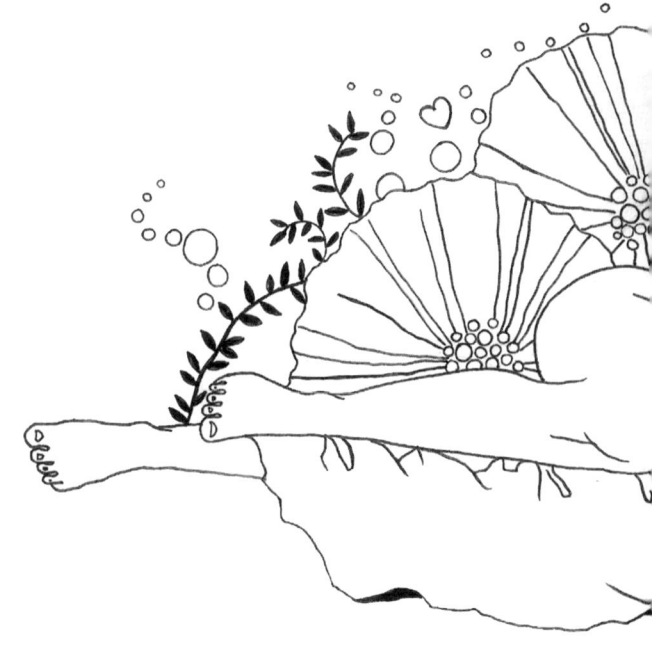

#7. 오히려

전 과장은 관리본부장인 백 상무의 호출을 받고 본부장실로 들어갔다. 백 본부장은 곤혹스런 표정을 지은 채 자기 앞자리에 앉으라고 손짓을 했다.

"전 과장, 앞으로 금값과 환율이 어떻게 될 거 같나? 세상이 어지럽네. 재테크를 해야 할 거 같은데…"

"둘 다 계속 오를 것 같은데요. 돈을 그렇게 많이 풀었는데 안 오르면 그게 이상하지요. 어느 나라 할 것 없이 돈을 뿌리는 게 유행처럼 된 듯합니다. 이런 일은 또 처음이라서 조금 불안합니다."

"전 과장도 그렇게 느끼는구나. 사람이 다 비슷하겠지. 나도 그래. 참 큰일이야."

"예, 맞습니다, 본부장님."

백 본부장은 탁자 위에 가지런히 놓여있는 여러 종류의 신문을 뒤적이다가 힐끗 전 과장의 눈치를 보더니 자세를 고쳐 앉았다.

"전 과장, 오늘 전 과장을 보자 한 건, 다른 게 아니고… 참, 내가 이런 이야기까지 해야 하나 몰라. 한두 살 먹은 애도 아니고… 우리 직원들이 하는 말을 전해들은 건데, 자네 정 대리랑 사귀나? 둘이 모텔에 들어가는 걸 봤다는 사람이 있어. 벌써 소문이 쫙 퍼졌나 봐. 연애를 하려면 제대로 하지 그렇게 꼬리를 보이고 다니나. 바람피우려면 확실하게 해야지. 뭐 그런 일로 신경 쓰게 만드나, 이 사람아!"

"예, 어쩌다 보니 그렇게 되었습니다. 죄송합니다, 본부장님."

"밖에도 여자가 천진데, 왜 하필 눈앞에서 그러나! 어쨌든지 일을 벌였으면 수습을 해야지. 이제 어떻게 할 참인가?"

"너무 갑작스런 일이라… 어쨌든 회사에 피해가 없도록 하겠습니다."

"어떻게?"

"어떻게 하면 좋겠습니까? 본부장님. 선처해 주십시오."

백 본부장은 안경을 벗고 눈 주위를 손가락으로 누르면서 창밖을 내다봤다. 소파에서 일어나서 창가로 가더니 두 손을 맞잡고 손가락을 차례대로 꺾기 시작했다.

"두 사람 다 그만 두는 게 회사로선 제일 좋겠지만, 그렇겐 안 되겠지? 요즘 재취업도 어렵고, 전 과장은 애도 있을 텐데… 두 사람 중 데미지가 적은 사람이나 재취업이 상대적으로 쉬운 사람이 그만두는 것도 한 가지 방법이야. 정 대리가 젊고, 영어도 능통하니, 아마, 다른 데 갈데가 많을 거야. 내가 봐선 정 대리가 그만두는 게 좋겠지만, 그게 쉽지 않겠지?"

백 본부장은 전 과장을 돌아보며 톤을 조금 높여서 말했다.

"본부장님 말씀이 맞습니다. 제가 정 대리를 잘 설득해보도록 하겠습니다."

"일이 더 악화되기 전에 빨리 마무리 짓도록 하게. 회장님 귀에 들어가기 전에 끝내자고. 내일 오후까지 말미를 주겠네. 알았지. 그만 나가 보게."

"알겠습니다. 본부장님."

본부장실을 나와 사무실로 돌아오니 벌써 소문이 쫙 퍼진 듯 여기저기서 수군거리고 키득거렸다. 힐끗거리는 눈길이 얼굴에 잔뜩 와 닿았다. 먼저 본부장과 면담을 하고 나와 있던 정 대리가 핸드백을 챙겨 사무실을 나갔다. 전 과장도 정 대리를 따라 밖으로 나갔다. 눈총들이 뒤통수에 와 꽂혔다.

그녀는 커피숍으로 그를 말없이 유인했다. 커피숍은 텅 비어 있었지만 2층으로 올라가 굳이 구석자리에 앉았다. 그는 아이스아메리카노와 치즈케이크를 들고 그녀 옆 자리에 나란히 앉아 창밖을 물끄러미 바라보았다. 그들은 한동안 침묵을 지켰다. 매우 슬프고 침통했지만 아무도 울지 않았다. 그도 재수가 없긴 마찬가지였지만 그녀는 정말 엎친 데 덮친 꼴이었다. 아무리 생각해도 둘 다 버티긴 힘들 것 같았다. 사생활을 사유로 즉시 해고하진 않겠지만 합법을 가장한 교묘한 방법을 동원하여 결국 밀어내겠지. 그 전에 자기 발로 걸어 나가는 게 오히려 희생이 적을 거야. 그는 정신이 나간 채 창밖을 내다보고 있는 그녀의 손을 꼭 잡았다. 그녀는 미동도 하지 않고 손을 내맡겼다.

"커피 좀 마시지."

숨 막히는 침묵을 도저히 참지 못해 그가 건성으로 말을 던졌다.

"버티긴 힘들 거고, 내가 나가는 게 맞겠지. 학원 영어강사 자리나 알아보지 뭐. 그런데 우리 관곈 어떻게 되는 거야?"

그녀가 내뱉듯이 불쑥 말했다. 학원을 알아본다는 말에 거짓말처럼 머리가 맑아지고 몸이 가뿐해졌다. 미소를 숨기고자 혀를 깨물고 참았다.

"……"

"겁나나? 겁나면 집에 가라."

"아니, 내가 미안해서 그렇지. 우린 이제 겨우 시작이잖아."

그녀의 머리카락을 매만지고 허리를 살짝 껴안으며 위로의 마음을 표현했다. 아랫도리에 금방 힘이 들어갔다. 그 순간, 그녀는 또록또록한 목소리로 힘을 주어 말했다.

"그 대신, 앞으론 무조건 내가 하자는 대로 하는 거다. 오늘 날짜로 넌 내 소유물이다. 넌 내 노예라고."

"예설! 마이 달링."

그녀의 말 한 마디에 아랫도리에 바로 힘이 빠졌다. 그는 다시 미궁 속으로 빠져들었다. 세상엔 정말 공짜가 없다는 생각이 들었다. 멀리 보이던 인왕산이 가까이 다가와 찬 기운을 불어넣어주었다. 피부가 느낄 수 있을 만큼 습기가 확 몰려왔다. 소나기라도 한바탕 쏟아질 모양이다.

바벨탑

옛날 옛적에 사람들이 살았다. 사람들은 먹고살기 위해 강력한 왕이 있는 곳으로 모여들었다. 서로 소통하고 지혜를 모았다. 그곳은 크게 번성하였다. 그 소문을 듣고 곳곳에서 사람들이 꼬리를 물고 모여들었다. 큰 집들이 지어졌다. 사람들은 큰 집을 짓는 기술을 발전시켜나갔다. 욕심이 생기고 탐욕과 자만심이 하늘을 찔렀다. 모두 다 같이 지혜와 힘을 모으면 천국에 닿는 높은 탑을 쌓을 수 있다고 생각했다. 천국엔 금은보화가 가득할 거였다. 탐욕스러운 힘센 왕은 천국의 보물을 다 차지하고 싶었다. 사람들도 풍요로운 천국에 가서 살고 싶었다. 마침내 탐욕스러운 힘센 왕이 하늘까지 닿는 탑을 쌓으라고 명령했다. 탑을 쌓는데 많은 사람들이 동원됐다. 사람들은 천국으로 갈 수 있다는 말에 현혹되어 있는 힘을 다해 탑을 쌓았다. 천국으로 가는 탑을 쌓는다는 소문을 듣고 세상 천지에 흩어져 살던 여러 인종들이 천국으로 가기 위해 구름같이 모여들었다. 수많은 사람들이 소통하고 지혜를 짜내어 힘을 모았다. 탑은 하늘에 닿을 기세로 무섭게 솟아올랐다. 이를 지켜보던 하느님이 고심 끝에 사람들의 탐욕에 대해 심판하기로 하였다. 높이 쌓은 탑을 무너트리고 언어를 갈가리 찢어놓았다. 소통이 어려워진 사람들은 세상 곳

곳으로 흩어졌다. 그리고 세월이 흘러 옛날 옛적 이야기는 어리석은 사람들의 우화가 됐다.

우리가 처음 만난 건 이태 전 가을이었다. 남녀노소 할 것 없이 고성능 리얼 돌 로봇에 VR기기를 장착하여 섹스를 즐기는 것이 크게 유행했다. 섹스 상대 선택이 자유롭고 클라이맥스가 백퍼센트 보장되며 원하는 만큼 몇 번이고 되풀이 즐길 수 있으니 실제 신체 접촉 섹스를 원하는 사람은 꼴통 꼰대로 몰렸다. 밀당을 하며 어렵게 파트너를 구하고 땀을 흘리며 애써봐야 남는 건 갈등과 뒤끝뿐이니 현실에서 섹스 파트너를 구하는 사람이 사라지고 있던 차에 새로운 치명적 바이러스성 성병이 창궐했다. 치명적 성병이 대면 섹스를 완전히 퇴출시킨 결정타였다. 결혼제도가 파괴되고 출생아가 아예 없어진 관계로 종족보존은 국가가 떠맡을 수밖에 없게 되었다. 인류의 상위 0.1% 내의 우성 유전자를 가진 사람들의 남녀 생식세포를 채취하여 전 세계에 개방하고, 거기에 국가별로 독창적 유전자 조작을 가하여 애기를 생산하게 됐다. 상황이 그런 방향으로 흘러가자 원하는 가정에만 애기를 입양시키는 제도가 국가 시책으로 도입되기 시작했다. 분양되지 않은 잉여 영아는 국가가 전적으로 맡아 훈육하고 성인이 되면 적성에 따라 직장을 잡아 주었다.

최근 무료한 사람들이 구시대 풍습을 체험하는 이른바 '레트로'가 유행하면서 동거하는 사람이 심심찮게 생겨났다. 그래도 역사가 거꾸로 흘러가는 반동은 일시적인 현상일 뿐이다. 종잡을 수 없는 충동과 호기심으로 동거생활에 들어갔던 많은 커플들이 갈등과 불편을 인내하지 못하고 헤어지기 시작했다. 사람들은 이미 새로운 관습에 길들여져 구시대의 틀에 맞추어 살 수 없게 된 것이다. 남녀의 구별이 무의미해지고 공식문서엔 성별 표시 난이 사라졌다. 성명마저 성별 구분이 없어져 이름만으로 성별 판단이 불가능하다. 그럴 필요도 없다. 여성이 바지와 양복을 즐겨 입고 남성이 치마와 투피스를 즐겨 입는 등 남녀의 역전 현상이 곳곳에서 나타났다.

이러한 사회변화는 미용과 화장에도 일대 변혁을 몰고 왔다. 이성을 유혹하여 섹스하고 즐기는 풍조가 쇠퇴하였다. 얼굴을 꾸미고 몸매를 가꾸는 일에 무관심해졌다. 한때 각광을 받던 성형외과와 피부과가 사양길로 접어든 것은 예상치 못한 변화였다. 화장품도 사용량이 대폭 줄어들고 기능성이나 실용성 화장품만 겨우 명맥을 유지하고 있었다. 자식에 대한 부모의 과도한 애정이 사라진 여파로 상속에 대한 본능적 집착도 느슨해졌다. 재산의 사회 환원이 대세로 굳어졌다. 자본주의의 폐단이 사라지고 부익부빈익빈 현상도 누그러들었다.

리얼 돌 로봇과 즐기다가 진이 빠져 사지가 젖은 솜처럼 무거웠다. 그럴 땐 잠이 특효약이다. 깜깜한 암흑 속으로 정신이 빨려들어 갔다. 꿈도 없는 시간은 기억도 사라진다. 눈을 떴을 때 다시 권태가 찾아 왔다. 무료한 시간을 극복하는 방법은 새로운 도전과 경험이 효과적이다. 인터넷 서핑을 하다가 새로운 세계를 접하고 신기한 경험을 해보는 것도 무료함을 달래는 좋은 방법이다. 자신의 성격과 조건에 가장 잘 맞는 사람을 찾아보고 동거에 대한 시뮬레이션도 해볼 수 있는 서비스가 한창 뜨고 있었다. '레트로' 복고 유행으로 생겨난 데이트 파트너를 찾는 사이트다. 나는 만남을 주선하는 플랫폼으로 들어갔다. 가입회원들이 많을수록 적합도나 만족도가 높아지기 마련이다. 회원이 제일 많은 사이트에 접속하여 회원가입을 했다. 신체조건, 지적 능력, 성격, 거주지 등 사이트에서 요구하는 가입조건을 모두 입력한 후 결과를 기다렸다. 수많은 회원 중 가장 궁합이 잘 맞는 사람이 즉시 모니터에 디스플레이 됐다. 최적 파트너는 서른 살의 '사라' 였다. 가까운 곳에 사는 여성으로 디자인 컨설턴트로 일하고 있었다. 우선 비대면으로 화상통화를 시도했다. 과연 죽이 잘 맞는 듯하다. 사라가 말하는 것이 모두 귀에 쏙쏙 들어오고 절로 고개가 끄덕여졌다. 사라는 유머러스하고 위트가 넘쳤다. 정해진 요금을 결재하면 오프라인에서 만남을 주선했다. 요금을 결재하고 만나보기로 합의했다.

미지의 파트너를 만나는 미팅은 생전 처음이라 조금 긴장이 됐다. 그것만으로 돈값을 하는 듯하다. 모니터에서 화상으로 만났지만 실물은 신선했다. 인공지능이 매칭한 만큼 내 타입이 분명했다. 내가 좋아하는 샤넬V의 향기가 은은하게 번져왔다. 역동적인 얼굴표정과 즉흥적으로 반응하는 감성이 마음을 끌었다. 나 자신도 생동감으로 살아 움직이는 듯하다. 사라도 나와 유사한 감정 변화가 일어나고 있는 듯 옅은 홍조가 두 뺨에 피어났다. 살짝 달아오른 뺨은 나를 흥분시켰다. 리얼 돌과는 다른 뭔가가 있을 듯하다.

"반가와요. 제니입니다."

"저도요. 사라입니다. 어떻게 그런 사이트에 들어왔습니까?"

"사라 씨와 같은 이유지요."

"헐! 사는 게 재미가 없거나 모험을 찾고 있다고 봐도 되겠네요."

"내 말이 바로 그겁니다. 모험과 재미를 찾고 있었지요."

"그래서 내게서 그런 걸 찾아냈나요? 내가 조금 다혈질이라서 자극이 됐을 지도 모르겠네요."

"사라 씨한테 기대가 큽니다."

"인공지능은 역시 컴퓨텁니다. 기대를 실망시키지 않네요. 인공지능이 시키는 대로 우리 한번 같이 살아볼까요? 내가 너무 싸게 구는 건가?"

사라는 다혈질답게 바로 동거를 제안했다. 옛날로 치면 구혼이지만 여자가 먼저 남자에게 구혼할 수 있도록 진화한 것이 색다른 모습이다.

계약기간은 3년으로 하고 폭행이나 사정 변경 등 결혼생활을 지속할 수 없는 사유가 발생하면 일방이 타방에 계약 해지를 요구할 수 있다. 금전 출납은 독립채산제로 한다. 성관계는 계약사항에서 제외하고 별도 특별한 합의가 있으면 예외적으로 가능하다. 상호 각자의 리얼 돌 로봇을 인정하고 이용 시 상호 방해하지 않는다. 계약에 명시되지 않은 사항은 관례에 따른다. 사라와 나는 계약서에 사인했다.

"이왕 복고 체험을 하는 건데 20세기로 돌아가 그 당시 결혼생활을 제대로 경험해 보는 것도 재미있지 않을까요. 예컨대, 수입 지출 공동회계라든지 신체 접촉 성관계 같은 거, 경험해보고 싶지 않아요?"

"너무 나가는 거 아닙니까. 수입 지출을 일정부분 공동 관리하는 것은 그럴 수 있다 쳐도 신체 접촉 성관계는 꿈도 꾸지 마세요. 신체 접촉이 뭡니까. 댁이야 삽입해서 사정하면 그만이지만 나보고 그 더러운 배설물을 받아들이란 겁니까. 앞으로 그런 미개한 소리는 입 밖에 내지도 마세요. 턱도 없습니다."

괜히 먹혀들지도 않을 소리를 했다가 망신만 당했다. 사실 신체 접촉 성관계는 나도 싫다. 세균이 들끓는 혓바닥을 빠는 일도 비위생적이고 여성의 성기에 삽입하는 일은 위험천만이다. 앞뒤 가리지 않고 들이댄 내가 부끄럽고 창피하다. 그래도 사라가 방어해 주었기에 망정이지 내 제안을 덜렁 받아들였다면 어찌 할 뻔 했나. 생각만 해도 끔찍하다. 동거를 시작하면 침착하고 신중해야 될 텐데 걱정이다. 사라는 다행히 그 문제에 대해선 더 이상 문제 삼지 않고 넘어갔다.

다음 달부터 동거를 시작하고 2인용 룸을 구하기로 합의했다. 쇠뿔도 단김에 빼라고 만난 김에 바로 룸을 함께 찾아보기로 했다. 폰 속에 세상이 몽땅 들어가 있었다. 같은 값이면 다홍치마라고 요리가 가능한 주방이 있는 룸을 검색해 봤지만 그런 룸은 아예 없었다. 모든 사람이 집에서 요리하지 않고 음식점에서 해결한지가 벌써 10년도 넘는다. 주방 딸린 집이 남아있을 리 없었다. 사라와 나는 의견을 조율하여 위치와 내부구조가 만족스러운 룸을 바로 임대 신청했다. 일사천리에 다름 아니다. 컴퓨터가 서로의 성향이 어울린다고 확인한 커플이라서 그런지 두 사람의 뜻이 척척 맞아 들어갔다.

동거란 게 별 거 아니다. 말 그대로 두 사람이 함께 한 집에 거주하는 것이다. 그 이상도 그 이하도 아니다. 나는 우측 방을 사용하고 사라는 좌측 방을 사용했다. 상호 간 상대의 프라이버시를 존중해주는 의미에서 파트너의 방에 들어가지 않는다. 불가피하게 들어가려면 사전에 파트너의 승낙을 받아야 가능하다. 저녁 12시에서 6시까지 심야 시간대엔 특히 조심해야 한다. 리얼 돌 로봇과 성생활을 즐기는 시간대이기 때문이다. 거실과 체력단련실은 공용이기 때문에 동시 사용이 가능하다. 동거는 그냥 주거비와 생활비를 절약하고 대화 상대를 가짐으로서 인간관계의 폭을 확장하는 효과 이외엔 큰 메리트가 없음이 틀림없는 것 같다.

자주 얼굴을 대하고 함께 차를 마시다 보면 가끔 다투기도 한다. 사라같이 다혈질 성격은 특히나 사소한 일로 흥분하기 때문에 부딪히기 마련이다. 내가 차분한 성격이어서 인공지능이 인연을 맺어준 모양이다. 혼자 생활할 때보다 방해가 되거나 불편할 때가 많아 후회한 적이 많다. 허나 곰곰이 생각해보면 사는 맛도 있다. 조용하고 적막한 것보다 훨씬 나은 것 같다. 혼자 살 땐 간섭을 전혀 받지 않고 하고 싶은 거 다 하고도 뭔가 미진한 여운이 남고, 즐길 거 다 즐기고도 메워지지 않는 빈 공간이 가슴에 남았다. 동거하고부터 그런 점은 확실히 개선된 듯하다.

일의 능률은 오히려 높아졌다. 약간의 훼방과 소음이 스스로 늘어지는 걸 방지해주었고 관심과 시선이라는 자극이 과시욕과 경쟁심리를 부추겨주었다. 혼자 있을 땐 멍 때리거나 잠을 자는 경우가 많았다. 사라와 동거를 시작하고부턴 팽팽한 긴장감이 생활의 활력으로 작용하였다. 방해 받는다는 생각에 조금 더 열중하게 되었고 시간이 뺏긴다는 생각에 시간을 아껴 쓰게 되었다. 아무 하는 일 없이 넋을 잃고 멍 때리거나 비몽사몽 침대에서 빈둥거리는 시간이 없어졌다. 사라도 나와 크게 다르지 않을 것이다. 일시적 충동을 말로 표현하는 사라의 버릇이 변수다. 스트레스가 축적되면 돌발 상황이 발생할 수도 있을 터다.

국세청과 관할 관청에 동거 시작을 폰으로 알렸다. 모든 신청이 폰으로 이뤄지는 세상이다. 소득세 감면 혜택이 주어졌다는 메시지가 세무서에서 왔고 입양 신청여부를 묻는 전화가 직접 가족부에서 왔다. 나는 입양에 대한 사라의 의견을 물었다. 사라는 생각할 틈도 두지 않고 입양에 동의한다고 대답했다. 다소 무성의한 태도에 기분이 상했지만 그런 표시를 하지 않았다. 나는 폰으로 입양 신청서를 작성한 후 사라의 확인을 받아 바로 전송했다.

전송 후 바로 난자와 정자의 선택에 관한 정보가 왔다. 사라의 난자와 내 정자를 인공 수정하는 방안을 두고 절치부심했지만 없던 일로 했다. 일시적 자신감과 만용이 아이의 미래를 위해서도 바람직하지 않을 수 있다는 사라의 주장을 수용한 것이다. 그게 과연 바른 결정이었는지 의문은 남는다. 유전적 요인으로 인해 아이가 경쟁에서 낙오할 경우 스트레스를 받을 수 있을 것이다. 그렇지만 경쟁에서 이기는 것만이 생존의 목적은 아닐 수 있지 않을까. 누구든지 지는 사람이 있어야 한다면 지는 것이 결코 나쁜 것은 아니다. 그렇다면 열등한 내 유전자를 남기는 것도 의미 있는 선택일 수 있지 않을까.

사라는 귀찮다는 듯 모두 인공지능의 선택에 맡기자고 했지만 나는 난자와 정자는 우리가 합의해서 고르자고 주장했다. 명색이 우리의 2세인데 그 성향에 대한 최소한의 의사표시는 해야 되지 않느냐는 취지였다. 결국 사라도 내 의견에 따라주었다. 순순히 따라준 것이 고맙기도 하고 책임감에선지 살짝 걱정도 됐다. 사라는 난자를 고르고 나는 정자를 고르기로 합의했다. 사라는 세계적으로 유명한 설치 미술가의 난자, 나는 뛰어난 게임 프로그래머의 정자를 선택했다. 태어날 아이의 운명을 결정한다고 생각하니 긴장이 됐다. 우리의 선택이 2세에게 좋은 결과로 나타나기를 진심으로 기도했다.

출근하는 날이라 사라와 함께 현관문을 나섰다. 엘리베이터가 대기하고 있었다. 집을 나오기 전 아내가 엘리베이터를 콜 해둔 모양이다. 엘리베이터를 타고 지하주차장으로 내려갔다. 우리는 여느 때와 같이 가볍게 포옹하고 손을 흔들며 각자의 차로 갔다. 내 차가 지하주차장을 빠져나와 좌회전 신호를 기다리고 있던 중에 출생센터에서 전화가 왔다. 태아가 정상적으로 발육되어 오늘 이후 출생 처리를 해도 된다는 안내전화였다. 부모가 입회를 하여야만 입양처리를 할 수 있다며 출생센터로 와달라고 했다. 그리고 보니 시험관 수정 후 인큐베이터에 넣어 배양한지 벌써 열 달이 된 듯하다. 어쨌든 2세가 생긴다니 기분이 나쁘지 않다. 조금 생경하고 걱정스럽기도 했지만 생각할수록 호기심이 고조되었다.

사라도 똑같은 연락을 받았다고 했다. 사라와 출생센터에서 만나 배양실로 찾아갔다. 담당 간호사가 부모 확인을 하고 나서 원하는 생시를 물었다. 사라는 사주를 믿지 않는다며 내 눈치를 살폈다. 나도 고개를 끄덕이며 동의를 표했다. 사라는 간호사에게 같은 값이면 좋은 시간에 출생 처리해 달라고 말했다. 간호사는 다시 사라를 보며 출생 후 집으로 데리고 갈 것인지, 영아원으로 보낼 것인지 의견을 물었다. 사라는 다 영아원으로 가는 거 아니냐며 나를 보면서 동의를 구했다. 나도 사라의 말에 재빨리 맞

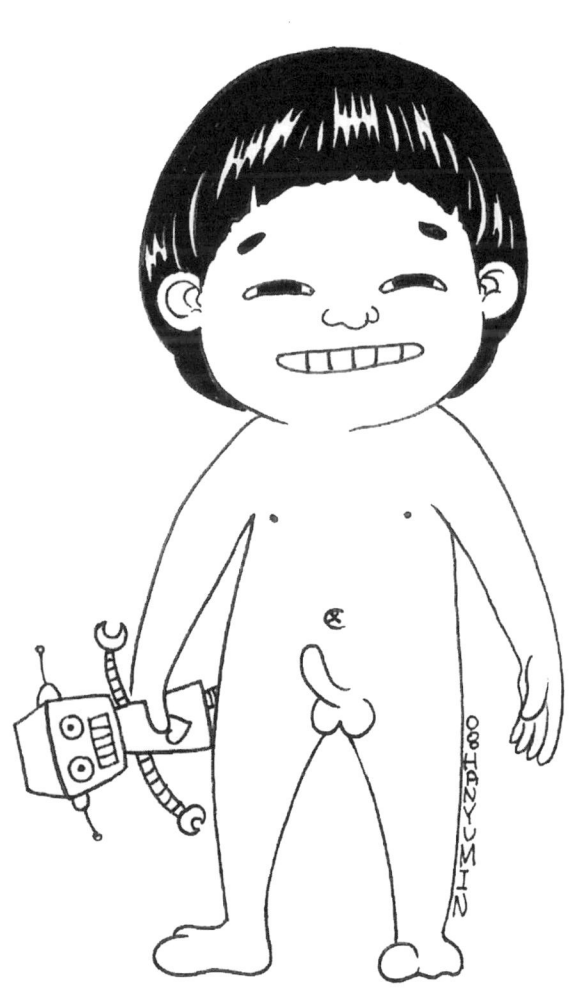

장구를 쳤다. 요즘 집에서 애 키우는 사람은 거의 없다. 다들 직장생활과 취미생활로 바쁜데다 국가에서 성인이 될 때까지 하나에서 열까지 다 보살펴주는데 굳이 까다롭게 굴 필요가 없다. 그래도 부모의 의사를 묻고 확인받도록 돼 있다고 하여 간호사가 짚어주는 곳에 사인을 했다.

사라와 함께 신생아실로 가서 대기했다. 신생아실로 옮겨온 영아는 누구를 닮았는지 알 수 없었지만 꼬물거리는 모습이 무척 귀여웠다. 반려견보다 나을까, 하는 의문이 들기도 한다. 우리는 간단한 소독 절차를 밟은 후 흰 가운을 갈아입고 접견실로 입장했다. 사라가 먼저 아이를 안아보더니 입이 귀에 걸렸다. 아직 모정이라는 본능이 조금 남아 있는 모양이다. 사라가 쉽사리 넘겨주지 않을 것 같아 내가 빼앗다시피 애를 안아들었다. 애는 야들야들하고 몰캉몰캉한 것이 희한했다. 가슴으로 따스한 온기가 전해왔다. 확실히 강아지를 안을 때랑 느낌이 달랐다. 사라의 마음이 아가의 마음이 되고 아가의 마음이 고스란히 나의 마음이 됐다. 아이를 선택한 결정에 대한 걱정이 조금 해소되는 듯하다.

은행잎이 노랗게 물들고 나뭇가지 사이로 살짝 드러나는 햇살이 싱그럽다. 길바닥에 깔린 황금빛이 눈길을 끌었다. 우리는 아이를 갖게 된 뿌듯함과 포만감에 취해 마음이 붕 떠있었다. 이런 감정이 얼마나 오래 갈 지는 미지수다. 그렇지만 즐길 수 있을 때 즐기는 것이 맞다. 우리는 각자의 직장에 월차를 내고 하루를 쉬기로 했다. 직장 홈페이지에 접속하여 월차 신청서를 전송했다. 우리는 오랜만에 분위기 좋은 카페를 골라 분위기를 살려보기로 합의했다. 은행나무가 양쪽으로 줄지어 늘어선 곳에 있는 고급진 카페를 검색해서 오토드라이브 기능을 작동시켰다. 그 카페는 팔공산으로 접어드는 길가에 있었다. 우리는 노란 은행잎을 보면서 블루마운틴 핸드드립 커피를 주문했다. 같은 집에 살긴 하지만 이런 오붓하고 낭만적인 자리는 처음이다. 레트로 분위기에 편승하여 동거한 것을 후회하던 중에 모처럼 즐거움을 맛보는 셈이다. 동거와 입양을 결정한 것, 유명 예술가 난자와 뛰어난 프로그래머 정자를 선택한 것 등이 앞으로 우리에게 어떤 변화를 가져올지 불안하긴 하다. 향긋한 커피향이 상상을 끌어내리고 아날로그 세상으로 인도했다. 사라가 커피를 음미하면서 미소를 흘렸다. 아이의 여운이 남아있는 듯 입 꼬리가 살짝 올라갔다.

"우리 애, 생각보다 너무 귀엽더라."

"애가 보들보들한 게 향기마저 나더구먼. 안아보니 맘마저 편해지더라고. 난 사실 걱정했거든. 우리가 고른 유전자가 어떤 결과를 가져올지, 더 좋은 선택이 없었는지 말이야."

"인공지능에 모두 맡겨버렸으면 무난했을 텐데. 어련히 잘 알아서 할까. 그냥 모두 다 인공지능의 선택에 맡길 걸 그랬나, 하는 생각이 지금도 들어. 돌이킬 수 없는 지난 일이 됐지만."

"그냥 인공지능의 선택에 맡겨버리는 것이 완벽하겠지만 그렇게까지 하긴 싫더라. 그러면 우리가 너무 무력해지잖아."

"괜히 우리 취향 따라 선택했다가 나중에 원망을 들을 일 생각해봐."

"그 정도 위험은 감수해야지. 살아가는 게 다 그런 거지. 지금 생각해보니 차라리 유전자를 복제하는 방법도 의미가 없진 않을 것 같아. 만족감이나 동질감, 사랑 같은 감정이 생기지 않을까."

"그럴 수 있지. 그게 감정적인 허세였다는 생각이 들어서 접은 거잖아. 난 내 유전자에 자신이 없거든. 넌 니 유전자에 자신 있는 거야?"

"그야 나도 마찬가지지. 우리보다 더 우월한 유전자를 가진 사람이 수두룩할 터인데 우리의 작은 즐거움을 위해 유전자 복제를 시도하는 것은 이기심과 천한 본능 때문이야. 나중에 낙오자로 전락하면 우리가 어떻게 책임질 거야. 우리도 상당히 개량된 존재이지만 더 개량된 우성인

자를 찾아 수정시켜서 2세로 삼는 게 인류 진화에 도움이 되는 선택이야. 다 그렇게 하는데 괜히 우쭐한 마음에 자가 복제를 선택하면 실수하는 거지. 그런 충동적 성향도 우리 유전인자에서 제거해야 될 요소야."

"맞아 맞아. 그게 합리적인 생각이긴 하지. 그런데 이젠 어쩔 수 없이 어중간한 우리의 선택 결과를 받아들여야지."

"어중간한? 그건 그렇지. 이젠 잘 되길 바랄 수밖에, 다른 방법이 없지. 나라에서 적성에 맞게 잘 키워서 적합한 자리로 보내주겠지만, 조금 걱정은 되네. 넓고 튼튼한 길로 가는 게 무난한데, 괜히 일시적 감정에 휘둘려 이성을 잃고 본류를 벗어나면 대가를 치러야 하는 법이지."

난자와 정자의 선택을 인공지능에 일임하는 게 현명한 판단이라는 건 누구나 인정하는 사실이지만 레트로 유행과 호기심에 편승하여 아기를 생산할 난자와 정자를 직접 선택한 뒤끝이 생각보다 찝찝하고 께름칙했다. 그건 나나 사라나 다를 바 없는 듯하다. 그러나 결과에 관계없이 선의라는 점이 다소 위안이 됐다.

가을이 꼬리를 보였다. 가로수는 외로움에 떨고 낙엽은 발밑에 깔렸다. 사라와 나는 만나기만 하면 아웅다웅 다투었다. 사라는 괜히 시비를 걸었다. 나도, 비록 말은 안했지만, 사라의 목소리만 들어도 인상이 찡그러졌다. 좋은 감정의 유효기간이 5년쯤이라는 연구가 의심스러웠다. 어느덧 우리는 서로에게 딴지를 거는 일을 일상처럼 생각하게 됐다.

그러던 어느 날 저녁, 사라와 난 퇴근 후 애기를 면회하러 영아원에 갔다. 청천벽력 같은 소식이 우리를 기다리고 있었다. 영아에게 자폐증세가 조금 있다는 것이다. 방망이로 뒤통수를 맞은 느낌이었다. 사라도 정신이 나간 듯하다. 우린 할 말을 잊고 멍한 상태로 영아원을 나왔다. 애기에 대한 감정도 처음 같지 않았는데 이게 무슨 시추에이션일까. 맛있는 커피라도 한 잔 마시면 기분이 나아질까. 우리는 명성 있는 드립커피 전문 카페를 찾아갔다.

"근데, 요즘 너희 회사는 다운사이징 없나? 우리 회사는 다운사이징으로 어수선해. 나도 잘못하면 재직업훈련 대상이 되는 거 아닌지 몰라."

내가 먼저 말문을 열자 사라의 얼굴에 금세 그림자가 드리워졌다. 분노의 빛마저 엿보였다.

"철밥통 공무원이 엄살떨고 있네. 인공지능이 빠르게 진화하고 있으니 다운사이징은 일반적 현상이지. 앞으로 남아나는 일자리가 있으려나 몰라. 애나 집으로 데려다 키우고 수당이나 챙길까? 같이 봐줄래?"

"이 상황에서 그런 말이 나오나? 지금 날 놀리나?"

나는 낮은 톤으로 되물었다.

"놀리는 거 아니다."

"주부수당과 양육수당을 받으면 그게 일자리지. 근데 그것도 쉽지 않아. 애 보고 양육하는 일이 제일 힘들다고 하잖아. 다들 애를 집으로 안 데려오는 건 그럴만한 이유가 있다는 뜻이야. 잘 생각해야 한다니까."

나는 눈을 내리깔고 태연하게 또박또박 말했다.

"세 명이상 데려오면 보너스도 준다던데……. 사설 유아원 등록하고, 아예 세게 시작해볼까 보다."

사라는 비웃 듯 빈정거렸다.

"날 갖고 노는 거 같은데……. 예상할 수 없는 엉뚱한 직업 변경은 사정 변경이고 그건 동거해지 사유야. 잘 생각해서 말해!"

"농담이야, 그만한 일로 흥분하고 그래!"

자신이 너무 나간 걸 의식한 듯 사라는 급히 말을 돌렸다.

"지금 우리 같은 시추에이션은 어떻게 해야 하는 거야. 그리고 집에서 키우지 않은 자식이 무슨 필요가 있다고 다들 자식을 입양 신청하는 걸까?"

"인류 멸종 위기에 대응한 개인의 권리이자 의무라는 거, 그거 몰라서 그러는 거야? 바보 같이……."

은근히 열이 뻗힌 내가 다소 신경질적으로 말을 받았다.

"뭐야! 지금 니 나한테 화내는 거야! 이게 보자보자 하니까 사람을 몰랑하게 봐. 내가 인공지능에게 전부 맡기자고 했지. 그렇게 했으면 자폐아가 나왔겠나? 니가 다 책임져라!"

"책임? 내 혼자 책임지라고? 니도 분명히 동의했고 사인까지 했잖아. 책임져야 한다면 같이 책임져야지. 어디서 오리발이야! 그러다가 잘못하면 감방 가는 수가 있어!"

"뭐라고! 지금 날 협박하는 거야?"

사라는 분을 참지 못하고 주먹으로 내 광대뼈를 가격했다. 동거해지란 말에 빈정이 한참 상해 있던 차에 내가 신경질적으로 대응하자 즉시 반격한 것이다. 무방비 상태로 다투다가 느닷없이 한 대 맞고 나니 정신이 번쩍 들었다. 카페 안을 둘러보니 다른 손님은 없고 바리스타만 애써 못 본 척 시선을 내리깔고 있었다.

"미개인도 아니고 폭력을 쓰면 안 되지. 폭력도 동거해지 요건인 건 알고 있겠지. 이쯤에서 끝내야겠다. 계약기간이 1년밖에 안 남아서 참아 볼라 했더니 도저히 안 되겠다. 동거계약을 파기하자."

"병신자식, 놀고 있네. 애시당초 너하고 만난 것 자체가 내 인생 최대의 실수다. 첫 단추부터 잘못 꿴 거야! 재미 삼아 짝 구하기 사이트에 접속했다가 너 같은 놈과 엮인 거다. 내가 그때 맛이 살짝 갔나봐, 니 같은 놈하고 동거할 생각을 하다니! 내가 미쳤지! 에이 재수 없어!"

다혈질인 사라가 자리를 박차고 벌떡 일어나 카페를 나갔다. 나도 허둥지둥 일어나 도망치듯 카페를 나섰다. 그러고 보니, 기다리는 사람이 없었다. 사라도 마찬가지일 것이다. 가슴이 뻥 뚫리는 듯하다. 나는 지금 어디로 누구에게 가야 할까. 별도 없는 하늘은 까맣게 멀다. 노란 은행잎이 바람을 타고 빙글빙글 돌면서 땅에 떨어졌다. 그렇게 가을은 가고 겨울이 왔다. 또 봄이 올 것이지만 겨울은 추웠다. 추운 겨울엔 봄이 오지 않을지 모른다는 두려움이 떠나지 않는다. 그래도 봄을 믿고 견뎌야 하겠지. 북풍이 뺨을 스치고 지나간다.

인종 간 언어가 달라 뜻이 통하지 않자 사람들은 언어 대신 숫자로 소통하는 법을 발견했다. 1과 0만으로 서로의 의사를 주고받고 지혜와 정보를 축적했다. 농업혁명으로 괄목할 만한 식량증산이 이루어졌다.

사람들은 아이를 많이 낳았고 그 결과 인구가 급속히 늘어났다. 자신감을 얻은 사람들은 서로서로 자만과 만용을 부추겼다. 사람들은 천국으로 갈 생각을 하기 시작했다. 불가능을 믿지 않는 사람들은 천국도 충분히 갈 수 있다고 굳게 믿었다. 사람들은 천국으로 가는 탑을 쌓기 시작했다. 힘센 왕이 명령하지 않아도 스스로 지혜와 힘을 키우고 모았다. 천국엔 일하지 않아도 풍요로운 생활이 보장될 뿐 아니라 황금과 산해진미가 쌓여있고 쾌락과 불로장생이 기다린다고 생각했다. 사람들은 1과 0만으로 천국을 거뜬히 정복할 수 있다는 자신감에 가득 차 있었다. 천국의 부귀영화를 노리는 많은 사람들은 미친 듯이 탑을 쌓아올렸다. 사람들은 탑을 쌓고 또 쌓았다. 옛날 옛적 탑을 쌓았던 이야기는 잊어버린 듯했다.

"이번에 뭘 갈았어?"

"간하고 허파를 갈아 넣었지. 이제 두뇌 빼곤 다 간 셈이지."

"나도 비슷해. 곧 두뇌도 갈아 버리려고 생각 중이야. 새 두뇌를 갈아 끼우고 기억을 다운로드시키면 감쪽같다더군. 언제 스케줄 조정해서 두뇌 갈아 끼우러 같이 가자."

"좋은 생각이야. 근데 나는 두뇌를 갈아 끼우고 기억도 리세트하는 게 좋을 듯해."

"아니, 왜?"

"사는 게 권태롭고 지겨워서 백지상태에서 새로 시작하고 싶어."

"그것도 말이 되는군. 그렇지만 기억을 딜리트 하면 나도 못 알아 볼 거 아니야?"

"하하, 다시 사귀면 되지."

"그런 방법도 있었네."

"좋은 세상이야. 천국도 여기만 할까."

"여기가 천국이야."

"듣고 보니 그렇군. 정말 우리가 천국에 온 걸까?"
"글쎄."

남자의 마음은 갈대

　자신의 업무에 대해 남에게 물을 수 있는 것은 신참의 특권이다. 신참 딱지를 떼면 묻고 싶어도 물을 수 없다. 몰라서 묻는 것이 자랑은 아니지만 그렇다고 수치는 아니다. 물음에 대한 반응은 각양각색이었다. 짜증을 내면서 면박을 주는 사람에서부터 잘난 척하면서 자기자랑만 늘어놓는 사람까지 다양했다. 여직원은 까다로운 상대였다. 어리고 예쁜 아가씨보다 나이 들고 못생긴 아줌마가 차라리 편했다. 성희롱이 사회적 관심사가 된 지 오래지만 예쁜 여자에게 눈이 돌아가는 건 어쩔 수 없다. 이정미, 입사는 삼년 정도 빨랐지만 나이는 동갑이다. 얼굴은 그냥 귀여운 정도지만 회계 실무는 단연 캡이다. 근처에만 어른거려도 금방 알아차리고 돌아보았다. 뒤통수에도 눈이 달렸나 보았다. 애써 가까이 가지 않으려는 의도와는 달리 자신도 모르게 그녀에게 끌렸다. 그녀가 일하는 옆모습을 망연히 바라보았다. 그가 훔쳐보는 걸 아는지 모르는지, 그녀는 야릇한 미소를 머금고 앞머리를 쓸어 넘겼다. 가슴골이 드러나 보였다. 상상의 눈을 뜨고 아래쪽으로 내려갔다. 토실토실한 젖무덤을 지나 은밀한 그곳에 이르자 바로 배꼽 아래에서 전율이 느껴졌다. 직계 사수가 씩 웃으며 그의 어깨를 툭 치고 지나갔다. 부끄러운 장면을 들킨 것 같아 겸연쩍었다. 그는 엉거주춤 일어나 밖으로 나갔다. 키득거리는 소리가 들렸다. 요놈의 자식, 그만한 일로 일어서서 개망신을 시키나. 그는 창문을 열고 시원한 바람을 쐬며 창밖의 분홍빛 영산홍을 바라보았다.

약속이나 한 듯 그녀가 옆으로 다가왔다.

"영산홍이 한창 예쁘죠. 올핸 봄이 봄 같지 않지만. 주말엔 어디든지 바람 좀 쐬러 갈 생각이에요."

"봄이 한창이지만, 아직 일이 서툴러서 여유부릴 정신이 없어요. 선배님, 귀찮겠지만 많이 가르쳐 주세요."

"학번도 같은데 선배님이라고 부르니 듣기 거북하네요."

"아직은 선배님이라 부르는 게 편해요. 그동안 신세 많이 졌는데, 저녁에 시간 함 내 주세요. 제가 맛있는 거 쏠게요."

"시간이야 내면 되지만, 그만 일로 밥까지…"

"부담 갖지 마세요. 고맙기도 하고, 심심하기도 하고, 겸사겸사해서 식사자리 함 하고 싶어서요."

"안 될 거 없죠. 날 잡아 봐요."

그는 수제 돈가스 전문점에서 그녀를 만났다. 수제 돈가스 종류가 생각보다 많았지만 메뉴 제일 위쪽부터 차례로 맛보고 싶었다. 그녀도 어디든 제일 위쪽 메뉴가 대표 메뉴라며 선 듯 동의했다. 밖에서 보는 그녀의 모습은 좀 더 신선했다. 예전보다 좀 더 어려보이고 살짝 낯설기까지 했다. 주광색 불빛이 그녀의 촉촉한 눈 속에 갇혀 반짝였다.

"사귀는 남친 있어요?"

말없이 마냥 앉아 있기도 어색했지만, 달리 적당한 말이 얼른 떠오르지 않았다. 밋밋한 질문을 해보았지만, 말하고 보니 좀 생뚱맞았다.

"지금 사귀는 남친은 없고, 남사친은 많죠. 심심해지면 걔들 중 순위가 높은 놈을 승진시켜 줄 생각도 없진 않아요."

그녀의 대답을 듣고 그가 웃자, 그녀도 따라 웃었다.

"신인을 발탁하면 안 되나요?"

그가 본심을 살짝 드러내며 짓궂게 물었다.

"왜 안 되겠어요. 똑똑한 놈 보이면 바로 발탁해야죠. 똑똑한 놈이라면 처음부터 남친으로 하지 남사친으로 두겠어요. 걔들 목 빠지게 기다려봐야 승진 없거든요."

그렇게 말하는 그녀의 눈빛은 의외로 맹랑했다.

"잘 봐 주세요."

그는 손을 쓱쓱 비비며 애써 미소를 지어보였다. 겉모습과 달리 만만한 상대가 아니었다. 나이 값을 하는 듯하다. 그녀를 거쳐 간 남자들이 그녀를 그렇게 만들었을 터다. 돈가스는 소문대로 맛이 좋았다. 그녀도 만족해하였다. 식당은 빈자리 없이 꽉 찼다.

가까운 커피숍으로 자리를 옮겼다. 커피는 그녀가 샀다. 커피가 나올 때까지 말없이 휴대폰을 보며 서로를 탐색하는 시간을 가졌다.

"자주 이런 자리를 만들어 볼게요."

그가 찬스를 썼다. 자신이 그녀에게 호감을 가지고 있음을 노골적으로 알려주고 싶었다.

"그래요. 서로 부담 없이 만나면 좋죠."

그녀는 그를 쳐다보며 애써 웃었다. 부담 없이. 살짝 물러서는 뉘앙스가 노련했다. 그렇지만 그녀 또한 그에게 호감을 가진 건 분명해보였다. 그것은 동물적인 감각이었다.

"결혼할 계획은 있으세요?"

쇠뿔도 단김에 빼라고, 칼 뽑은 김에 요리까지 끝내는 거다.

"너무 나가는 거 아닌가. 그건 프라이버시인데, 그렇다고 비밀로 할 건 아니지만…"

"안 내키면 말 안 해도 돼요. 그냥 궁금해서요. 결혼 않겠다는 분들이 워낙 많아서…"

"특별한 계획은 없어요. 독신주의는 아니고, 좋은 사람 만나면 하고,

아니면 말고, 뭐 그런 거 아닌가요."

그녀는 조금 웅크렸던 가슴을 펴고서 그의 눈을 똑바로 응시했다. 예상보다 강한 내공이 엿보였다.

"저도 비슷해요. 굳이 안 할 건 없고, 잘 맞는 여잘 만나면 하고 싶긴 해요."

"그래도 하고 싶단 쪽이네."

그녀는 갑자기 어색한 웃음을 터트리며 급히 손을 입으로 가져갔다.

"정미 선배, 사랑과 결혼을 어떻게 생각하죠?"

그는 기회를 잡은 김에 공격을 계속 퍼부었다.

"글쎄, 사랑하고 또 결혼하는 것이 자연스럽긴 하죠. 하지만 사랑과 결혼이 따로 노는 경우도 많아요. 요즘 사랑만 추구하는 욜로 족들이 제법 많아요."

그녀는 다소 의외라는 듯 자세를 고치며 또박또박 대답했다. 분위기가 다소 경직되는 것 같았지만 이왕 칼을 뽑은 거 공세를 이어갔다. 단둘이 만난 것은 처음이지만 하루 이틀 본 것도 아니고 서로 알 만큼 아는 사이라 빨리 승부를 보고 싶었다.

"난 사랑이 반드시 결혼을 의미한다고 보진 않아요. 물론 사랑이 결혼으로 이어질 수도 있겠죠. 극단적으로는 사랑하는 사람은 놔두고, 사랑하지 않는 사람과 결혼할 수도 있다고 봐요. 사랑은 이상이고 결혼은 현실이니까. 사랑과 결혼이란 것도 그런 논리로 얘기해 볼 수 있지 않겠어요, 이거 내가 쓸데없는 말을 너무 어렵게 하는 게 아닌지 모르겠네요."

"아뇨, 재미있는데요. 이상과 현실을 일치시키면 좋잖아요. 현실에서 이상을 찾는 거. 공무원끼리 사랑하고 결혼하는 경우가 그렇지 않아요. 꼭 이런 방식으로 말하진 않지만, 다 비슷하게 생각해요. 결과도 대부분 그렇잖아요."

"우린 이상과 현실이 일치할 가능성이 큰 거죠. 현실에서 이상을 찾아볼까요."

그가 웃으며 카운터펀치를 날렸다.
"와우, 대박, 순발력 좋아요."
그녀는 뜻밖이라는 듯 눈을 크게 뜨고 그에게 집중했다.
"이왕 말이 나왔으니 하는 말인데, 사랑과 결혼 중에 순결은 어느 편일까요?"
"헐, 갈수록 간이 졸라 커지는 군요. 순결은 무슨, 원시인 같은 소릴 해요."
"만약에요. 말이 나왔으니까, 문제를 만들어보는 거죠. 몸은 사랑을 따라 갈까, 아니면 결혼을 따라갈까, 대충 그런 이야기죠. 남자들이야 본능에 많이 흔들리지만, 여자들은 전혀 짐작이 안 돼서…"
"참, 보기와 달리 대담하고 무례가 만땅이네. 옐로카드. ……. 여자는 뭐 별다른 줄 아세요. 남자랑 크게 다르지 않아요. 아무래도 남자들 보다 조금 신중하고 까다롭긴 하지. 정말 별 걸 다 묻네. 내가 좀 쉽게 보이는가?"
그녀는 화가 난 듯 정색을 하며 반말조로 언성을 조금 높였다. 그렇지만 자리를 박차고 나가진 않았다. 매일 봐야하는 사이라 그렇게 하기엔 조금 부담이 되었을 것이다.
"상대방이나 분위기 또는 가치관에 따라 선택이 다를 텐데, 여기서 왈가왈부할 얘기는 아닌 것 같네요."
화를 낸 게 조금 미안했던지 안 해도 될 말을 덧붙였다.
"화나게 했다면 미안해요. 제가 워낙 눈치가 없고, 좀 엉뚱한 데가 있어서요."
그가 엉덩이를 가리키며 멋쩍게 웃었다. 조금 썰렁하긴 했지만 그녀도 따라 웃었다. 그는 지금 만나는 것이 결혼 따위를 전제로 만나는 것이 아니라는 사실을 은연중에 인식시키려 했다. 그는 그녀와 그냥 즐기고 싶었다. 즐기다가 좋으면 결혼하겠지만 처음부터 결혼을 생각하고 싶진 않았다. 그는 그녀와 즐기기 위하여 먼 길을 돌아가고 있다는 느낌이 들었다. 굳이 그녀의 사고방식까지 바꿔줘야 할 필요가 있을까. 그냥 들이대 버릴까. 남들도 다 그렇게 하는데. 그녀에게 그렇게 했다간 왠지 나중에 후회할 것 같은 예감이 들었다. 러브호텔의 네온사인이 눈에 들어왔으나 애써 눈길을 돌렸다.

막창집에서 그녀와 술을 마셨다. 그녀는 말없이 폭탄을 능숙하게 제조했다. 건배를 선창하곤 원 샷으로 잔을 비웠다.
"오늘 왜 그래? 무슨 일이 있었어?"
"아니, 이 정도는 별거 아니지."
거푸 나섯 산을 원 샷으로 잔을 비웠다. 취기가 올라왔다. 깐깐하던 정미도 취기가 오른 듯 자세가 조금 흐트러졌다.
"생각해 봤는데, 아무래도 몸은 사랑 쪽인 거 같아. 내가 조금 천박한가?"
그녀는 눈을 내리 깔고 어색함을 피하려는 듯 앞에 놓인 술잔을 들었다. 그는 덜컥 겁이 났다.
"난 좀 취하는데."
그는 조금 당황해서 말을 더듬거렸다.
"이 정도론 간에 기별도 안 가. 나, 술, 쎄."
"오늘, 도대체 왜 그래?"
"순결은 사랑편이라 생각하게 됐다고. 몸은 본능을 따라 가는 거지."
그녀의 말에 그는 정신이 번쩍 들었다. 막상 그녀가 너무 적극적으로 나오자 망설여졌다. 직장 생활 오래 한 여자다웠다. 그녀는 작정한 듯 술을 마셨다.
달이 유난히 밝았다. 달빛에 기죽은 가로등은 제 할 일을 잃고 머쓱하게 고개를 수그렸다. 그는 그녀를 억지로 택시에 태워 집까지 데려다 주었다. 밤하늘엔 그 많던 별들은 어디론가 숨어버리고 유별난 별들만 드문드문 자리를 지키고 있었다. 감정을 감추기 위해 지껄였던 의미 없는 말들과 욕망을 채우기 위해 뱉어냈던 추한 미끼들이 공중에서 깔깔거리고 있었다. 먼지가 눈에 들어갔는지, 눈물이 났다.

영호는 사회 전반에 만연한 말기적 증상에 대해 심각하게 이야기했다. 난잡한 이성관계와 문란한 성문화를 개탄했다. 소돔과 고무라가 남의 나라 일이 아니라는 얘기였다. 전통적 가치관의 몰락과 서구문명의 범람으로 인한 아노미현상이라고 토를 달았다. 천박한 물질문명 속에서

도 유교적 가치관이 그런대로 중심을 잡아왔지만, 최근 들어 그 중심축이 급속히 붕괴되는 바람에 후유증이 장난이 아니라는 것이다. 편안한 휴식처가 되어야 할 가정마저 해체되고 있다고 했다. 지금은 차라리 가치관의 공동상태라고 했다. 친구는 비관적인 이야기만 늘어놓았다. 나 이답지 않게 꼰대 같은 이야기를 계속했다. 뭔가에 스트레스를 많이 받은 모양이었다. 친구의 이야기를 듣고 있는 그도 점차 스트레스가 쌓여갔다. 취기가 오르자 그 친구는 마침내 속내를 드러냈다. 자기 아내가

대놓고 밖으로만 돈다고 고백했다. 바람났다는 심증을 굳힌 모양이었다. 처음 만났을 때의 케케묵은 얘기도 꺼냈다. 그 놈의 적색신호를 찾지 못한 실망과 분노 그리고 허탈감을 토로했다. 처녀란 천연기념물이라고 키득거렸던 친구였다. 고3때부터 사귀어 온 그의 아내마저 예외가 될 수 없는 현실을 선뜻 받아들이지 못했다. 그 동안 가슴속에 담아 오다가 되씹어볼수록 분통이 터져 마침내 그에게 털어놓은 모양이었다.
"세상이 많이 변했잖아. 다른데 가서 그런 얘기하면 원시인 된다."
그의 말에 친구는 기다렸다는 듯이 자세를 고쳐 앉았다.
"그래 네 말이 맞다. 다 좋게 생각하면 별일도 아닌데."
"시간이 흐르면 지금 중요하다고 생각했던 것들이 하찮아 질 수도 있지. 나도 한 때는 고심했지만, 이젠 대강 포기했어."
그는 분위기를 바꾸자며 가까운 카페로 자리를 옮겼다. 친구는 거기서도 지난 기억을 더듬어 의심의 실마리를 주저리주저리 늘어놓았다. 추억은 항상 아름다운 모습으로만 나타나진 않았다. 그도 맺힌 게 많았다. 술기운이 목구멍을 지나 위장으로 핏속으로 스미어 들었다. 그리고 필름이 끊겼다.

휴일이면 산에 올라 머리를 비워야 다음 한 주를 견뎌낼 수 있었다. 그는 불금의 숙취로 속이 울렁거려 도저히 정상까지 갈 수 없었다. 산 중턱에서 쉬다가 발길을 돌려 산을 내려왔다. 장보러 간 모양인지 아내는 집에 없었다. 그는 샤워를 마치고 골방에서 옷을 갈아입고 있었다. 문 여는 소리가 나고, 남자 목소리가 들렸다. 그는 반사적으로 숨을 죽였다. 남자는 아내에게 반말을 했다. 키득거리는 소리가 들렸다. 그 내용은 잘 알아들을 수 없었지만 배신감이 들었다. 피가 거꾸로 흐르고 사지가 부들부들 떨렸다. 뒤늦게 인기척을 느낀 아내가 골방 문을 열어 제켰다. 세 사람이 다 놀랐다. 그 남자는 옆집에 사는 대학생이었다. 책을 빌리려 왔다고 했다. 학생은 책을 들고 나갔고, 아내는 샤워를 했다. 별일 없이 상황은 종료되었다.

　그는 고함을 질러대고 싶었다. 한참 나이 어린 대학생이 아내에게 반말을 했다는 점, 급히 샤워를 했다는 점이 의심을 키웠다. 그렇다고 노골적으로 따질 상황은 아니었다. 잘못했다간 속 좁은 놈 내지 의처증 환자로 몰릴 수 있었다. 그는 가슴이 갑갑하고 열불이 나서 집을 나왔다.

　인근에 살고 있는 친구를 불러 술을 마셨다. 친구는 항상 만나도 즐거웠고, 할 이야기는 끝이 없었다. 그는 영호에게 들은 말기적 징후가 만연한 세상이야기를 그 친구에게 늘어놓았다. 꼭 하고 싶은 이야기는 하지 못 한 채 친구와 헤어졌다. 갑갑하기는 마찬가지였다. 마음이 뻥 뚫렸다. 허전한 마음을 채워 줄 것은 술밖에 없었다. 비참힌 현실에 한기를 느꼈다. 그는 혼자 집근처 구이 집으로 들어갔다. 한기는 술을 부르고, 술은 또 술을 부르고, 그렇게 답답한 하루가 지나갔다.

　격변의 시대란 말이 요즘만큼 어울리는 때도 없었던 것 같다. 격심한 소용돌이 속에서 용케 한 몫 잡은 친구들도 있었다. 고기 타는 냄새가 진동했다. 술자리가 무르익자 자연스레 그런 친구들 이야기가 화제로 나왔다.
　"영호는 떼 부자 됐다며?"
　"말도 마, 벤처에 투자해서 수 억 벌고, 그 돈으로 재개발에 들어가서 수십 억 벌었단다."
　"그런데, 오늘 왜 안 나왔지? 폰 함 해봐라."
　"여기 나올 정신이 아닐 거야. 이혼했단다."
　"뭐라고?"
　"지난달에 나랑 술 마셨는데? 그런 얘기 안 하던데?"
　그는 그럴 리가 없다는 듯이 말했다.
　"여자가 헤펐던가 봐. 이혼 사유는 보통 불륜이 아니겠어."
　정보통인 동기회 총무가 말했다.

그는 앞에 놓인 밀린 술잔을 입안에 털어 넣었다. 술이 가슴을 가르며 내려가는 소리가 쾅쾅 났다. 그는 머리가 어지럽고 구역질이 나서 동기회 모임을 슬쩍 빠져 나왔다. 술꾼들이 구석 진 골목에서 방뇨하고 있었다. 그는 갑자기 구역질이 나고 변기가 느껴졌다. 골목 입구 전봇대 옆에 급히 엉덩이를 까고 앉았다. 길 가던 사람들이 눈살을 찌푸렸다. 젊은 여자가 비명을 지르며 도망갔다. 오바이트를 했다. 입과 항문으로 동시에 배설될 수 있다는 것을 확인했다. 찬 기운을 뚫고 모락모락 피어오르는 따끈한 온기는 차라리 아름다움이었다. 등을 돌리고 흩어져 가는 군상을 우두커니 바라보았다. 그는 창피함보단 오히려 묘한 희열을 느꼈다. 백팔번뇌는 다 마음에서 비롯되는 것이다. 행복도 마찬가지일 것이다.

휴대폰은 꺼져 있었고. 집전화도 받지 않았다. 퇴근 시간이 훨씬 지났고, 아내가 집에 있을 시간이었다. 초조했다. 휴대폰을 누르는 손가락이 떨렸다. 아내는 숨이 가쁜 듯 헐떡거리며 전화를 받았다.

"여보세요. 별 일 없어? 왜 폰이 죽어있지?"

"배터리 수명이 다 됐나 봐. 충전해봐야 하루도 안 간다니까. 폰을 바꿀 때가 됐나봐."

"그러든지."

그는 귀가하는 동안 지난 일들을 곰곰이 회상해보았다. 수상했던 지난 일들이 주마등처럼 떠올라 새로운 의미로 질서정연하게 정리되었다. 흩어진 구슬을 실로 꿴 듯 그 형체가 선명히 드러났다. 아내의 불륜이 명백해 보였다. 영호의 일이 결코 남의 일 같지 않았다.

아내는 고개를 늘어뜨리고 말없이 밥을 구겨 넣었다. 숨이 막혔다. 함께 사는 게 아무런 의미가 없었다. 헤어지자고 말했다. 아내는 화를 내다가 결국 눈물을 흘렸다. 여자의 눈물은 본능적으로 거짓을 은폐하기 위한 도구처럼 보였다. 여자들은 모두 연극에 천부적 소질을 가지고 있는 모양이었다.

　그는 김 목사를 수소문한 끝에 신개발지역에 소재한 작은 개척교회로 찾아갔다. 김 목사는 그의 동네 소꿉친구로 아내와 같은 대학, 같은 과에서 동문수학했을 뿐만 아니라 동아리활동까지 함께 했던 절친이었다. 김 목사는 교사로 근무하다가 지금은 개신교 목사로 활동하고 있었다. 그는 김 목사를 십 수 년 만에 처음 만났다. 두려움과 기대로 잠시 망설였다. 용기를 내어 "이정미"에 대해 물어 보았다. 김 목사는 잠시 멈칫하긴 했지만 그녀의 사람 됨됨이를 상세하게 알려주었다. 누구나 탐낼 만한 여자라고 칭찬했다. 그리고는 그녀의 근황을 되물었다. 결혼할 당시 김 목사는 미국 유학 중이이서 그와 결혼한 사실을 몰랐다. 그는 그 여자와 살고 있다고 떠듬거리며 말했다. 김 목사는 당황한 표정으로 그의 가슴을 가볍게 쳤다. 한가할 때 밥이나 한번 먹자며 폰 번호를 따갔다. 좋은 마음으로 좋은 생각하며 잘 살 수 있도록 기도하겠다며 성서를 꼭 껴안았다. 그는 쥐구멍에라도 들어가고 싶었다. 인생을 헛산 것 같았다.

　그날, 그는 '이적'의 노래, '다행이다'를 아내 '정미'에게 불러주었다. 무릎을 꿇고 손바닥이 닳도록 용서를 빌었다. 다시는 의심하지 않겠다고 굳게 다짐했다.

　"작은 눈에 의심은 많고, 팔랑 귀에 마음은 갈대와 같으니, 니 말을 우예 믿겠어. 어쨌든 다음에 또 이러면 그 땐 정말 얄잘없이 끝이다, 알았나?"

　"옛설! 여왕폐하!"

　아내 '정미'의 살 내음은 상큼하고 신선했다.

불꽃

　1948년 가을 어느 날, 수일은 대구 남산동에서 태어났다. 혼란한 해방공간을 거쳐 대한민국정부가 수립된 직후였다. 혼란 상태가 쉽사리 정리되지 않았다. 먹고살기가 힘들었다. 그 와중에 1950년 6·25가 터졌다. 아버지는 가족을 이끌고 부산으로 피난을 갔다. 여기저기 떠돌며 살 길을 찾았으나 입에 풀칠하기도 힘겨웠다. 전쟁 중에는 전쟁 중이어서 그러려니 했다. 모두 다 피난살이하는 판이라 목숨을 부지하는 것만 해도 다행으로 여겼다.
　휴전이 된 후에도 사정은 나아지지 않았다. 전쟁의 폐허로 모두들 힘들어 했지만, 수일의 가족은 유독 더 심했다. 온 가족이 유랑걸식하다시피 했다. 헐벗고 굶주렸다. 서울은 워낙 큰 대처이니 만큼 뭔가 먹고 살 일이 있을 것 같았다. 그래서인지 먹고 살기 힘든 사람들이 꾸역꾸역 서울로 모여들었다. 수일의 가족도 그 대열에 합류하였다. 서울도 먹고 살기 힘들긴 마찬가지였다. 시장바닥이나 쓰레기통을 뒤지면 돼지먹이 정도는 나왔다. 그걸로 어렵사리 목숨을 연명할 순 있었다. 지방도시에 비해 그나마 조금 나은 점이었다. 겨울은 없는 사람에겐 저승사자였다. 혹독한 추위를 피할 거처마저 없는 수일의 가족에겐 서울의 겨울은 고통

스러웠다. 삭풍이 몰아치는 염천교 다리 밑에서 추위와 싸워야 했다. 몸을 밀착함으로써 간신히 서로의 체온을 지켜내었다. 모진 게 목숨이었다. 죽지 않고 용케 목숨을 부지하였다. 그렇게 십여 년을 버텼다. 이래도 죽고 저래도 죽을 양이면 고향에서 죽는 것이 그나마 나을 것 같았다. 마침내 아버지는 온 가족을 데리고 고향 대구로 돌아왔다. 수일의 나이 열다섯 살이었다.

1963년 5월, 수일은 청옥고등공민학교 1학년에 편입했다. 고등공민학교는 가정사정으로 시기를 놓쳐 제때 정규학교에 다니지 못한 사람들을 위한 일종의 야학이었다. 교사는 주로 대학생들이 맡고 있었다. 학기 초에 실장이 전학을 가는 바람에 부득이 실장을 다시 뽑아야 했다. 유철과 수일이 실장 후보로 추천되었다. 유철은 스스로 실장을 하겠다고 자천하였고, 수일은 같은 동네에 사는 원섭의 추천을 받았다. 유철은 우람하고 불그스름했다. 반면 수일은 왜소하고 노르끼리했다. 승부가 뻔해 보였다. 두 후보는 차례로 교단에 올라가서 출마 소견을 발표했다. 유철이 먼저 교단에 올라갔다.

"저의 눈은 빛나고 있습니다. 저의 손과 발은 부지런합니다. 건강한 신체와 건전한 정신을 가지고 있습니다. 성격이 외향적이고 새로운 일에 적극적으로 도전하는 스타일입니다. 우리 반을 적극적으로 이끌겠습니다. 제겐 어려운 친구를 도와줄 힘이 있습니다. 도움이 필요한 친구를 위해 제가 할 수 있는 일을 다 하겠습니다. 우리 반의 학습 환경을 확 바꿔서 공부하는 분위기를 만들겠습니다. 훌륭한 선생님의 가르침을 잘 받들고 모범적인 반을 만들겠습니다. 우리 반의 머슴이 되겠습니다. 그렇게 하기위해, 이 신발이 다 닳도록 뛸 각오를 하고 있습니다. 부디 저를 실장으로 선택해주시길 바랍니다. 감사합니다."

담임선생님이 먼저 박수를 쳤다. 뒤이어 박수가 잇달아 터져 나왔다. 유철은 준비된 실장이었고, 그의 연설은 힘차고 화려했다. 주먹을 쥐고 힘차게 오른 손을 뻗기도 하고, 하늘을 떠받치듯 두 팔을 벌리며 호소하기도 했다. 신발을 벗어 교탁을 치는 쇼맨십은 화룡점정 끝판 왕이었다. 멋졌다. 수일은 기가 팍 죽었다. 겁마저 났다. 들러리 선다는 느낌이 들었다. 그대로 포기하고 싶었다. 자신을 추천해준 원섭을 돌아봤다. 원섭은 웃으며 주먹을 불끈 쥐어 보였다. 수일은 마지못해 교단에 올랐다. 막상 교단에 올라보니 수많은 말간 눈들이 그를 응시하고 있었다. 아무 생각도 나지 않았다. 침을 꼴깍 삼켰다. 정신을 다잡고 유철의 연설에 대응하는 내용으로 말길을 풀어가는 것으로 대충 방향을 잡았다. 평상시 톤으로 그냥 대화하듯이 생각나는 대로 떠듬떠듬 말을 이어갔다.

"저는 김수일입니다. 피난 갔다 온 덕분에 나이가 여러분보다 몇 살 많습니다. 배움이 많이 모자라는 사람이라 저의 눈은 그다지 빛나지도 않습니다. 지금부터라도 열심히 공부해볼 생각입니다. 죽도록 공부해보려고 합니다. 아무리 열심히 공부한다 해도 설마 죽기야 하겠습니까. 그래서 저도 빛나는 눈을 갖고 싶습니다. 저는 집안 형편이 좋지 않습니다. 그래도 긍정적으로 생각하겠습니다. 저를 실장으로 뽑아주신다면 여러분과 더불어 기쁠 때나 슬플 때나 희로애락을 함께 하겠습니다. 비록 여건은 좋지 않지만 우리 반을 위해 몸을 사리지 않고 부지런히 뛰겠습니다. 가정 형편이 어려운 사람도 실장을 잘 해낼 수 있다는 사실을 보여드리고 싶습니다. 급우 여러분께 어려운 일이 생기면 비록 시원하게 해결해 줄 힘은 없지만 여러분 곁에 함께 있겠습니다. 여러분과 함께 알찬 한 해를 보낼 수 있도록 심부름을 잘 하겠습니다. 고맙습니다."

박수소리가 유철이보다 더 많이 나왔다. 원섭이 엄지를 치켜 올렸다. 개표 결과, 수일의 표가 유철의 표보다 한 표 더 많이 나왔다. 재검해 보앉지만 결과는 마찬가지였다. 유철은 감정을 주체하지 못하고 교실 밖으로 뛰쳐나갔다. 담임선생님은 수일의 당선을 선포했다. 환호가 터져 나왔다. 대리만족에서 생성된 도파민이 교실에 충만했다. 수일의 당선은 약한 자의 카타르시스와 다르지 않았다. 허나 수일은 상처 입은 유철로 인해 마음이 편치 않았다.

그 일을 계기로 수일은 원섭과 단짝친구가 되었다. 어려운 일이 닥칠 때마다 의지하고 싶은 친구였다. 속마음을 진솔하게 털어놓고 상의할 수 있는 친구가 한명이라도 있다는 것은 큰 행운이었다. 수일은 괴롭고 힘들 때마다 원섭에게 편지를 쓰곤 했다. 비록 다 부치지는 못했지만.

대구가 수일에게 특별한 진짜 이유는 첫사랑의 추억 때문인지도 모른다. 대구는 첫사랑 예옥이 숨 쉬고 있는 공간이었다. 예옥은 같은 반 친구였다. 공부도 잘 하고 마음씨도 고왔다. 수일이 이성으로서 연모한 유일한 여성이었다. 집 근처를 서성이다가 그녀에게 먼저 작업을 건 쪽은 수일이었다.

"어디 가는데 그리 급히 가니?"

턱도 아닌 말로 작업 아닌 작업을 걸었지만 예옥은 기다렸다는 듯 방긋 웃었다.

"엄마 심부름 가는데, 왜? 너도 따라갈래. 심심한 데, 같이 가주면 좋고."

따라와도 좋다는 당돌한 말에 덜렁 따라 붙였다. 어디로 왜 가는지 묻지도 않고 무작정 따라갔다. 콩깍지가 씐 모양이었다. 가슴이 벌렁벌렁했다. 예옥의 처지도 수일과 크게 다르지 않았다. 굳이 따지자면 경제적으론 예옥이네가 훨씬 나은 편이었다. 수일은 그녀의 입술만 봐도 가슴이 콩닥콩닥 뛰었다. 예옥은 스스럼없이 그의 외로운 마음을 어루만져 주었다. 연민의 정이 사춘기의 두 청춘남녀를 바짝 끌어당겼다. 말은 크게 없었지만 서로의 생각을 감추지 않았다. 숨길 것도 없었고, 숨기고 싶지도 않았다. 눈빛만으로 서로의 생각을 얼추 읽어내었다. 무작정 마을 공터로 나가서 기다리면 오래지 않아 그녀가 나타나는 것도 신기한 일이었다. 천생연분이 따로 없었다. 시간이 날 땐, 인근 달성공원까지 걸어가서 나무그늘에 앉아 있다가 오곤 했다.

수일은 예옥을 만나 상처 입은 마음을 치유하고 지독한 가난을 견뎌낼 용기를 얻었다. 수일은 죽도록 공부했다. 공부를 열심히 하는 일만이 이 지독한 가난을 벗어나 그녀와 함께 할 수 있는 유일한 길이라 생각했다. 정말 하루하루가 그를 위해 존재하는 것 같았다. 세월이 어떻게 가는지 모를 지경이었다. 공부가 싫증나고 만사가 비관적으로 보일 때마다 예옥과의 미래를 생각하며 흐트러진 마음을 다잡았다. 수일은 책이 헤지도록 공부했다. 학교성적이 하루가 다르게 올라갔다.

아버지는 허구한 날 책만 보는 수일을 못마땅해 했다.

"그놈의 책만 들여다보면 다 되는 줄 아느냐. 송충이는 솔잎을 먹고 살아야 되는 법이다. 공부만 한다고 다 출세할 줄 아느냐. 돈도 있고 빽도 있어야 출세할 수 있는 기라. 공부만 한다고 다 되는 거 아니다. 제발 순진한 생각 좀 하지 마라. 그리고 공부는 등 따시고 배부른 놈들이 하는 거다, 당장 때꺼리도 없는 우리 같은 형편에 공부는 무슨 얼어 죽을 놈의 공부냐. 공부할 새가 어디 있어. 나가서 한 푼이라도 더 벌어야지. 당장 책 안 치우나! 책을 모조리 불 싸질러버리든지 해야지."

아버지는 자신의 말에 최면이라도 걸린 듯 감정이 점차 고조되었다. 수일을 잡아 밀치고 책을 마당으로 내던졌다. 어머니가 급히 아버지를 막아섰다.

"부모가 되어가지고 제대로 해준 것도 없는데…, 애를 너무 몰아붙이지 마세요. 공부하는 게 쉽니까."

어머니가 눈에 불을 켜고 수일을 감싸자 아버지는 화를 채 삭이지 못하고 집을 나갔다. 그날 아버지는 밤이 늦어서야 만취한 상태로 집에 들어왔다. 어느 부모가 자식 잘 되기를 바라지 않으랴. 수일은 아버지를 이해하려 했다. 그래도 아버지가 원망스럽고 미웠다.

그해 겨울은 잔인했다. 수일은 엄혹한 현실과 맞닥뜨렸다. 냉골에 굶기를 밥 먹듯 했다. 대구의 추위도 서울 못지않았다. 인내하는 것도 임계점에 달했다. 도저히 견뎌낼 재간이 없었다. 세상은 수일에게 성숙할 시간을 결코 허여하지 않았다. 어머니는 궂은 일 가리지 않고 닥치는 대로 일했지만 아버지는 날마다 술주정이었다. 어머니와 수일에게 손찌검까지 했다.

마침내 수일은 눈물을 삼키고 대구를 떠나기로 마음먹었다. 첫사랑은 이루어지지 않는다는 말이 야속했다. 짧았지만 행복했던 대구에서의 학창생활을 청산하고 무작정 서울로 올라갔다. 서울의 삶도 만만찮았다, 신문팔이, 구두닦이 등 닥치는 대로 몸을 던졌다. 그럭저럭 모진 목숨을 이어갔다. 이리저리 떠돌다가 평화시장 봉제공장에서 견습공으로 일하게 되었다. 아버지 봉제 일을 도왔던 게 인연이 되었던 모양이었다.

1970년 10월 24일로 계획되었던 시위가 경찰과 업주들의 사전 방해공작으로 원천 봉쇄되었다. 형사들과 시장경비원들이 평화시장 곳곳에 깔려 있었고, 봉제공장 업주들은 아예 문을 닫고 근로자들을 밖으로 내보내지 않았다. 노동청 출입기자들에게 시위에 대한 보도 자료를 넘긴 것이 화근이었다. 현장에 와서 취재해달라는 취지였는데 그것이 부메랑으로 작용하였다. 그렇다고 기자들에게 보도 자료를 안 넘길 수 없는 형편이었다. 아무리 데모해봐야 일반사람들과 위정자들이 모르면 말짱 헛

일이기 때문이었다. 그야말로 특단의 비상한 방책이 필요했다. 담당형사가 11월 7일까지 기다리면 요구사항을 선처해주겠다는 뜻을 전했다. 누구의 뜻인지 알 수 없었지만 지푸라기라도 잡고 싶은 심정이었다. 일단 기다려보기로 했다. 약속한 날이 되었지만 아무것도 이루어지지 않았다. 삼동회 회원들은 분노했다.

"한두 번 속은 것도 아니고, 우린 정말 병신, 바보들이다. 이런 식으로 미적지근하게 대처해서는 죽도 밥도 안 된다. 세게 나가야 한다. '앗 뜨거라!' 할 정도로 과격하게 나가야 정신 차린다."

"모두 죽을 각오로 세게 한번 하자!"

"정보를 주고 데모해야하는 상황이기 때문에 막강한 방어막을 돌파해야 한다. 모두 몸을 던질 각오로 하지 않으면 안 된다. 죽기 아니면 까무러치기다!"

"우리의 단결된 힘을 보여줘야 한다. 피를 볼 각오를 하고 끝까지 싸우자!"

모두가 흥분해서 극단적인 주장을 이어갔다. 수일의 얼굴이 석고상처럼 변했다.

"맞다. 우리가 너무 안이했다. 이참에 있으나마나한 근로기준법을 화형에 처하고, 그 여세를 몰아 데모를 죽기 살기로 함 해보자! 희생 없이 결코 아무것도 이룰 수 없다. 내가 앞장서서 돌파할 테니까 세게 함 치고나가자! 몸을 던져 싸워보자!"

근로기준법이 엄연히 존재했지만 이를 준수하는 사업주도 없었고, 이를 단속하는 공무원도 없었다. 근로기준법은 죽은 법이었다. 있으나마나한 법을 화형에 처하자는 의견이 대세였다. '근로기준법 화형식'을 하기로 결정했다. 11월 13일로 날을 잡았다. 뜻을 같이 하는 근로자들을 총동원하여 '근로기준법 화형식'을 가진 후, 곧바로 대규모 시위를 이어가는 것으로 정했다. 시위가 뜻대로 순조롭게 끝날 것 같지 않았다. 제대로 경종을 울리려면 누구 하나 몸을 던져 피를 보아야 할 것 같았다. 회장인 수일이 솔선수범 희생해야 할 상황이었다. 수일은 그것이 본인에게 주어진 소명이란 생각이 들었다. 문득 예옥과 원섭의 얼굴이 떠올랐다.

거사 이틀 전인 11월 11일, 수일은 대구행 완행열차에 몸을 실었다. 첫사랑 예옥도 보고 싶었고, 마음이 통하는 친구 원섭도 만나보고 싶었다. 완행열차는 서민들의 애환을 싣고 부지런히 달렸다. 옆자리에 앉은 아줌마가 졸고 있었다. 마음이 풀리고 잠이 왔다. 대구역에 내리니 감개가 무량했다. 지나가는 사람들 모두가 친구 같았다. 오랜만에 보는 대구의 하늘은 더욱 정겨웠다. 앞산 위에서 뭉게구름이 웃으며 손짓했다. 대구역에서 동성로를 따라 남쪽으로 걸어 내려갔다. 김추자의 '나뭇잎이 떨어져서'와 배호의 '막차로 떠난 여인'이 레코드 가게에서 흘러나왔다. 풋풋한 젊은이들의 걸음걸이가 활기찼다. 다들 씩씩하게 잘 살아가는 듯 보였다. 최무룡과 윤정희가 나오는 '여인전장'과 박노식과 윤정희가 나오는 '명동노신사'를 보려는 연인들이 영화관 매표소 앞에서 서성거렸다. 남궁원과 남정임 주연의 '암흑가의 25시' 포스터도 눈에 띄었다. 그녀와 함께 영화를 보고 싶은 유혹이 일었다. 그렇게 할 수 없는 자신이 미웠다. 자괴감마저 들었다. 예전에 살던 동네는 크게 바뀐 게 없었다. 골목마다 애들 떠드는 소리로 시끌벅적했다. 공터에서 구슬치기 하던 애들이 경계하듯 그에게 곁 눈짓을 했다.

원섭은 직물공장에 다니고 있었다. 제법 먹고 살 만한 모양이었다. 돈을 모아 직기를 사서 독립하는 것이 꿈이라고 했다. 그 꿈은 언젠가 이루어질 것 같았다. 수일은 원섭을 따라 가까운 염매시장 찌짐골목으로 갔다. 염매시장 찌짐집은 막걸리와 찌짐으로 술꾼들을 불러 모으는 대구의 선술집이었다. 아직 초저녁이라 손님이 거의 없었다. 보통 해가 빠져야 술꾼이 몰린다고 했다. 찌짐집은 옹색했지만 마음은 푸근했다. 뒷방으로 들어가서 자리를 잡았다. 수일은 조급한 마음을 숨길 수 없었다.

"원섭아, 내가 평화시장 봉제공장에서 일하는 거, 알고 있지?"

"당연히 알고 있지."

"평화시장에 이만여 명의 근로자들이 일하고 있는데, 대부분 농촌 출신 열댓 살짜리 여자애들이야. 솜털 보송보송한 소녀들이 환기도 안 되고 햇빛도 안 들어오는 곳에서 하루에 열네 시간 이상 허리도 못 펴고 죽어라 일만 하고 있어. 보통 평당 네 명꼴로 들어가 일하는데, 들어다보기만 해도 숨이 턱턱 막혀. 원단 더미에서 나오는 포르말린 냄새와 엄청난 먼지를 마셔가며 백열등 아래서 눈이 벌겋도록 일하지. 한 층을 둘로 나눈 복층 다락방이라 허리도 못 편다니까! 이천 여명에 화장실은 달랑 세 개야! 양계장의 닭보다 못한 처지야! 원섭아, 그런 곳을 상상이라도 해봤나?"

"듣는 기 처음이다. 열네 시간씩 일 하는 거야 가끔 있겠지만 최소한 허리는 펼 수 있어야지. 그거 너무 심한 거 아닌가! 당장 때려치우고 내려와라. 우리 공장에 넣어줄게."

"말만 들어도 고맙다. 그렇다고 비겁하게 나만 도망갈 순 없지. 그런 열악한 상황을 외부에 알리고 개선하도록 할 생각이야. 근로자 거의 대부분이 폐질환 등 한두 가지 병을 앓고 있어. 일요일도 제대로 쉬지 못하고 짐승처럼 일하는데, 일당은 겨우 커피 한잔 값인 50원이야."

원섭은 얼굴을 찌푸리고 막걸리를 들이켰다.

"완전 착취 수준이군. 힘든 줄은 알았지만 그렇게 참혹한 줄은 몰랐네. 우린 명함도 못 내밀겠는 걸. 직물공장도 쉽지 않지만 그 정도는 아니야. 경제개발이 억수로 빨리 진행되다 보니 부작용도 만만찮나 보다. 박정희 대통령 각하께선 그런 사정을 모르시는가?"

"저번에 청와대로 각하께 편지를 썼는데 통 소식이 없네."

"네 편지가 대통령 각하께 도착이나 했겠나. 중간에서 차단됐겠지. 그런 상황을 알고도 그냥 계실 분이 아니야. 엄청 가난한 집안 출신이라서 가난한 근로자에 대한 애정이 남다르잖아. 서민들의 어려운 사정도 잘 알고 계실 거야. 육영수 여사님은 또 어떻고!"

"나도 그렇게 생각해. 나도 그 분을 존경하고, 잘 살아보자는 말에도 완전 공감하지. 고향 분이기도 하고…"

"그냥 원만하게 잘 해결되었으면 좋겠다."

"나도 그렇게 되길 갈망하지만, 지금까지 경과를 보면 순순히 해결될 것 같지 않아. 부득이 극단적인 방법을 써야 될 것 같아."

수일의 말투가 너무 비장한 탓에 분위기가 잠시 얼어붙었다. 침묵이 이어졌다. 원섭이 한숨을 푹 쉬었다.

"원섭아, 미안하다. 오랜만에 만나서 좋은 이야기를 해야 하는데, 내가 너무 무거운 이야기만 했구나."

"아니야. 괜찮아. 계속 얘기해봐라."

"사업하는 사람들이 정말 치열하게 반성해야 돼. 욕심이 너무 많아. 근로자가 건강하게 살아남아야 계속 일해서 돈 벌어 줄 거 아니야. 최소한의 인간다운 생활을 보장하면서 부려먹어야 생산성도 오르고 사업이 지속적으로 굴러갈 텐데, 욕심이 앞을 가려서 그런지 당장 눈앞의 작은 이득만 생각한다니까. 아무리 설득해도 도무지 먹혀들지 않아. 막무가내야. 아무 생각도 없는 모양이야. 우리가 무리한 요구를 하는 건 절대 아니거든. 같이 살자는 건데…."

"맞아. 당연한 요구지"

원섭은 의분을 참지 못하고 식탁을 탁탁 쳤다.

"그렇지. 난 지극히 상식적인 요구를 하는 거야. 병 걸리지 않게 근로환경 좀 개선해주고, 입에 풀칠은 하도록 해달라는 거야. 우리도 누울 자릴 보고 발 뻗는다고! 먹고 살 만큼만 해달라는 건데, 그걸 안 들어 주네."

"그런데. 그런 얘기, 너무 과격하게 하면 이상하게 보일 수 있다."

"나도 알아. 나 보고 빨갱이라는 말도 하더라. 너도 알다시피 내가 무슨 빨갱이야! 나 참, 어이가 없어서… 법이 뭐야. 최소한의 조건을 규정한 게 법인데, 내 말은 최소한 근로기준법을 지키면서 사업을 하라는 거야. 누구든지 법을 지켜야 하잖아. 법을 지키라는 말이 잘못된 거냐! 법을 지키자는 사람이 빨갱이야? 무리한 요구를 하여 사업을 못 하도록 하자는 것은 절대 아니야."

"네 말 맞다. 맞는데…. 그래도 빨갱이로 몰려 신세 조질 수 있으니 조심해야지."

"원섭아, 고맙다. 나는 빨갱이가 아니기 때문에 그런 데 신경 안 쓴다. 비록 많은 난관이 있더라도 난, 내 갈 길을 갈 거야."

"수일아, 대단하다."

"그런 말 들으려는 건 아닌데… 대가리가 단단하단 말이지."

"농담이 아니야. 넌 정말 대단한 일을 하는 거야."

"원섭아, 그렇게 생각해줘서 고맙다. 네가 격려해주니 힘이 펄펄 난다. 난 열악한 노동환경과 근로조건을 개선하는 데 이 한 몸을 불사를 각오를 하고 있어. 누군간 해야 될 일이야."

"정말 대단하다. 존경스럽다. 널 친구로 둬서 정말 자랑스럽다."

"부끄럽게 왜 그래!"

"근데, 내가 도울 일은 없나?"

원섭이 정색을 하며 물었다.

"내 일은 내가 해야지. 남한테 미루면 안 되지. 고맙지만, 마음만 받을게."

"그냥 있기가 안쓰러워서 그런다."

"고맙다."

"친구 아이가. 친구 좋다는 게 뭐고!"

"지난달에 데모를 계획했지만 업주들 방해공작 때문에 실패했어. 모레, 13일에 '근로기준법 화형식'을 갖고 데모를 정말 세게 하려고 해, 결코 호락호락할 것 같지 않지만, 이번엔 결코 물러서지 않을 거야."

"너무 세게 하지마라, 걱정된다."

"세게 하고 싶어서 세게 하는 거, 절대 아니다. 세게 하지 않으면 꿈쩍도 안한다."

"그럼, 어떡할 생각인데?"

"힘없는 사람이 강하게 어필하는 방법은 아무리 생각해도 몸으로 때우는 수밖에 없는 것 같아. 몸을 던지는 방법 이외엔 뾰족한 다른 방법이 없어. 지나간 일들을 돌아봐도 약자의 투쟁수단은 기껏 시위, 삭발, 단지, 할복, 투신, 분신 대충 그런 거더라. 제 몸뚱어리를 자해함으로써 관심을 끌자는 거 아니겠어. 약자의 저항이란 그야말로 가시밭길이야. 외롭고 힘겨운 투쟁이지. 그렇지만 그렇게 해서 상황이 조금이라도 나아진다면 그렇게 해야겠지. 수많은 불쌍한 근로자들을 구해낼 수만 있다면 백번이라도 그렇게 해야겠지. 지금 상황에서 희생 없는 성취는 사치야!"

"내 생각엔 삭발하고 시위하는 게 좋을 것 같다. 나도 올라가서 함께 삭발하고 시위할게. 조막손이지만 힘을 보탤게."

"괜찮다. 말만 들어도 눈물 날라 한다. 희생은 나 한 사람만으로 족하다. 넌 그냥 평범하게 살아라. 모두 거리로 나서면, 소는 누가 키우고, 공장은 누가 지키나."

휴가를 내서 올라가겠다는 말에 수일은 원섭의 손을 꼭 쥐고 진심으로 적극 만류했다. 수일의 얼굴이 고뇌와 감동으로 일그러졌다. 원섭은 울컥하는 마음을 억제하지 못하고 수일의 손을 잡고 흐느꼈다. 수일이 오히려 원섭을 달래주어야 했다. 원섭은 꼭 만나봐야 할 사람이 있다며 서둘러 찌짐집을 나왔다.

원섭은 수일을 낯익은 동네로 데리고 갔다. 아니나 다를까, 원섭은 꿈에도 그리던 그 정겨운 집 앞에 서서 수일을 돌아다보며 씨익 웃어보였다. 사내 마음은 거기서 거기인 모양이었다. 예옥이네 집이었다. 그녀는 아직 그곳에 살고 있었다. 그녀는 부스스한 얼굴로 나왔다. 수일을 알아보곤 깜짝 놀라 얼굴을 가렸다. 그녀는 사춘기 소녀가 아니라 성숙한 여인이었다. 벌어질 대로 벌어진 빨간 석류 같았다. 아무리 숨기려 해도 숨길 수 없는 게 세월의 조화였다. 세월은 청순한 소녀를 성숙한 여인으로 탈바꿈시켜 놓았다. 예옥은 들어가서 외출옷을 갈아입고 다시 나왔다. 원섭은 회사에 급한 일이 있다며 작별을 청했다. 몇 번이나 수일의 손을 잡고 이별을 아쉬워했다.

그렇게 잊지 못했던 첫사랑 여인을 만났지만 막상 눈앞에 두고 보니 머릿속이 백지처럼 하얘졌다. 그녀는 지난 세월을 추억하듯 달성공원으로 향했다. 달성공원은 변함없이 두 사람을 반갑게 맞아주었다. 나무아래 나란히 앉아 성당의 첨탑을 바라보았다. 성당의 종소리가 말을 걸어오는 듯했다. 침묵이 이어졌으나 전혀 어색하지 않았다. 그들은 침묵으로 대화하는 법을 알았다. 어둠이 사위에서 스멀스멀 다가왔다. 수일이 먼저 말문을 열었다.

"몰라보게 예뻐졌네."

"전에는 안 예뻤단 말이지?"

"아니, 그럴 리가. 전에도 당연히 예뻤지."

"근데 왜 도망갔어?"

"아버지가 갑자기 서울로 옮기시는 바람에…어쨌든 미안해."

"거짓말!"

"헉……."

그리고 또 침묵이 이어졌다.

"대구는 웬일이야?"

"내가 평화시장에서 노동운동을 하고 있는데…, 원섭이와 의논할 일이 있어서…."

"그럼, 난 또 덤으로 보는 거네."

"그럴 리가 있나. 사실…, 예옥아. 너 보러 왔어…. 서울로 떠난 후로 항상 만나고 싶었어."

"내가 만나지 말자고 했나. 그냥 찾아오면 난 항상 그 자리에 있었는데. 남자가 변명은…, 비겁하게…, 바쁠 텐데, 그냥 왔을 리는 없을 테고, 무슨 일이야?"

"동생 같은 애들이 거의 짐승 같은 생활을 하며 혹사당하는 걸 보고, 도저히 그냥 있을 수 없어서 노동운동을 시작했어. 그동안 진정도 여러 번 하고, 데모도 많이 했지. 작지만 이젠 조직도 만들었어. 아직 성취한 게 별로 없지만 끝까지 한번 해볼 생각이야."

"왜 그런 일에 앞장서고 그래. 재단사 벌이가 괜찮다고 들었는데, 돈 모아 양복점을 차리면 좋을 텐데… 남들처럼 결혼하고 아들 딸 낳고 오순도순 살면 안 되는가?"

"수많은 어린 소녀들이 짐승 같은 취급을 당하고, 병들어 죽어나가는

걸 뻔히 보면서, 나만 잘 살자고 못 본 체 할 수가 없더라. 내가 오지랖 넓은 거, 나도 잘 알아. 그냥 예옥이 같은 참한 색시 만나 결혼해서 남들처럼 아들 딸 낳고 살면 될 텐데, 나라는 인간은 왜 이렇게 힘들게 살아가는지, 나도 모르겠어. 내가 별종인가? 팔자가 드센가 봐. 비참하게 혹사당하는 불쌍한 애들을 생각하면, 마치 내가 죄를 짓고 있는 것 같아. 누군가는 나서서 구원해야 될 화급한 상황인데, 그럴 만한 사람이 없네. 부득이 내가 앞장서야 될 거 같아. 내 운명인가 봐. 그게 내 운명이라면 달게 받아들여야겠지. 이 일이 결코 쉽지 않겠지만, 그래도 포기할 순 없어. 내가 희생돼야 한다면 그래야겠지. 각오하고 있어."

그녀의 눈동자에 달빛이 옅게 묻어났다.

"왜 그런 가시밭길을 가려는 거야. 나랑 같이 그냥 알콩달콩 살면 안 될까? 남들처럼 아들 딸 낳아 키우며, 평범하게 살면 안 될까."

그녀의 어깨가 들썩거렸다. 수일은 가슴이 찢어지는 듯했다.

"그래 예옥아. 우리 그냥 결혼해서 함께 살자. 내가 열심히 일하면, 처자식 안 굶길 수 있다. 너랑 함께라면, 행복하게 잘 살 자신 있어. 예옥아, 사랑해. 우리 결혼하자."

수일은 이렇게 말해 주고 싶었다. 이런 말들이 목구멍까지 올라왔으나 정작 아무 말도 입 밖으로 나오지 않았다. 자신과의 약속을 깰 용기가 없었다. 수일은 그녀를 꼭 안아주었다.

"예옥아, 미안하다. 나만 믿고 바라보는 이만여 명의 평화시장 가족들, 그리고 인권을 유린당하고 있는 수많은 근로자들을 위해서, 난 내 모든 걸 바칠 각오를 했어. 그 결심을 깰 용기가 없다. 그 결심을 깨서는 도저히 안 될 거 같아. 그렇게 했다간 평생 죄책감에 시달리며 가위 눌리며 살 것 같거든. 내가 너무 바보 같지. 사실, 널 한번 보고 싶어서 대구 내려왔다. 예옥이 얼굴 한번 못보고 죽으면, 몽달귀신이 될 것 같아서…. 염치 불구하고 이렇게 찾아 온 거다."

"……"

그녀는 손수건을 꺼내 눈물을 닦으면서 어깨를 들썩였다. 주위 눈치 보지 않고 아예 대놓고 통곡했다. 산책 나온 사람들이 호기심 어린 눈으로 흘깃거리며 지나갔다. 수일은 어쩔 줄 몰랐다.

"노동운동, 그런 거 다른 사람한테 맡기고, 우리 둘이 결혼해서 그냥 남들처럼 평범하게 살자. 솔직히 목 빠지게 기다렸어. 손톱에 들인, 이 봉숭아꽃물이 첫눈 올 때까지 남아 있으면, 첫사랑이 이루어진다고 해서, 첫눈 오기만 눈 빠지게 기다렸다. 오늘 니가 찾아온 거 보고 뛸 듯이 기뻤는데…. 이게 뭐야! 작별하러 왔단 말이지. 나한테 왜 이러는데."

그녀는 수일의 가슴을 쳤다. 수일은 결국 참고 참았던 울음을 터트렸다. 울음이 터지자 걷잡을 수 없었다. 그동안 참고 참았던 눈물이 한꺼번에 터져 나오는 듯했다. 수일이 눈물을 그치지 않자 이번엔 예옥이 수일의 눈물을 닦아주며 위로했다.

"네 말이 맞다. 사정이 그렇다니, 네 마음먹은 대로 해야지. 그게 맞겠지. 그렇게 해야겠지. 넌 항상 그랬잖아. 항상 약한 사람들 편이었고, 항상 가난한 사람들 편에 섰지. 심지가 깊고 의지가 굳은데, 누가 네 결심을 막겠니. 내가 네 결심을 막아낼 수 있다고 생각한 게 오산이었나 봐. 그래도 훌륭한 친구를 둔 것만으로 난 만족해야겠지. 그걸 자랑스럽게 생각해야겠지. 근로자들이 제대로 대접 받는 그런 세상이 빨리 왔으면 좋겠다."

예옥은 수일을 가슴에 안고 등을 토닥거려 주었다. 귀뚜라미 소리가 들려왔다. 별들도 그들의 사연을 엿들었는지 눈물을 글썽였다. 대구에서의 마지막 밤은 그렇게 사무치게 깊어갔다.

1970년 11월 13일, 늦가을치곤 제법 쌀쌀한 날씨였다. 오후 1시가 되자 평화시장 일대에 긴장감이 감돌았다. 경찰과 시장경비원들이 요소요소에서 진을 쳤다. 각 사업장의 업주들이 시위에 참여하지 못하도록 근로자들의 출입을 엄하게 통제했다. 행사를 주동할 삼동회 핵심회원들은 평화시장 건물 3층에 모여서 상황을 점검했다. 경찰과 시장경비원의 제지가 막강하겠지만 행사를 계획대로 밀고나가기로 합의했다. 준비된 플래카드를 펼쳐 들고 아래로 내려갔다. 형사들이 플래카드를 빼앗으려고 달려들었다. 회원들은 구호를 외치며 필사적으로 형사들과 몸싸움을 벌렸다. 그 와중에 종이 플래카드가 찢어졌다.
	"누가 가서 플래카드 다시 써 와라."
	"오케이! 이번엔 혈서로 후딱 써 올게."
	"이번엔 돌돌 말아 몸에 감춰두었다가 행사 중에 꺼내서 펼쳐들자."
	"그게 좋겠다."
	성질 급한 몇몇 회원들은 형사들의 제지를 뚫고 국민은행 앞길로 뛰쳐나갔다. 국민은행 앞에는 오백여 명의 근로자들이 경찰들과 치열하게 대치하고 있었다. 취재진은 아직 보이지 않았다. 먼저 나간 핵심회원들이 담뱃가게 옆에서 수일을 기다리며 초조하게 상황 추이를 지켜보고 있었다. 수일의 표정이 무섭게 굳어졌다. 건물로 다시 들어가 미리 준비해둔 휘발유를 온 몸에 들이부었다. 휘발유냄새가 코를 찔렀다. 조금 추웠지만 기분이 크게 나쁘진 않았다. 불현듯 예옥의 얼굴이 떠올랐다. 회원들이 기다리고 있는 담뱃가게 옆으로 갔다. 수일은 간 크고 다혈질인 친구에게 성냥을 넘겨주며 불을 댕겨달라고 부탁했다. 당황해하는 친구를 돌아보며 눈을 부릅뜨면서 재촉했다. 구호를 머릿속으로 되뇌어 보았다. 그 친구는 얼떨결에 성냥불을 켜서 수일의 몸에 불을 댕겼다. 겁만 주고 땅바닥에 뒹굴뒹굴 굴러서 끄겠거니 생각했다. 불길은 삽시간에 수일의 몸을 휩쌌다. 수일은 불길을 안고 국민은행 앞길로 내달았다. 불타는 몸으로 구호를 외치는 일은 초인적인 의지가 없이는 도저히 불가능한 일이었다. 그런 불가능한 일이 벌어졌다.

"근로기준법을 준수하라! 우리는 기계가 아니다! 근로자를 혹사하지 마라!"

화염이 귀 안으로, 코 안으로, 입안으로 들이쳤다. 구호는 괴성으로 변했다. 수일은 길바닥에 털썩 쓰러졌다. 누군가 근로기준법 책자를 불길 속에 집어던졌다. '근로기준법 화형식'이 수일의 몸을 불쏘시개로 하여 진행되고 있었다. 사람들은 당황한 나머지 한동안 넋을 잃고 멍하니 그 광경을 바라보았다. 시위에 참여했던 근로자들과 행인들이 불꽃을 보고 모여들었다. 그 불꽃은 세상의 어두운 곳을 모두 밝혀 줄듯이 기세 좋게 타올랐다. 화려하고 아름다웠다. 모두 넋을 잃고 그 화사하고 거룩한 불꽃을 바라보았다. 십계명을 새겼던 시나이산의 불꽃처럼 성스러운 기운마저 감돌았다. 정신을 차린 한 청년이 재킷을 벗어 불을 껐다. 그제야 기자들도 수첩을 들고 수일의 옆으로 모여들었다. 취재기자가 수일에게 뭔가를 물었다. 수일은 아무 말도 하지 않았다. 수일은 비틀거리며 불사신처럼 다시 일어났다. 죽을힘을 다해 비장하게 울부짖었다.

"내 죽음을 헛되이 하지 말라."

수일은 형체를 알아볼 수 없을 정도로 참혹한 화상을 입고 근처 병원으로 옮겨졌다. 보증인이 없다는 이유로 병원마다 치료를 거부했다. 화상이 너무 심해 치료할 자신이 없었기 때문이기도 했다. 돈 받을 길이 없어 생명을 구하는 고귀한 직무를 유기했거나 책임이 무서워 의무를 거부한 꼴이었다. 좋게 보면 어차피 죽을 목숨 그냥 편하게 놔주자는 생각이었을 것이다. 수일은 어머니가 지켜보는 가운데 그날 밤 숨을 거두었다. 그의 마지막 절규가 어머니의 가슴을 더욱 저몄다.

"배가 고파요."

닷새 뒤에 수일의 장례식이 치러졌다. 살아서 비록 한 뙈기 땅도 갖지 못했지만, 죽어선 육신을 눕힐 한 뙈기 땅이나마 차지하였다. 살아서 비록 혹독한 추위에 떨었지만, 죽어선 영원히 꺼지지 않는 따스한 불꽃이 되었다.

迷夢 1
비극의 전주곡

　교육청으로 가는 차안에서도 책을 봐야 했다. 차는 어머니가 미리 입력한 프로그램에 따라 자동으로 움직였다. 바흐의 브란덴부르크협주곡이 잔잔하게 흘렀다. 강두는 눈을 감았다. 강물이 발치를 휘감아 돌아가고 나지막한 산들이 허리를 슬쩍 감싸는 언덕배기 위에 양털구름이 하얗게 하늘을 내달리고, 연초록의 풀밭이 구릉 위로 파도처럼 펼쳐진다. 고향처럼 푸근하고 평화롭다. 내가 태아일 적부터 들어온 때문일까. 어머니의 세심한 배려가 놀라울 따름이다.
　어머니는 오늘의 이강두를 만든 일등공신이다. 대뇌용량을 천부적으로 크게 만들어주었을 뿐만 아니라 그 대뇌용량을 가능한 한 단기간에 채워주기 위하여 직장까지 장기 휴직하고 풀타임으로 아들을 뒷바라지해 주었다. 요즘 보기 드문 희생적인 어머니상이다. 어머니의 어머니가 어머니를 그렇게 뒷바라지했기 때문에 그 빚을 그 자식에게 갚아야 한다고 생각하는 듯하다.
　강두를 학교와 학원으로 편안하게 날라주고, 어머니는 차안에서 새우잠을 자며 대기하기 일쑤였다. 홍삼 달인 물, 오미자 달인 물, 구기자 달인 물, 총명탕 등 웰빙 한방음료수와 호두, 잣 등 민간 전래 건뇌식 그리고 기억력 증진제, 영양제 등을 항상 차안에 준비해 두었다가 강두의 컨

디션에 맞춰 적시에 알맞은 것을 찾아 먹여주었다. 그 외에도 정신집중 기기, 휴대용 산소발생기와 휴대용 두뇌 지압기기 등을 차에 싣고 다녔다. 식사나 간식은 소화가 잘 되게 한우고기나 유기농야채 등을 갈아서 주었다. 게다가 반년 간격으로 건강상태를 정기적으로 체크해 보고 부족하거나 필요한 성분이 발견되면 즉시 '맞춤형 영양제'로 보충해주었다. 강두의 일거수일투족에 어머니의 배려가 미치지 않는 곳이 거의 없었다.

어머니는 하드웨어적인 것뿐만 아니라 소프트웨어적인 것도 주도면밀하게 준비했다. 인터넷 강의가 간편한 방법이긴 하지만 아무래도 긴장감과 집중력이 떨어지는 단점이 있었다. 그래서 어머니는 재래식 학습방법을 고수했다. 강두가 이동할 땐 어머니가 학습도우미로 변신했다. 그 이동시간을 최대한 활용하기 위해 각종 학습 USB를 갖고 다니며 적절한 강의를 차안에서 틀었다. 공간 이동에 소요되는 자투리 시간을 다양한 첨단 방식을 동원하여 완벽하게 커버하고자 노력했다. 학원과 강사의 선택, 학습할 과목, 과목별 공부시간 배정, 휴식시간 심지어 조는 시간이나 웃는 시간까지도 그녀의 계획에 따라 진행되었다. 새롭고 알찬 내용을 위해 연구한 끝에 항상 독창적이고 효과적인 프로그램을 내놓곤 했다. 어머니는 전문가를 뛰어넘는 해박한 교육학 지식, 다양한 학습 정보 및 초인적인 열정 등으로 아들을 '최우수인간'으로 만들어갔다. 어머니는 자기관리도 철저히 하였다. 강두가 공부하는 동안 항상 독서하였고, 먼저 잠자리에 드는 경우는 거의 없었다. 자식에게 모범을 보이는 것이 최선의 교육이라고 믿었다.

기말 브레인테스트 수치가 예상에 미치지 못하던 어느 날, 강두는 왠지 집중이 되지 않아 인터넷 서핑을 하며 시간을 보냈다. 그러다가 친구가 보내온 포르노 동영상을 열어보았다. 포르노는 역시 일본 것이 아기자기하고 실감이 났다. 아랫도리가 불뚝 서는 바람에 바지를 내리고 물건을 잡고 흔들었다. 아니나 다를까 그때 어머니가 방문을 열고 들어왔다. 강두가 급히 바지를 끌어올렸으나 어머니의 눈을 피할 수 없었다. 어머니는 돌아서 나갈 듯 멈칫하다가 마음을 고쳐먹고 강두 곁으로 다가왔다. 강두는 머리를 숙이고 한숨을 내쉬며 말했다.

"엄마, 잘못했어요. 오늘, 마음이 허전한 게 공부가 영 안 되네요."

"슬럼프가 온 모양이다. 글고, 이성이 그리울 나이란 걸 잊었네. 조금 전에 보던 거 봐라. 정액이 차면 빼내야지."

어머니는 큰 결심을 한 듯 말했다. 강두는 어머니의 진의를 파악할 수 없어 눈만 끔벅였다. 어머니는 숨긴 화면을 되살려놓고 강두의 바지를 끌어내렸다. 강두는 소스라치게 놀라 바지를 부여잡았으나 어머니의 민첩한 손길을 당해내지 못했다. 어머니는 강두의 물건을 잡고 부드럽게 흔들기 시작했다. 오래지 않아 정액이 쏟아져 나왔다. 어머니의 손이 정액으로 흥건했다.

"한창 때라 정액을 제때 빼 주어야 집중이 잘된다. 앞으로 딴 생각이 자꾸 나거든 엄마한테 얘기해라. 엄마가 해결해 줄게. 정기적으로 뺄까? 그게 좋겠지. 그래도 사이버섹스는 절대 안 된다. 중독성이 엄청나서 아직 안 돼."

어머니는 아무 일 없었다는 듯 유유히 방문을 열고 나갔다.

사이버섹스가 뜨고 있다. 사이버섹스 프로그램을 구입하면 시공을 초월하여 원하는 상대와 사이버 상에서 섹스를 할 수 있다. 사이버섹스에 중독된 자들도 많다. 황진이, 초선, 양귀비, 클레오파트라, 마릴린 몬로, 엘리자베스 테일러, 오드리 헵번, 그레이스 켈리, 카메룬 디아스 등 어느 누구라도 파트너로 선택할 수 있고, 선택된 파트너의 연령도 마음대로 조정할 수 있으며, 섹스를 나눌 장소나 분위기도 마음대로 선택할 수 있다. 임신이나 성병 등의 걱정도 없으며, 법적 도덕적 문제도 발생하지 않는다. 사이버섹스는 인류의 삶을 바꿔놓을 만큼 폭발력이 있었다. 결혼도 하지 않고, 자식도 낳지 않는 사회분위기를 부채질한다는 점 때문에 커다란 사회적 논란을 불러일으켰다. 인류가 살아남기 위해서는 일정 수준 이상의 두뇌를 가진 사람에게 의무적으로 정자와 난자를 제공하게 하여 인공수정을 통해 필요한 분야에 재능이 있는 아이를 체외에서 계획적으로 생산하고 이들을 공적으로 양육, 교육시키는 프로젝트를 국가가 앞장서 개발해야한다는 주장이 점차 설득력을 얻어가고 있었다. 어머니도 사이버섹스를 가끔 즐기는 듯하다. 중독성이 엄청 강하다며 강두에겐 절대 엄금하고 있다.

 그날 이후, 어머니는 섹스란 게 별게 아니라며 몸소 섹스를 시연해 보이기도 했다. 어머니는 시종일관 단순한 학습도구, 그 이상은 아닌 양했다. 비록 그게 별게 아니라고 했지만 어머니는 매주 두 차례 정기적으로 행사를 갖도록 시간표를 짰다. 진통직 도딕률로 인해 처음에는 미안함과 부끄러움으로 고민했지만 회를 거듭할수록 평상심을 되찾았다. 아가페적인 사랑은 그 보다도 하위의 내용인 육체적인 행위를 당연히 포괄하는 터였다. 아버지의 영역을 침범했다는 생각도 들었지만 상호간 사이버섹스를 용인하는 처지라 미안한 마음을 쉽게 극복할 수 있었다.

 브레인테스트는 공부를 하는 만큼 정직하고 정확하게 그대로 성적에 반영되기 때문에 평가 직전까지 최선의 노력을 다해야 한다. 같은 책을 두 번 읽든 다른 책을 한 번씩 읽든 똑같이 측정되긴 하지만 집중력의 차이는 영향을 미친다. 이해의 정도가 다르면 기억곡선의 길이가 달라지고 가중치로 조정되면서 성적에 반영된다. 브레인테스트 성적은 결국 집중도와 학습시간의 함수인 셈이다.

 초창기의 '브레인테스트'는 여러 가지 취약점이 많았지만 지금은 많이 개선되어 기존의 어떤 형태의 재래적인 시험보다 과학적이고 합리적이며 공정하다는 평가를 받고 있다. 처음엔 대뇌용량을 측정하는 비교적 단순한 기능을 가진 수준에 지나지 않았지만 그 정도만으로도 획기적인 발명품으로 전 세계를 발칵 뒤집어 놓았다. 투구 모양의 테스터를 쓰고 일분 정도만 있으면 대뇌용량이 표시되었다. 인류가 수천 년을 두고 풀지 못한 또 하나의 수수께끼를 푼 셈이다. 많은 사람들이 브레인테스트의 비인간성에 대해 갑론을박 논란을 벌였으나 그 실용성 때문에 수용되지 않을 수 없었다. 기업체에서 처음 받아들여지기 시작했고 연구소, 교육기관 등으로 급속히 보급되었다. 엄청 고가였지만 브레인테스터의 상업성이 인정되자 인력과 자금이 모이고 한층 더 개량된 기종의 테스터가 나오기 시작했다. 전체 용량뿐만 아니라 사용한 용량, 즉 기억한 용량을 나타낼 수 있는 제품이 나왔다. 그러자 기업은 브레인테스터를 인재의 적재적소 배치에 광범위하게 활용하기 시작했다.

브레인테스터의 발명자는 세계적 갑부 반열에 오르게 되었고, 이에 자극을 받아 브레인테스터에 관한 연구가 더욱 탄력을 받았다. 메모리의 종별 유형별 표시가 가능한 브레인테스터가 출시되었고 메모리의 강도, 즉 얼마나 오래 기억하느냐를 나타내는 기종까지 선보였다. 메모리의 활용도, 순발력 및 활성에 대한 연구가 계속 진행 중이다.

기업체의 입사시험에 기존의 필답고사 대신 브레인테스트 측정 결과가 조심스럽게 도입되었고, 그 유효성이 현장에서 검증되기 시작했다. 오래지 않아 대학들도 입학시험을 브레인테스트와 면접으로 대체하였다. 대학입시에서의 브레인테스트 활용은 고등학교에서 유치원에 이르기까지 브레인테스트 확산의 기폭제가 되었다. 기존의 시험은 문학, 음악, 미술 등 특수한 경우에만 한정적으로 실시될 뿐이었다. 특히 초등학교 입학 시에 측정하는 테스트는 한 사람의 평생 진로를 좌우하는 매우 중요한 일이었다. 태어나면서 전체 용량이나 종별 유형별 용량이 결정되기 때문에 사람들은 인생을 좀 더 운명론적으로 받아들이게 되었다.

별난 부모들은 자녀들의 측정치를 높이기 위하여 갖가지 기발한 아이디어나 불법적 수단을 동원하기도 했다. 해킹을 하여 전산 자료를 고치거나 공인증명서를 위조하는 방법이 주로 사용되었다. 그렇지만 공부한 만큼 그 결과가 공정하게 측정되어지기 때문에 그 결과에 불복하는 사람은 거의 없었다. 최근에는 대뇌용량을 늘리는 약을 개발하고 컴퓨터의 정보를 대뇌에 직접 입력시키는 방법을 집중적으로 연구하고 있었다. 조만간 개개인의 노력이 무의미하게 될지도 모른다.

서울시 교육청 동부지청 대기실에는 브레인테스트를 하러온 학생들이 대기하고 있었다. 브레인테스트 측정이 매우 중요한 역할을 하기 때문에 공적인 기관에서 측정한 것 외엔 공인이 되지 않을뿐더러 필요한 기관에서 다시 확인하는 절차를 거친다. 대학입시 전형은 해당 학교 관할 교육청에서 측정을 하고 다시 지원한 대학에서 측정하여 비교, 검증을 받는다. 양자의 결과가 오차 범위 내에 존재하지 않으면 교육부와 학교에서 재측정을 받아야 한다. 같은 학교를 지원한 전국의 학생들은 일정 시점에 전국에서 동시에 측정을 받아야 한다. 지각은 치명적이기 때문에 학생들은 미리 외서 대기실에서 기다렸다. 일단의 학부모들이 내문 밖에서 어슬렁거렸다.

측정실에서 측정을 끝내고 나오는 학생들은 환호성을 질렀고 들어가는 학생들은 잔뜩 긴장을 했다. 미리 사설 기관에서 측정을 해 보기 때문에 그 결과가 크게 다르지는 않겠지만 그사이 기억이 지워지기도 하고 다시 생성된 부분도 있기 때문에 측정 결과는 조금 유동적이다. 전체 대뇌용량은 대체로 태어나면서 큰 틀이 결정되고 그에 따라 미리 인생진로가 정해지는 까닭에 21세기 대학입시와 같은 눈치작전이나 사회적 관심은 훨씬 덜한 편이다.

고등학교까지 두 차례에 걸쳐 분류되고 정리되어 서열이 매겨진다. 대학입시는 감성적 선호를 통해 군집화 됨으로써 수평적으로 분화하는 작업일 뿐이다. 아직까지 비이성적 행위가 인간의 행동을 결정하는 전통이 남아있어서 전통 있는 명문 대학에 대한 입시 경쟁은 그 한도 내에서 존재하고 있다. 물론, 전통적 명문대학에 대한 감성적 선호의 강도가 21세기 같지는 않다. 대학을 졸업하면 다시 원하는 직장에서 브레인테스트를 거쳐 선별하기 때문이다.

작은 변화가 당락에 영향을 주는 경우가 있기 때문에 긴장을 늦출 수 없다. 최상위층이 감성적 유산을 아직 얼마나 답습하고 있느냐, 수험생의 지원이 어떻게 분포 되는가 등 정도가 당락의 키다. 자신은 감성적 유산을 고수하고 남들은 그러한 것을 초월해 주었으면, 자신이 지원한 대학에 최상위층이 많이 몰리지 않았으면, 하고 다들 바랄 뿐이다. 모두의 솔직한 희망사항이 곧 강두와 어머니의 마음이기도 하다.

  강두의 차례가 되어서 동공과 지문으로 신분 확인을 받고 자리에 앉았다. 부저가 울자 머리 위에서 투구 모양의 브레인테스터가 경쾌한 전자음을 내며 내려왔다. 눈을 감았다. 벌써 수도 없이 해 봤지만 기분이 나쁘기는 마찬가지다. 브레인테스터 의자에 앉으면 누구나 기가 죽게 마련이다. 자기의 프라이버시를 고스란히 노출시키기 때문이다. 빛이 번쩍이고 투구가 회전하는 소리가 나면서 측정은 끝이 났다. 강두가 교육청 정문을 나서자 어머니는 군중들 틈 속에서 양손으로 V 자를 만들어 흔들었다. 아직 남은 용량도 많고 지워질 기억도 있을 것이니 더욱 열심히 정진하라는 말을 했다. 어머니도 마음이 가뿐한 모양이다. 집으로 돌아오는 길에 어머니는 차안에서 베토벤의 '합창'을 틀어주었다. 환희를 어쩌면 저렇게 잘 표현할 수 있을까? 순수 고전음악은 역시 위대하다.

  어머니는 대학입학 때까지의 개략적인 계획을 알려주었다. 전공예정인 유전자의학의 선행학습, 유럽과 중국의 테마여행, 체력단련 등으로 꽉 짜져있었다. 오프라인에서 여자 친구라도 좀 사귀게 해달라는 말이 목젖까지 올라왔으나 어머니의 야무진 얼굴에 눌려 꿀꺽 삼켜버리고 말았다.

  집에 돌아오자 브레인테스트의 결과가 문자 메시지와 이메일로 도착했다. 자연계열 등위 전국 19등으로 강두가 원하는 대학에 충분히 입학할 수 있을 것 같았다. 어머니는 그래도 성에 차지 않는 듯 못내 아쉬워했다. 아마 전국 수석을 노렸는지 모른다. 녹즙기는 건강상태를 체크하여 그에 적합한 야채와 과일을 혼합·분쇄하여 황녹색의 즙을 게워냈다. 어머니는 녹즙을 한 컵 주면서 저녁 식사시간까지 대략 다섯 시간의 자유시간을 주었다. 자유로운 휴식시간, 이는 철이 든 후로 오랜만에 주어지는 선물이다. 무엇을 할 것인지 생각해 보았다. 용량이 크고 정보도 많이 담긴 머리가 마치 하얀 백지처럼 빈 듯하다. 아무런 생각도 나지 않았다. 웹 소설을 찾아보았다. 마음이 정돈되지 않았다. 십여 분을 허송하다가 결국 어머니에게 갔다.

어머니는 오프라인 쇼핑을 가자고 했다. 오프라인에서의 쇼핑은 원시적이긴 했지만 유한 계층에게는 나름대로 매력이 있었다. 납치당할 위험이 제법 크긴 하지만 다른 사람들과의 직접적인 대화와 접촉이 그러한 위험을 보상하고도 남았다. 지나기는 사람의 욕구를 체크하여 가상 적합한 상품이 그 광고판에 디스플레이 되고 있었다. 그 상품을 착용했을 때의 모습이 시연되기도 했다. 일종의 전자태그를 인간에게 내장시킨 결과 각 개인의 정보를 읽어 들여 그 정보에 적합한 상품을 개별적 집중적으로 소구하는 방법이 여러 업종으로 확산되고 있었다. 어머니는 최근 유행 중인 복고풍의 블라우스를 주문했다.

유행. 유행은 모든 부문에 있다. 헤어스타일, 헤어스타일리스트들이 모여 '올해의 헤어스타일' 몇 개를 선정하면 사람들은 그 중에서 하나를 선택할 수밖에 없다. 패션, 패션 디자이너들이 콘셉트를 정하면 그런 류의 옷밖에 생산이 되지 않기 때문에 사람들은 선택의 여지가 없다. 싫어도 배꼽을 내놓고 다녀야 하고 어울리지 않더라도 나팔바지를 입어야 한다. 그것이 유행이다.

서점은 가장 전통적인 형태의 원시 업종이다. 그래서 유행도 덜 타는 편이다. 강두가 소설을 보는 모습이 나타난다. "내일"이다. 어머니는 시집을 보고 있다. "진달래꽃"이다. 놀랍다. 어머니가 시집을 보고 싶어 하다니! 그것도 서정시를! 서점에 들어가 소설책과 시집을 각각 주문했다. 어머니가 문학서적을 산다는 것은 커다란 파격이다. 강두가 가장 취약한 정서적 부문을 보완해주려는 취지인 듯하다. 어머니는 유전자의

학, 테마여행 계획 등에 필요한 서적을 추가로 주문했다. 드론이 주문한 물건들을 한 시간 이내에 집으로 배달해 준다. 선글라스를 낀 사내가 미행하는 낌새다. 어머니는 호신용 스틱을 꺼내들었다. 사내는 당황한 듯 힐끗 쳐다보다가 횡단보도를 건너갔다. 어머니는 겁을 먹은 듯 서둘러 집으로 가자고 강두를 재촉했다.

집이 온통 아수라장이 되어 있다. 어머니가 비명을 질렀다. 반려견 '똘똘이'가 온몸이 뜯긴 채 피투성이가 되어 거실에 죽어 있었다. 반려동물 전문 케이블 TV를 보다가 당한 모양이다. 반려견을 키우는 집이 늘어나는 상황에서 주인이 외출할 때마다 항상 데리고 다닐 수 없는 점에 착안하여 반려동물, 특히 개들을 주 고객으로 한 케이블 TV가 생겨났다. 개들의 심리와 행동을 철저히 연구하고 분석한 결과인지 반려동물 전문 TV 앞에 한번 앉은 개들은 웬만해서는 자리를 잘 뜨지 않았다. 동물애호가들도 반려동물 전문 TV의 고객이다. 똘똘이도 TV에 빠져 있다가 침입자들에게 어이없게 당한 것이리라. 똘똘이 앞발 주위에 쥐가 여러 마리 죽어있었다. 실험쥐. 섬뜩한 기분이 든다. 주변을 자세히 살폈다. 문짝이란 문짝은 모두 너덜너덜하게 되어 떨어져 있다. 책장의 책들이 갈기갈기 찢어져 흩어져 있고, 컴퓨터 본체가 망가지고 냉장고가 텅 비어 있다. 집 출입문에 설치된 통합 정보 전자태그가 파손되어 있다. 휴대폰으로 연락이 오지 않은 이유였다. 실험쥐들의 위력이 실감났다.

인간의 줄기세포를 이식하여 인간두뇌를 배양하던 실험용 쥐들이 대량으로 탈출한 사고가 지난해에 우리나라의 모 대학 연구소에서 발생했다. 탈출한 실험용 쥐들은 인간의 두뇌를 가진 지능이 매우 우수한 쥐들로 저희들끼리 교배를 하여 많은 새끼를 낳았다. 실험용 쥐들은 짧은 시간 동안에 폭발적으로 번식했다. 인간 이상의 지능을 지닌 실험용 쥐들과 그들의 새끼들은 너무나 영리해 인간이 놓은 쥐약이나 재래식 쥐틀 따위로는 잡을 수 없었다.

쥐들이 인간을 공격하는 일이 잦아졌다. 지능이 높은 쥐들은 재래 쥐들을 규합하여 인간의 집을 급습하여 초토화시키기도 하였고, 식수원이나 음식물에 독극물을 풀어 인간의 대량 학살을 기도하기도 했다. 끔찍한 번식력과 인간 이상의 지능을 무기로 쥐들은 공룡 이래로 인간이 장악했던 지구상의 헤게모니를 찬탈하려고 시도했다. 인간이 지금의 문명을 이룩하는데 수천 년이 걸렸지만 그들은 인간의 문명과 행동을 보고 배운 관계로 매우 빠른 학습효과를 보였다. 그냥 이대로 둔다면 쥐들이 인간의 문자와 학문을 익혀서 인간을 지구상에서 몰아낼 날도 멀지 않을 것이란 불길한 예측을 하는 학자마저 등장했다.

쥐의 수명이 인간에 비해 아주 짧아 지식이 축적될 시간이 절대적으로 부족하다는 점과 물리적 힘이 인간에 비해 훨씬 약하다는 점이 실험쥐의 절대적 취약점이었다. 아무런 도구나 기구가 없더라도, 비록 여자, 어린이, 노약자라 하더라도 수십 마리 정도의 쥐들을 밟아 죽일 수 있다는 점 때문에 실험용 쥐들과의 전쟁을 낙관하는 사람이 많았다. 그렇지만 쥐들은 전면전이나 정면 승부를 걸어오지 않고 게릴라식으로 공격해 왔다. 그 피해가 예상보다 큰 것 같았다. 많은 학자들이 실험쥐들을 박멸하기 위한 연구에 몰두하고 있으나 문단속과 보안을 철저히 하는 방법 이외의 별다른 뾰족한 방법은 아직까지 없다. 다른 실험동물에서 이와 유사한 사고가 발생하지 않도록 봉쇄하는 법적 제도적 장치를 마련한 것이 고작이다.

쥐들의 습격을 직접 당하고 보니 정말 어이가 없다. 인테리어를 온통 다시 해야 할 것 같다. 어머니는 아파트로 이사 가야겠다고 중얼거렸다. 비록 보험회사에서 그 피해를 전부 보상해 준다고 하더라도 책과 컴퓨터에 저장된 데이터를 복구하기는 어려울 것 같다. 호사다마라더니 정말 그런 모양이다. 어머니는 구청 민원실과 보험회사에 연락하고 미국의 A은행에 근무하는 아버지에게 휴대폰으로 연락을 취했다. 미국에는 아직 실험쥐가 상륙하지 않았기 때문에 실험쥐의 습격에 대해 감이 잘 잡히지 않는 모양이었다. 강두의 브레인테스트 결과와 대학입학 전형에서의 전국 순위를 물어보곤 만족해하였다. 아버지는 비교적 단순한 편이다. 대학을 졸업한 후, 줄곧 한 은행에서 근무해 왔기 때문에 은행 업무 이외엔 아는 게 없었고 또 알려고도 하지 않았다. 자신의 주어진 일에만 충실했다. 집안일을 어머니에게 전적으로 맡겼고 별 관심을 두려고도 하지 않았다. 그렇지만 아버지는 어머니와 강두에게 필요한 돈을 끊임없이 낳아주는 화수분이었고 보이지 않는 든든한 수호신이긴 했다.

오래지 않아 대한적십자사에서 식량과 의류를 보내왔고, 보험회사의 손해사정 및 보상 담당 직원이 왔다. 보험회사 직원은 피해상황을 면밀히 조사한 후, 집수리 기간에 해당하는 숙박비과 음식 값을 우선 보상하겠다고 말했다. 동물보호협회에서 조사관이 나와 '똘똘이'가 죽은 데 대해 조사를 했지만, 살해가 아니라는 결론을 지은 듯 순순히 돌아갔다.

인근 호텔에는 실험쥐들의 습격으로 피난 온 사람들이 꽤 있었다. 예상치 못한 실험쥐의 습격으로 호텔이 반사적 이득을 누렸고, 강두도 어머니의 빡빡한 스케줄에서 잠시 벗어나는 행운을 잡았다. 한 곳의 손실과 피해는 종종 다른 곳의 이득과 기회로 전화되기도 하는 모양이다.

호텔 방 배정 시스템은 강두와 어머니의 욕구를 읽어 들인 다음 그에 적합한 방을 지정해 주었고, 방에 들어서자 영상과 오디오 프로그램도 그에 맞추어 조정되었다. 어머니는 그의 욕구와는 다른, 어머니의 계획에 유용한 서비스로 프로그램 설정을 변경하기 위해 컴퓨터를 켰다. 나름대로 자유로운 생활을 기대했던 기대는 수포로 돌아갔다. 하긴 자유를 활용할 만한 능력이 그에게 없는 지도 모른다.

샤워를 하고 나오자 피로가 싹 풀렸다. 대학입학 전형에 대한 부담이 의외로 컸나 보다. 침대에 누워 이런 저런 상념에 잠겨 있는 동안 어머니가 샤워를 마치고 수건을 두른 채 욕실에서 나왔다. 사십대의 몸매라고 할 수 없을 정도로 뇌쇄적이다. 뜨거운 눈길을 느낀 듯 어머니는 욕망의 불길을 추슬러 주었다. 꾸준히 그리고 서서히. 몸과 마음을 가지런히 하고 너무나 진지하게 진행했으므로 행사의 기쁨은 그만큼 더 컸다. 세상에서 가장 이상적인 사랑이 아가페와 에로스를 아우르는 오이디푸스 콤플렉스나 일렉트라 콤플렉스라면 지나친 역설일까? 아버지와의 갈등, 어머니와의 갈등이 각각 콤플렉스로 침전하여 신화를 만들었을 뿐이겠지만.

어둠이 내리자 식당가의 홀로그램이 사람들을 유혹했다. 식당마다 전자태그가 설치되어 있어 가망고객을 가려내고 그가 선호할 음식을 광고판에 즉시 시연해 주었다. 어머니는 김치찌개가 현재 선호 음식으로 시연되었고, 강두는 해물탕이 선호음식으로 시연되었다. 어머니는 그녀의 선호를 비리는데 조금도 주서하시 않았다. 해물탕 전문식당은 전통적인 방법으로 해물탕을 즉석에서 조리해 주는 곳이었다. 해물탕에는 다양한 조개와 게, 새우, 낙지, 미더덕 등이 많이 들어있어 맛이 담백하고 시원했다. 맛있는 식사가 실험쥐들 덕분이라고 생각하니 기분이 야릇하다.

어머니도 오늘만큼은 고삐를 조금 늦추고 여유를 즐기려는 듯했다. 호텔에서 멀지 않은 고궁의 돌담길을 둘이서 나란히 걸어갔다. 연인들이 곳곳에서 진한 러브신을 연출하고 있었다. 그들은 주로 소득이 낮은 나라에서 돈 벌러 온 사람들이었다. 낮에는 우리나라 사람들이 거리를 점유하였으나 밤에는 해외 노무자들이 점유한지 벌써 한참 되었다. 강두가 겁을 먹고 그 길로 가지 말자고 했으나 어머니는 개의치 않고 그의 팔을 잡고 계속 돌담길을 따라 걸어갔다. 모퉁이를 돌아설 찰나였다. 맞은편에서 걸어오던 사내가 갑자기 스프레이를 뿌렸다. 그러자 길바닥이 뜬금없이 불쑥 일어났다.

강두가 눈을 떴을 때, 재갈이 물린 채 발가벗겨져 수술대 위에 큰 대자로 묶여있었다. 천장에는 하얀 조명등이 밝게 비춰주었고 옆 침대 위에서 수술이 진행되고 있었다. 어머니일 것이다. 장기 밀매업자에게 납치된 모양이다. 어떻게 이런 끔찍한 일이….

어머니는 강두가 유전자의학과로 진학하기를 바랐다. 강두도 어머니

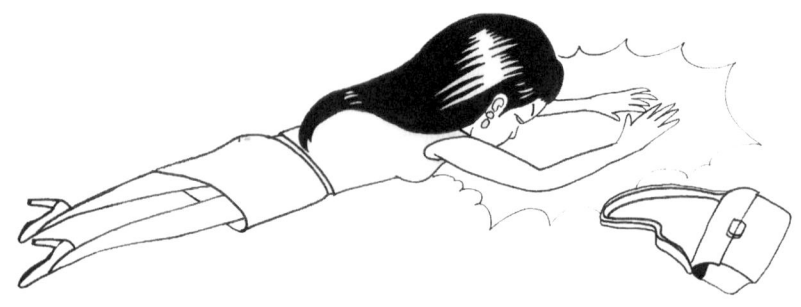

의 생각대로 하려고 했다. 유전자 연구를 통해 생명의 신비를 밝힘으로써 유전자 개량과 생명연장 등 인류의 진화를 도모하고자 함이었다. 전도양양하고 돈도 될 것 같았다. 지금 이렇게 납치되고 보니 범법자를 잡아 처단하고 사회 질서를 유지하는 일도 매우 중요한 것 같았다. 법학, 이는 매우 보수적이고 고루한, 시대에 뒤떨어지고 한물 간, 연구 할 것이 더 이상 없는, 머리가 나쁜 사람들이 하는, 답답한 등의 수식어가 붙는 학문으로 알았다. 그러한 생각은 틀린 것 같았다.

뇌는 브레인풀에 편입되고 장기는 냉동, 포장하여 암거래될 것이었다. 억울하고 분했다. 만약 여기서 탈출하게 된다면 단연코 법학을 전공하여 검사가 돼야겠다고 다짐했다. 독버섯 같은 장기 밀매시장을 적나라하게 파헤치고 그 악의 메커니즘을 뿌리 채 뽑아버릴 것이다. 영문도 모르게 납치되어 생을 마감하는 억울한 사람이 더 이상 발생하지 않도록 할 터다. 그렇게 하려면 우선 여기서 살아나가야만 한다.

만약, 만약에…. 여기서 이대로 분해된다면, 의식과 사고의 아이덴터티는 과연 어떻게 될까? 브레인풀 내에서 구성인자들의 개별 정체성이 독립적으로 유지될 수 있을까? 각자의 정체성이 하나로 통합하는 것일까? 브레인풀의 성격상 아마 없을 가능성이 크다. 브레인풀 편입에 앞서 정체성을 모두 삭제할 수도 있다. 그렇다면 브레인풀 편입은 곧 죽음이다, 죽음. 아, 무섭다. 제발, 살려줘.

합법적인 브레인풀은 원칙적으로 두 종류만이 허용된다. 첫 번째, 뇌사자의 경우 제1 순위의 법정상속인의 동의를 조건으로 브레인풀에 편입할 수 있다. 두 번째, 사형이 최종적으로 선고된 자, 불치병 환자, 칠십 세 이상의 노인 등의 경우, 본인과 제1 순위의 법정상속인이 동의하는 경우에 한하여 브레인풀에 편입시킬 수 있다. 그 외에는 모두 불법이다.

뇌는 암시장에서 불법으로 매매될 것이다. 브레인풀 업자는 뇌에 저장된 정보를 읽어내어 그대로 팔기도 하고, 많은 사람들의 뇌를 신경세포 연결 장치로 연결하여 방대한 브레인풀을 만들기도 한다. 방대한 브레인풀을 만든 업자는 연구 및 개발 아웃소싱과 각종 컨설팅을 수행할 뿐만 아니라 상업성이 확실하면 직접 사업에 뛰어들기도 한다. 브레인풀은 저장할 수 있는 용량이나 입력된 정보 등이 엄청나게 크고 많으며, 광범위하고도 전문적인 정보를 집중, 통합할 수 있을 뿐만 아니라, 결합의 상승 시너지가 엄청난 까닭에 전문성은 말할 나위 없고 창조성과 판단력에 이르기까지 그 능력이 상상을 초월할 정도로 방대하다. 브레인풀의 엄청난 위력에 비해 진입장벽은 크게 높다고 할 수 없다. 이러한 점 때문에 많은 자금과 우수 인력이 브레인풀 업계로 모여들고 있다. 브레인풀 업자가 합법적인 법인이라 하더라도 브레인풀 편입 뇌는 불법적인 유통망을 통하여 사들이는 경우가 많다.

나이 어린 사람들을 마구잡이로 납치하여 브레인풀에 편입시킨다면 인력자원 고갈이 핫이슈로 부상할 터이고 사회적 지탄마저 크게 될 터이다. 그렇게 되면 검찰과 경찰의 단속이 엄청 강화될 건 뻔하다. 그런 이유에선지 모르지만 육십 세 이하의 뇌는 절대 거래하지 말자는 신사협정을 업자들끼리 맺었다는 소문이 돌았다. 그러나 불법 유통업자들의 배후는 대개 마피아와 같은 세계적 범죄 집단들이고 보면, 그러한 신사협정을 철저히 지킨다는 보장도 없고, 위반했을 경우에 실효성 있게 그들을 제재할 방법도 없다. 불법 유통조직의 상층부가 비록 신사협정을 지킬 의사가 있다고 하더라도 조직의 행동대원인 현장의 세포는 마구잡이로 사람을 납치하여 실적을 올리려고 할 것이다. 어머니와 강두를 납치한 놈들도 현장에서 활동하는 행동대원인 세포, 말하자면 동네 건달일 것이다.

놈들이 어머니를 분해하는 소리가 들려왔다. 뇌는 브레인풀 업자에게 보낼 것이고, 나머지 장기는 제각기 냉동, 포장하여 중간 브로커에게 넘길 것이다. 오, 하느님! 팔다리에 힘을 주어 보았으나 침대에 꼭 묶여 있어 소용이 없다. 삐거덕거리는 소리가 나자 놈들이 힐긋 돌아보았다. 흰 가운에 피가 얼룩져 있다. 어머니의 피일 것이다. 얼른 눈을 감았다. 눈물이 하염없이 흘러내렸다. 어머니의 주도면밀한 계획에 따라 인내하고 절제하며 지금까지 성실히 살아온 나날들이 주마등처럼 스쳐 지나갔다. 억울하고 분하다는 생각이 든다. 되려고 한 사람, 하려고 한 일들을 생각해 본다. 그런 것들의 실체가 전혀 떠오르지 않는다. 애초에 없었거나 어머니의 뇌 속에 있었는지 모른다. 그 스스로 그것들을 생각해 본 적은 없다. 그것들은 어머니의 몫이다. 그렇다면 죽음에 임해 그가 억울한 것은 과연 무엇일까?

어머니의 해체작업을 완료하였는지 놈들이 그에게로 왔다. 그는 눈을 꼭 감고 숨을 죽였다. 어머니가 그의 곁을 영원히 떠난 지금, 이젠 그에게 남겨진 것은 무엇인가? 그에게 꿈은 더 이상 어디에도 없다. 그래도 억울하고 분하다. 살려달라고 빌고 싶다. 눈물이 자꾸 난다. 누군가 그의 팔에다 주사를 놓았다. 잠이 온다. 지금 자도 되는 건지… 어머니는 이제 없다. 그런데 뾰쪽한 생각이 나지 않는다. 백지다, 백지. 그가 쌓아온 모든 것이…. 그래, 자고 나서, 내일, 다시 생각해보는 거야.

迷夢 2
화성살인사건

#1

　민성화는 화성국제유배수용소 미즈의 실질적인 리더로 영향력을 키워갔다. 국제사법기구도 직원을 파견하기 힘든 여건에서 자율조직을 통한 통제를 차선책으로 설계하고 있던 터여서 민성화의 부상을 은근히 반겼다. 민성화 회장과 6명의 조장을 통한 자율조직으로 무인시스템을 보완하는 것으로 분위기가 조성되고 있었다. 비록 범죄자들이긴 하지만 열악한 행성에서 지구를 위해 봉사하고 있을 뿐만 아니라 탈출이 불가능한 상태라 질서만 유지된다면 민주적으로 조금 풀어주어도 전혀 문제될 게 없다는 것이 기본적인 생각이었다. 국제사법기구는 웬만하면 그가 제안하는 민원사항을 모두 다 받아들여주었다. 지나친 인권 침해 시설이나 프라이버시 침해 사항에 대한 민성화의 건의를 수용하고 그것들을 조금 전향적으로 개선해주었다. 그런 분위기를 눈치챈 민성화는 남녀 수배수용소의 통합 문제를 핫 이슈로 부각시키기도 했다. 그 공로로 그는 수형자의 리더로서의 위상을 확고하게 다져갔다. 민성화는 미즈 내에서 인기 절정이었고 가히 미즈의 대장이라 해도 대과가 없을 정도였다.
　화성의 남녀 유배수용소를 통합하고 남녀 교제를 허용하는 문제는 그

의견이 찬반으로 나뉘어 팽팽하게 대립되었다. 동성애가 공공연히 행해지고 있는 상황에서 굳이 남녀 교제를 막을 이유가 없다. 어차피 죽을 때까지 지구로 돌아올 수 없는데 거기서 가정을 이루고 살든지 말든지 무슨 상관인가. 남녀가 어울려 가정을 이루어 자식까지 낳고 산다면 화성 개발이 활성화되고 지구의 식민지 역할을 하게 될 여지가 커진다. 지구로선 진취적이고 발전적인 시도이다. 지구인으로 보면 흉악범을 격리 조치함은 물론 돈도 들이지 않고 화성 식민지를 개척할 수 있다. 호주 모델을 화성에 벤치마킹해 볼 필요가 있다. 이는 도랑 치고 가재도 잡는 일이다. 남녀통합수용소 건설에 반대할 이유가 없다. 찬성한다.

 아무리 상황이 변해도 그 본질이 바뀔 수 없다. 누가 뭐라 해도 화성국제유배수용소는 감옥이고 교도소이다. 그 기본적인 역할을 잊어서는 안 된다. 그들은 지구에서 흉악무도한 죄를 짓고 형벌을 받고 있는 수감자들이다. 노역으로 수익을 올리는 것은 부수적이고 부차적인 것일 뿐이다. 흉악범을 수감하여 형을 살리는 이유는 범죄행위를 징벌함으로써 장래 범죄를 예방하는 효과를 노릴 뿐만 아니라 재소자를 바른 길로 교화하는 목적도 있다는 점을 부인하지 않는다. 그렇지만 피해자의 감정적인 복수심을 만족시켜주는 원초적이고 원시적인 기능도 결코 무시할 수 없다. 흉악범의 남녀통합수용소는 본질을 벗어나는 발상이다. 거기서 태어날 새 생명에 대한 지위나 교육도 또 다른 문제를 제기한다. 반대한다.

 민성화는 미즈의 공용 컴퓨터를 통해 화성국제유배수용소의 남녀통합에 대한 찬반 의견을 검색해보고 반대 주장에 대해서 공격적이고 적나라한 댓글을 가능한 한 많이 달아놓았다. 국제사법기구 홈페이지와 세계 각국의 법무부 홈페이지를 서핑하며 유리한 여론 형성에 힘을 보태고자 노력했다. 찬성 의견엔 정중하고 공손하게 지지하는 댓글을 달았지만 반대 의견엔 원색적인 욕설을 동원하여 집중포화를 퍼부었다. 그러다 보니 민성화 자신의 정체성이 외부에 노출되는 것을 피할 수 없었다.

　그러던 어느 날이었다. 차임벨이 올리고 아침식사 시간이 끝날 때까지 민성화 회장이 나타나지 않았다. 야외 노역을 나갈 시간이 되자 실내 방송에서 민성화의 이름이 계속 호명되었다. 그의 심복 역할을 하던 6조 조장 스미스가 민성화 개인 공간 튜브로 쏜살같이 달려갔다. 스미스 조장은 새파랗게 질려서 돌아왔다. 민성화 회장이 간밤에 시퍼렇게 얼어 죽었다는 뜻하지 않은 소식을 전했다.

　간밤에 난방이 꺼진 모양이었다. 미즈가 생긴 이래 지금까지 한 번도 이런 일이 없었다. 모두 곤하게 자는 시각인 새벽 2시경에 민성화 개인 튜브에 원인을 알 수 없는 오류가 발생한 걸로 드러났다. 화성 외기온도가 영하 140°C까지 떨어지던 시점이었다. 모든 시스템을 동원하여 원인을 추적해보았지만 그 단서조차 찾을 수 없었다. 미제사건으로 처리되었다. 열아홉 명이 탄 비이클이 먼지를 일으키며 황무지를 헤치고 노역장을 향해 나아가고 있었다. 화성의 하루는 유난히 더디고 길었다.

　#2
　이강두는 호텔에서 멀지 않은 고궁의 돌담길을 따라 걸어갔다. 연인들이 곳곳에서 진한 러브신을 연출하고 있었다. 뭔가 예감이 좋지 않았다. 그 길로 가고 싶지 않은 것은 마음뿐이고 발길은 고집스럽게 제 갈 길을 재촉했다. 돌담길이 끝나는 곳에 이르자 조금 안심이 되어 온 길을 되돌아보았다. 지난 세기의 공간처럼 고즈넉한 풍경이었다. 모퉁이를 막 돌아서자 맞은편에서 걸어오던 남자가 갑자기 스프레이를 마구 뿌려댔다. 길이 서서히 일어나 그의 광대뼈에 와 닿았다.

　강두가 정신이 들었을 때, 눈을 가리고 재갈이 물린 채 수술대 위에 큰 대자로 묶여있었다. 천장에는 조명등이 공포에 질린 듯 하얗게 빛났다. 옆 침대에서 스산한 기운이 전해왔다. 장기 밀매업자에게 납치된 것이 확실했다. 어머니는 그가 대학에서 유전자의학을 전공하길 바랐다.

그도 어머니의 생각대로 하려고 했다. 유전자를 이용하여 생명의 비밀을 풀어가는 재미가 쏠쏠할 것 같았다. 열성유전자를 우성유전자로 치환함으로써 유전질환을 근원적으로 치유하고 인간의 종자를 개량하여 결점 없는 완벽한 인간을 만들어보고 싶었다. 유전자의학이야말로 인간의 잠재능력을 극대화시킬 수 있는 미래지향형 학문이라고 믿었다. 지금 이렇게 납치되고 보니 범법자를 잡아 처단하고 사회질서를 유지하는 일도 매우 중요한 것 같다. 법학은 '보수적이고 고루한', '시대에 뒤떨어지고 한물 간', '연구 할 지평이 더 이상 보이지 않는', '머리가 나쁜 사람들이 종사하는', '지겹고 답답한' 등의 수식어가 붙는 고전적 학문으로 알았다. 지금 생각해보니 그러한 생각을 바꾸어야 할 것 같다. 만약 이 위기상황을 벗어나게 된다면 단연코 법학을 전공하여 검사가 될 것이다. 먼저 이 불한당 같은 놈들을 모조리 붙잡아 응징할 일이다. 영문도 모르게 납치되어 생을 마감하는 억울한 사람이 더 이상 발생하지 않도록 막아야 한다. 그렇게 하려면 우선 여기서 빠져나가는 게 급선무다.

만약에 여기서 탈출하지 못하고 이대로 분해된다면, 장기는 초저온 상태로 급속 냉동되었다가 암시장에서 필요한 사람에게 팔려가겠지. 뇌는 활성화시켜두었다가 누군가의 브레인풀에 편입되어 컴퓨터의 중앙처리장치의 부속품처럼 기능하다가 소멸되겠지. 그런 상태에서 이전의 자의식은 존재할 수 있을까? 브레인풀 내에서 편입된 구성인자들의 개별적 정체성이 지속가능할까? 브레인풀의 성격상 정체성이 사라질 가능성이 크다. 브레인풀에서 여러 정체성이 뒤죽박죽 섞일 텐데 편입 이전의 자아는 흩어질 개연성이 크기 때문이다. 그렇게 된다면 그건 곧 소멸이다. 무섭고 슬픈 일이다. 뜨거운 눈물이 샘물처럼 솟아나 귓바퀴를 타고 흘러내린다.

합법적인 브레인풀은 원칙적으로 두 종류만이 허용된다. 첫 번째, 뇌사자의 경우 제1 순위의 법정상속인의 동의를 조건으로 브레인풀에 편입시킬 수 있다. 두 번째, 사형이 최종적으로 선고된 자, 불치병 환자, 칠십 세 이상의 노인 등의 경우, 본인과 제1 순위의 법정상속인이 원하는 경우에 브레인풀에 편입시킬 수 있다. 브레인풀 소유권자는 그 법정상속인에게 그에 상응한 대가를 치러야 함은 물론이다. 그 외에는 모두 불법이다.

강두의 뇌는 암시장에서 불법으로 유통되어 브레인풀 사업자들에게 넘어갈 터이다. 브레인풀 사업자는 수많은 사람들의 뇌를 신경세포 연결 장치로 연결하여 방대한 브레인풀 콤플렉스를 만든다. 방대한 브레인풀 콤플렉스를 만든 사업자는 연구 및 개발에 대한 아웃소싱과 각종 컨설팅을 수행할 뿐만 아니라 수익성이 확실하면 직접 사업을 벌이기도 한다. 브레인풀 콤플렉스는 편입된 뇌의 수가 늘어남에 따라 저장할 수 있는 용량이나 입력된 정보 등이 엄청나게 커진다. 광범위하고도 전문적인 정보를 통합할 수 있을 뿐만 아니라 그 응용도 가능하다. 그 통합의 시너지 효과는 상상을 초월한다. 전문성은 말할 나위 없고 컴퓨터와 달리 창조성과 판단력도 활성화시킬 수 있기 때문에 AI가 수행하지 못하는 분야도 커버할 수 있다. 창의력이 필요한 발명, 영감과 감성을 요하는 문화예술, 통찰력과 판단력 및 직관이 요구되는 정치 분야, 기타 인간만이 접근 가능한 다양한 부문에도 탁월한 능력을 발휘하고 있다. 실제로 과학뿐만 아니라 문화예술 창작에도 괄목할만한 성과를 이루어 냈다. 브레인풀 콤플렉스의 엄청난 위력에 비해 그 진입장벽은 크게 높다고 할 수 없다. 이러한 점 때문에 많은 자금과 우수 인력이 브레인풀 업계로 불나방처럼 모여든다.

  브레인풀 사업자가 합법적인 법인이라 하더라도 브레인풀에 편입되는 뇌를 불법적인 유통망을 통하여 사들이는 경우가 많다. 합법적인 유통물량이 극히 제한적이기 때문이다. 어린 사람들을 마구잡이로 납치하여 브레인풀에 편입시킨다면 도덕적 지탄이 증증할 것이고, 검찰과 경찰의 단속도 엄청 강화될 건 뻔하다. 그런 이유에선지 육십 세 이하의 뇌는 절대 거래하지 말자는 신사협정을 업자들끼리 맺었다는 풍문이 있다. 그러나 불법 유통업자들의 배후는 대개 마피아와 같은 범죄 집단들이고 보면, 그러한 신사협정을 철저히 지킨다는 보장도 없고, 위반했을 경우에 실효성 있게 그들을 제재할 주체나 방법도 없다. 불법 유통조직의 상층부가 비록 신사협정을 지킬 의사가 있다고 하더라도 조직의 행동대원인 현장의 세포는 마구잡이로 사람을 납치하여 수입을 올리려고 할 것이다. 강두를 납치한 놈들도 현장에서 활동하는 행동대원인 세포, 말하자면 동네 건달일 것이다.

  팔다리에 힘을 주어 보았으나 침대에 단단히 묶여 있어 꼼짝달싹 할 수 없다. 살려달라고 하소연하고 싶었으나 입에 재갈을 물려놔 말을 할 수가 없다. 용만 쓰다 보니 머리가 깨지고 가슴이 터질 지경이다. 어머니의 주도면밀한 계획에 따라 인내하고 절제하며 지금까지 성실히 살아온 나날들이 주마등처럼 스쳐 지나간다.

억울하고 분하다. 살려달라고 빌고 싶다. 눈물이 귓속으로 스며든다. 발자국 소리가 가까이 다가왔다. 눈을 꼭 감고 숨을 죽였다. 침이 꼴깍 넘어갔다. 누군가 강두의 팔에 주사를 놓았다. 온몸이 덜덜 떨렸다. 잠이 온다. 마취를 하고 수술을 할 모양이다. 이 상황을 타개할 뾰쪽한 방법이 생각나지 않는다. 지금까지 성실하게 쌓아온 모든 것들이 허무하게 스러질 운명이다. 자고 나면, 내일이 과연 존재할까.

#3
수사팀이 현장을 덮쳤을 땐 두 사람의 장기가 적출되고 분류되어 특별 제작된 초저온 냉동실로 들어간 뒤였다. 장기 밀매업자 한명과 의사 및 간호사를 현장에서 체포했다. 수술대 위에 방금 수술한 흔적이 있으나 그들은 한사코 범죄를 부인했다. 수사팀은 우선 수술대 위에 낭자한 혈액을 채취하여 유전자 분석을 의뢰했다. 냉동실의 장기와 혈액의 유전자가 일치한다는 점을 입증해야 했다. 그리고 현장에서 체포된 용의자들에 대한 브레인리더 사용허가를 법원에 신청했다. 통상 건전한 상식으로 판단하여 범인일 가능성이 큰 경우라고 인정되어야만 그 사용허가가 떨어진다.

유전자검사 결과 수술대 위의 피와 냉동된 장기가 동일인임이 확인되었다. 변고를 당한 두 사람의 신원도 곧 확인되었다. 남자는 고교 졸업반인 만 18세의 이강두라는 학생으로 지능지수가 상위 0.01% 안에 드는 영재였다. 여자는 만 48세의 정신과 전문의이자 심리학박사로 학생의 어머니로 밝혀졌다. 모자가 함께 길을 가다가 장기 밀매업자에게 납치된 것으로 보였다. 수사관들 모두 자기 일인 양 탄식하며 안타까워했다.

잘 키우면 인류를 위해 큰일을 할 인재인데…. 세상 말세야. 세상이 막장으로 치닫고 있는데…, 하느님은 도대체 어디서 뭐하고 계시나? 이

건 정말 아니잖아!

　유전자검사 결과는 용의자의 범인 가능성을 증대시켜줌으로써 브레인리더 사용허가를 용이하게 하는 증빙으로 법원에 제출되었다. 예상대로 브레인리더 사용허가가 떨어졌다. 브레인리더를 사용하면 범죄사건 수사는 일사천리로 진행된다. 말하자면 브레인리더는 사건 종결로 바로 직행하게 만드는 만능 해결사로 통했다. 브레인리더는 수사대상 두뇌를 컴퓨터에 내려 받아 두뇌 시스템에 쌓여진 데이터를 상대로 검색내지 질의응답을 진행하는 프로그램이다. 두뇌를 컴퓨터에 내려 받아도 모든 기억을 판독해 낼 수는 없지만 구체적인 질문을 문자로 컴퓨터에 입력하면 그에 대한 응답이 사실대로 진술하게 출력된다. 브레인리더는 고문이나 강요 없이 사실관계를 객관적으로 확인할 수 있는 획기적인 수사도구로 자리 잡았다. 브레인리더를 사용하면 인권을 침해할 소지는 있지만 오판을 방지하고 억울한 옥살이를 막을 수 있다. 결과적으로 수사기관과 피의자 양측에 누이 좋고 매부 좋은 결과를 가져다주는 유용한 프로그램이다.

　장 반장은 장기 밀매업자 민성화를 두뇌조사·분석실로 데려가서 브레인리더와 그의 두뇌신경망을 연결했다. 범죄를 입증할 답변을 유인할 수 있는 질문을 미리 준비하고 차분하게 자판을 두드렸다.

　"당신은 서울특별시 신체구 장기로 444번지에 거주하는 만 40세 대한민국 국적을 가진 남성 민성화인가?

　"그렇다."

　"당신은 인간의 장기를 적출하여 필요한 사람에게 파는 일을 하는가?"

　"그렇다."

　"최근 48세의여자와 18세의 남자를 납치한 적 있는가?"

　"그렇다,"

　"언제 어디서 어떻게 납치했는가?"

"11월 30일 오후 9시경 덕수궁 돌담길 코너에서 호신용 스프레이를 뿌린 후 실신한 두 남녀를 승합차에 싣고 작업장으로 데려갔다."

"남녀 두 사람의 장기를 적출하고 급속 냉동했는가?"

"그렇다."

"수술대에 눕혔을 때 여자의 정신은 깨어있었나?"

"마취시킨 상태였다."

"수술대에 눕혔을 때 남자의 정신은 깨어있었나?"

"깨어나 움직였으나 수술하기 직전 다시 마취시켰다."

"두뇌도 살아있고 장기도 살아있는데, 두 사람을 다시 살려낼 수 없나?"

"그건 아직 불가능하다. 전신으로 촘촘하게 연결된 신경의 유기적인 복원이 힘들다. 언젠 가능할 수 있다."

"결국 두 사람 모두 살해했다는 말인가?"

"그런 셈이다. 정확하게 말하면 분해한 것이다."

"의사와 간호사는 어떤 식으로 조달했나?"

"필요할 때마다 높은 수당을 주고 초빙한다."

"항상 같은 사람만 부르나?"

"그렇진 않다. 실력만 있으면 누구나 부른다. 그 대신 비밀을 엄수하고 실수하면 손해배상을 해야 한다는 각서를 받는다. 각서를 쓰지 않아도 비밀을 잘 지키고 손해배상도 잘 한다. 외부로 알려지면 비난받고 처벌받으니까."

"의사와 간호사는 별다른 악의가 없는 사람들이란 말인가."

"그렇다. 돈만 주면 아무런 반발 없이 무엇이든지 수행하는 현실주의자들이지만 악한이라고 까진 할 수 없다."

"그런 사람이 악한이다."

"그렇다면 악한이 맞는다."

#4

주범인 장기밀매업자 민성화는 감형 없는 무기징역에 화성 유배형을 선고받았다. 의사는 살인에 가담한 죄를 물어 징역 25년형에 자격취소, 간호사는 살인을 방조한 죄를 인정하여 징역 10년형에 자격취소에 처해졌다. 주범 민성화는 정상을 참작할 여지도 없었고 개전의 정도 보이지 않아 법정 최고형에 처해진 것이다. 화성 유배형은 화성에서 노역하다가 화성에서 소멸되는, 어떻게 보면 사형보다 더 무서운 형벌이다. 세계 주요국가 사법계의 추세를 살펴보면 흉악범에게 화성 유배형을 확대해가는 분위기이다. 사이코패스나 악질적 흉악범을 확실히 격리시킴으로써 선량한 시민을 보호한다는 취지이다. 쓰레기 문제를 비롯한 지구의 고실석 문제를 해결하는 일에 봉사하게 함으로써 속죄할 기회를 준다는 부차적인 목적도 대세를 부추긴 모양이다. 흉악범을 영원히 지구에서 추방하자는 감정적 반응과 이에 대한 다수의 묵시적인 동의가 화성 유배형을 확대해가는 촉진제 역할을 하고 있다. 현재 징역 30년 이상만 화성 유배형으로 선고하는 것이 가능하지만 징역 10년 이상 범죄자로 그 선고 가능 범위를 확대하자는 과격한 주장이 늘어나는 분위기이다. 드물긴 하지만 화성이 호주처럼 살기 좋은 낙원이 될 수 있다며 화성 유배형을 자원하는 범법자마저 있는 실정이다.

화성 유배형은 '화성국제유배수용소'로 보내진다. '화성국제유배수용소'는 가입국가에서 회비를 받아 국제사법기구에서 위탁 운영한다. 그곳엔 각국에서 유배 온 다양한 범죄자들이 함께 모여 있다. 마치 열린 용광로와 같다. 범법 유발 유전인자를 가진 사람들이 모여 있긴 하나 깜짝 놀랄 정도로 매우 창의적이고 진보적이다. 잠시도 조용할 날이 없을 만큼 변화무쌍한 역동적인 집단이기도 하다. 이 점에 착안하여 화성 유배지가 인류의 돌파구라는 예언하는 급진적인 사회학자도 있다.

화성의 수형자는 인공적인 '화성의 지구환경 공간'에 거주한다. '화성의 지구환경 공간'을 MEES로 쓰고 '미즈'로 읽는다. 지구의 유해 쓰레기를 실은 우주왕복선이 도착하면 지게차나 포클레인을 몰고 나가서 계곡에 쓰레기를 옮겨놓은 후 우주왕복선을 지구로 귀환시키는 일과 화성의 광물을 채취하여 지구로 보내는 일을 주로 수행한다. 도망갈 우려가 없기 때문에 화성에 거주하는 교도원이나 경비원은 없다. 촘촘하게 설치된 센서와 CCTV로 감시하고 AI와 로봇으로 통제되는 무인감시시스템을 채택하고 있다. 우주왕복선을 이용한 탈출이나 유사 범죄가 발생 시 전력을 끊고 산소와 식량을 비롯한 모든 생필품을 중단하는 징벌이 주어지기 때문에 효율적인 통제가 가능한 편이다.

여성에게도 화성 유배형이 평등하게 선고되기 때문에 여성 유배자도 증가하고 있다. 남녀 거주공간이 멀리 떨어져 있어 서로 만나서 연애하긴 불가능하다. 만날 수 있게 해 달라는 요구가 거세게 나와 언젠가는 견우와 직녀처럼 제한적으로 허용될 날이 올 수도 있을 것이다. 화성 유배형이 나날이 증가함에 따라 자율적 질서조직이 형성되고 있는 과정에 있다. 장차 남녀통합거주공간이 들어서고 그들 간 접촉이 허용된다면 화성에서 새로운 역사가 창조될 개연성이 높다고도 말한다.

#5
민성화는 화성국제유배수용소로 보내졌다. 화성의 표면온도는 영하 140°C에서 영상 20°C 정도로 평균 영하 63°C 정도이다. 화성 대기의 96%가 이산화탄소로 구성되어 있고 산소는 극미량이다. 기압은 지구의 0.6% 정도 밖에 되지 않는다. 따라서 인간이 화성 대기에 맨몸으로 나갈 수 없다. 그렇지만 그 정도의 환경은 과학의 힘으로 충분히 극복 가능한 범위 안에 들어온다.

수형자들은 특수 단열소재로 외기와 차단된 온실공간에서 생활한다. 화성의 하루는 지구시간으로 약 24시간 37분 정도다. 그렇지만 관습상 화성도 하루를 24등분하고 있다. 따라서 화성 1시간은 지구 1시간보다 대략 1분 42초 정도 길다. 난방은 일종의 효율적인 통제수단으로 활용하고 있다. 난방은 9시부터 19시까지 공동 활동 공간에 12시간 동안 공급되고, 19시부터 다음날 9시까지 개별 공간에 12시간 동안 공급된다. 19시 이후 개별 공간으로 복귀하지 않으면 얼어 죽을 수 있기 때문에 반드시 배정된 개별 공간인 튜브로 들어가야 한다. 난방공급시간의 조정으로 수형자들의 활동공간을 엄격히 통제하고 있다. 미즈를 떠받치는 엄청난 에너지는 인근에 건설된 태양광발전소에서 공급되고 있다. 태양광발전소를 비롯한 미즈 운영경비는 쓰레기 처리 수수료와 화성에서 생산되는 광물자원 수입에서 일부 충당되고 있다.

민성화는 미즈에 도착하자 황량한 행성에서 평생을 살아갈 생각에 어깨가 축 처졌다. 미지의 새로운 세상에 대한 조그만 기대감도 가슴 한편에 도사리고 있긴 했다. 도착한 날 기존 수형자들의 열렬한 환영을 받았다. 파트너를 구하는 뜨거운 눈길이 본능적으로 느껴졌다. 수형자는 신입 열 명을 포함해서 총 120명이었고 한국인은 성화가 유일했다. 개인 생활용품을 받아 배정받은 튜브로 들어갔다. 지구의 감옥과 비교할 수 없을 만큼 시설이 좋았다. 감옥이라기 보단 차라리 깔끔한 원룸이었다. 어쩌면 지구의 수감생활보다 나을 것 같다는 생각이 들었다. 성화는 지급받은 유니폼으로 갈아입고 강당으로 갔다. 오는 동안 죽을상을 하고 있던 동료들이 예상보다 살만하다고 생각했던지 다들 얼굴에 화색이 돌았다. 사람의 국적은 달라도 미즈에 대한 첫인상은 거의 비슷한 모양이다. 이 정도 환경에서, 이 정도의 공간에서, 이 정도의 자유를 누리면서 생활하리라곤 꿈에도 생각하지 못했다. 신입 수형자들이 강당의 지정된 좌석에 앉자 기본적인 수칙과 주의사항을 홀로그램과 동영상으로 되풀이해서 각인시켜주었다. 교도관이나 경비원이 없는 무인시스템으로 운영된다는 설명에 모두 환호를 지르며 좋아했다. 고액연봉을 지급한다고 해도 여기까지 와서 근무할 유능한 직원이 없는 까닭일 것이다. 그 대신 첨단 과학과 기술을 응용한 감시감독시스템이 놀랄 정도로 촘촘히 짜여 있었다. 프라이버시를 허용하지 않는 점도 꺼림칙했다. 첫날이라 여독이 쌓여 성화는 튜브로 돌아오자마자 바로 곯아떨어졌다.

차임벨소리가 멀리서 들려왔다. 눈을 떠보니 낯선 곳이었다. 잠시 멍했으나 이내 상황이 정리되었다. 재빨리 식당으로 갔다. 모두들 식판을 앞에 놓고 순한 양처럼 식사를 하고 있었다. 눈이 돌아가는 사람이 많았지만 감옥의 식당 풍경이랄 수 없는 놀라운 광경이었다. 여기가 감옥이라고 볼 것은 하나도 보이지 않았다. 정해진 자리에 앉지 않거나 질서 문란행위가 감지되면 그 정도에 따라 튜브 온도가 떨어지고 다음 식사량이 줄어드는 페널티를 당한다. 규정을 잘 지키고 모범적인 생활을 하

면 식사가 좋아지고 온도도 적정하게 올라간다. 당근과 채찍 전략이 통제된 환경 하에서 훌륭하게 효력을 발휘했다. 발걸음을 옮기는 곳마다 가는 곳마다 센서와 CCTV가 감시하고 홀로그램이 안내하고 또 경고했다. 평화로운 가운데 무서운 감시의 눈길이 자유를 억압하고 있었다.

10시부터 야외 노역이 실시되었다. 우주복을 착용하고 조별로 특수 비이클을 타고 조장의 인솔 하에 화성 지표의 정해진 작업장으로 이동했다. 한 조에 이십 명씩 6개조로 나뉘어졌다. 각 조에 조장을 두고 작업을 지휘했다. 조장은 각종 개인 스펙을 보고 컴퓨터가 지정한다. 조장은 로버를 타고 작업공간을 자유롭게 돌아다닐 수 있었고 광물채취 작업에서 제외되었기 때문에 모두가 하고 싶어 했다. 그렇지만 범죄경력 및 사회경력 등을 감안하여 공정하게 평가한 후 최고점을 받은 자를 컴퓨터가 지정하기 때문에 본인이 원한다고 되는 것은 아니다. 성화는 죄질이 나빠 조장 지정은 언감생심이다. 성화를 비롯한 신입 수형자 그룹은 6조다. 그 조장은 미국인 스미스가 지정되었다.

작업장에 광석채취 장비가 대기하고 있었다. 각자 자신의 장비에 탑승하여 늘려있는 광석을 대형 용기에 담았다. 비교적 단순한 작업이었다. 작업이 힘들진 않았지만 외기 온도가 매우 낮아 우주복을 입고 장비에 부착된 난방장치를 가동했지만 한기를 느꼈다. 1시간 작업하고 대형 비이클의 휴게실로 들어가 몸을 녹이면서 뜨거운 커피라도 한잔 마셔야 했다. 13시에 도시락으로 점심을 먹고 14시부터 16시 30분까지 작업을 하고 17시에 미즈로 돌아왔다. 오전 3시간과 오후 3시간, 하루 6시간 노역했다. 17시에 미즈로 돌아와 18시부터 저녁식사를 하고 20시까지 자유시간이 주어졌다. 그 두 시간이 하루의 꽃이었다. 수형자간 싸움이나 성폭행 등 남들에게 유해한 행위 외에는 대부분 허용되었다.

미즈에서 할 수 있는 일이 극히 제한적이었기 때문에 수형자들은 자유시간에 보통 휴게실에서 TV를 보거나 영화를 보았다. 피트니스센터에서 운동을 하거나 도서실에서 책을 보는 사람도 있었다. 성화는 저녁

식사를 마치고 피트니스센터로 갔다. 이십여 명이 러닝머신에서 뛰거나 걷고 있었다. 성화도 가볍게 몸을 풀고 운동을 시작했다. 새로 온 신참, 한국인에 대한 관심 때문인지 힐끔거리며 성화에게 눈길을 보냈다. 구비된 운동기구를 빠짐없이 돌고 난 이후 특기인 실전 태권도 발차기 연습에 주력했다. 실전 태권도는 격투기로 발전한 태권도 버전이라 다이내믹한 면이 있다. 볼거리가 있는 탓인지 러닝머신에 있던 사람들이 그의 주위로 몰려들었다. 성화가 운동을 끝내자 그들은 태권도를 배우고 싶다고 했다. 서로의 언어가 다르긴 했지만 최신 첨단 통역 앱을 스마트폰에 깔아놓은 터라 소통엔 전혀 지장이 없었다. 안 그래도 심심한 마당이라 흔쾌히 태권도를 가르쳐주기로 약속했다.

성화는 희망하는 사람들에게 자유시간에 태권도를 가르쳤다. 처음 스무 명에서 시작했으나 소문이 나고 그 수가 점점 늘어나 피트니스실에서 감당할 수 없는 지경에 이르렀다. 성화는 홈페이지 제안마당에 수형자들의 건강과 건전한 취미생활을 위하여 태권도 교습을 하게 해달라고 건의했다. 다음날 태권도 교습 허가가 떨어졌다. 성화는 전체 수형자를 대상으로 태권도 교습을 실시했다. 공식적으로 넓은 공간을 사용할 수 있었기 때문에 마음껏 실력을 보여줄 수 있었다. 화성의 기압이 지구에 비해 낮은 지라 미즈 실내 기압도 지구보다 조금 낮게 설정되어 있었다. 그런 관계로 성화의 몸은 공중을 펄펄 날며 공중제비를 돌았다. 수형자들은 모두 열광했다. 모두 성화를 스승으로 모시고 그에 걸맞게 예우했다. 성화는 자연스럽게 그들의 우상이자 리더로 부상했다.

#6

이강두의 뇌는 보존 상태가 우수하고 기능도 최상급이라 국가정보원의 브레인풀 콤플렉스에 귀속되었다. 국가정보원 브레인풀 콤플렉스는 수천여 명의 브레인이 연결되어 있는 방대한 두뇌시스템이었다. 강두는 사력을 다해 자의식을 지킨 덕분에 그의 뇌는 간신히 정체성을 잃지 않을 수 있었다. 전에 없던 극히 예외적인 일이었다. 강두의 몸은 비록 분해되어 사라졌지만 그의 정신만은 엄청난 능력을 가진 두뇌로 거듭 태어난 셈이다. 브레인풀 콤플렉스에 적응하면서 수많은 두뇌 정체성을 제압하고 원래의 정체성을 확고히 하기까지 거의 세 달이 소요되었다. 브레인풀 콤플렉스 내 헤게모니가 안정되자 어머니의 브레인풀을 찾고, 범인을 추적하여 복수하고자 마음먹었다.

그러기 위해서는 브레인풀의 수동성을 극복해야 했다. 적극적 활동을 시작하기 위해 온전한 인간의 조력이 필요했다. 국가정보원 브레인풀 콤플렉스를 이용하는 사람들 중에 자신을 도와줄 만한 연고를 찾아보았다. 혈연, 지연, 학연이 걸치고 인간성이 좋으며 감성적인 사람을 수배해보았다. 다행히 팔촌누나가 국가정보원 정보 분석 요원으로 근무하고 있었다. 단말기 앞에 앉는 사람마다 일일이 그 스펙을 관심 있게 확인해보며 그녀를 기다렸다. 끈질기게 기다리던 어느 날, 마침내 팔촌누나가 단말기에 앉아 작업을 했다. 그녀의 검색에 대해 그는 엉뚱한 답신을 내보냈다.

"저는 이대성 씨의 아들이자 당신의 팔촌동생인 이강두입니다. 놀라셨지요. 얼마 전 저는 장기 밀매업자에게 납치되어 제 몸이 분해되었습니다. 다행히 제 브레인은 국가정보원 브레인풀 콤플렉스에 편입되었습니다. 제 아버지와 대화하고 싶습니다. 부디 아버지 이대성을 국가정보원 단말기 앞으로 초대해주세요. 누님, 간곡히 부탁드립니다. 원래 브레인풀 콤플렉스에 연결되면 그 정체성이 소멸되는 게 정상이지만 제 경우는 워낙 원한이 사무쳐 제 정체성을 간신히 붙들어 둔 상태랍니다. 어머니를 찾고 범인을 찾게 도와주십시오. 믿을 수 없는 일이지만 속는 셈 치고 한번만 제 부탁을 들어주십시오. 저 이강두, 누님께 두 손 모아 빕니다."

팔촌누나는 엉뚱한 답신에 깜짝 놀라 사무실을 뛰쳐나갔다. 조금 후 커피 잔을 들고 다시 단말기 앞에 서서 화면에 나타난 글을 찬찬히 읽어

보았다. 고개를 갸웃거리더니 의자에 앉아 자판을 두드렸다.

"주소와 다니던 학교를 말해보세요."

"누님, 응해주셔서 감사합니다. 제 주소는 서울특별시 강남구 하나로 123번지입니다. 다니던 학교는 영재고등학교입니다."

"신기한 일이군요. 당신 말이 사실인 모양인데, 당신 아버지를 내일 이 시간에 연결시켜볼게요."

"누님, 고맙고 감사합니다. 그럼 내일 이 시간에 뵙겠습니다."

다음날, 팔촌누나는 재택근무를 신청하고 납치사건 후 국내지점서 근무하던 아버지 이대성을 자신의 집으로 불렀다. 사전에 상황을 설명했으나 아버지는 눈을 동그랗게 뜨면서 믿으려 하지 않았다. 컴퓨터 인증과 사용자 인증을 거쳐 국가정보원 브레인풀 콤플렉스에 접속하였다.

"이강두 동생, 아버지 모셔왔네요."

"예, 기다렸습니다."

"강두야, 나다. 아빠다. 내 아들 강두 맞나?"

"예, 아빠. 아빠 아들 이강두 맞습니다."

"아이고, 이게 웬 날벼락이고!"

"아빠, 진정하시고요. 제 말 잘 들으세요. 아빠가 국가정보원 브레인풀 콤플렉스에 제 사건을 검색해주세요. 그래야만 제가 인터넷 망을 통해 브레인풀이나 데이터베이스에 저장된 정보에 접근하여 그 답을 찾아낼 수 있습니다. 어머니와 제 사건에 대한 질문을 검색란에 입력해 주시면 제가 빛의 속도로 찾아 답변하겠습니다."

"오냐, 알겠다. 지금 입력할까?"

"예."

"작년에 발생한 납치사건에서 김정미 박사의 브레인은 어디로 갔는가? 이강두 장기밀매사건의 범인들은 어디에 있는가?"

국가정보원이 연결할 수 있는 모든 네트워크를 통해 어머니의 뇌를 수소문해보았으나 그 정체성을 찾아낼 수 없었다. 어머니의 뇌는 아예 소멸되었거나 정체성을 잃은 채 이름 모를 브레인풀의 부속품으로 돌아가고 있음에 틀림이 없었다. 강두는 눈물을 머금고 어머니의 뇌를 찾는 일을 포기해야 했다.

그 다음 단계는 범인 추적이었다. 강두는 검찰청의 브레인풀 콤플렉스에 연결하여 장기밀매사건을 추적했다. 최근 사건부터 조사하기 시작했다. 순식간에 정보가 올라왔다. 의사와 간호사는 각각 25년 징역형, 10년 징역형을 받고 복역 중이었다. 두 사람은 개전의 정이 있어 보였다. 주범 민성화는 무기징역에 화성 유배형을 받고 화성국제유배수용소에서 수형생활을 하고 있었다. 잘못을 인정한다든가 뉘우치는 기색이 전혀 없는 악한으로 판단되었다.

"어머니 브레인풀은 정체성이 소멸되어 소재를 찾을 수 없습니다. 주범 민성화는 화성국제유배수용소에서 수형생활을 하고 있고, 종범인 의사 김사정과 간호사 이성애는 25년형에 자격취소 형, 10년형에 자격취소 형을 각각 선고받고 수감 중입니다. 이제 제가 알아서 응징하겠습니다. 죄에 상응하는 응징을 명령해주세요."

"눈에는 눈, 이에는 이다. 죄 지은 자는 응당 그 죄 값을 치러야지. 애야, 네가 대신 원수를 갚아다오."

"명령 받들어 최단 시일 내 응징하겠습니다. 아빠, 이젠 모두 잊고 행복하게 사세요. 누님, 감사합니다. 가끔 불러주세요."

아버지와 팔촌누나는 비극적인 사건과 기적 같은 현상을 직접 눈으로 확인한 터라, 한편으론 슬프고 다른 한편으론 기가 막혀 눈물을 흘리며 벌벌 떨고 있었다.

#7

강두는 우선 법원 판결문을 찬찬히 읽어보았다. 주범 민성화는 개전의 정이 전혀 보이지 않았지만 종범인 의사와 간호사는 그 잘못을 인정하고 용서를 빌었다. 종범은 그 죄에 상응하는 형량을 받은 것 같았다.

하지만 주범의 형량은 전혀 마음에 차지 않았다. 주범 민성화의 목숨을 빼앗고 신체 장기는 어머니와 나처럼 만들어 버려야 한다는 미션이 발생한 셈이다. 그것이 아빠의 명령을 이행하는 것이었다.

화성국제유배수용소 전산시스템에 접속하기 위해 국제사법기구 중앙처리장치를 해킹했다. 강두는 국가정보원 전산시스템의 엄청난 용량과 막강한 스피드를 최대한 활용하여 철벽 보안벽을 뚫고 국제사법기구 중앙처리장치에 성공적으로 침입했다. 통신위성을 거쳐 화성으로 건너뛰었다. 미즈를 통제하는 시스템을 둘러보고 나니 그 운영체계와 알고리즘을 확실히 알 수 있었다.

민성화를 죽이는 방법은 간단했지만 '눈에는 눈, 이에는 이'라는 명령을 실행해야 했다. 두뇌를 포함한 모든 장기의 재활용과 완전범죄라는 두 마리 토끼를 잡는 것이 전제조건이다. 두뇌는 브레인풀 콤플렉스로 편입시키고 다른 장기들은 각기 필요한 사람에게 제공할 수 있게 해야 할 뿐 아니라 자연스런 사고사를 가장하는 일까지 감안해야 했다. 그러한 연관분석이 순식간에 이루어졌다. 브레인풀 콤플렉스의 능력은 상상을 초월했다. 새벽 2시 7분 4초에 민성화 개인튜브의 온도를 급속히 화성 외기 온도로 떨어트려 그의 생명을 끊어놓으면 소기의 목적이 달성된다는 답이 나왔다. 시스템으로 온도를 떨어트린 게 아니라 갑자기 전기가 나간 사고로 속일 수 있다는 것이다. 수감자의 숨이 멎으면 장기 재활용을 위해 초저온 냉동상태로 자동적으로 넘어가도록 프로그래밍돼 있었다. 그 다음은 별도로 손 쓸 필요가 없다는 의미였다.

민성화는 여느 때처럼 수감자들에게 태권도를 가르치고 난 후 개인튜브로 돌아와 자리에 누웠다. 한껏 힘을 뺀 후 뜨거운 물로 샤워를 한 탓인지 눕자마자 바로 잠이 들었다. 비몽사몽간에 춥다는 생각이 잠시 들었으나 정신은 이내 편안한 꿈속으로 스러져갔다. 민성화는 자신이 죽는 줄도 모르고 그렇게 숨을 거뒀다.

지구에서 보는 밤하늘은 온통 별들의 잔치였다. 별똥별 하나 떨어지지 않는 고요하고 아름다운 밤하늘이었다. 화성은 하늘의 한 점 공간을 지키며 변함없이 반짝이고 있었다.

| 에필로그 |

소설의 첫걸음

(1) 소설, 그 워밍업

 소설은 '가공의 이야기' 또는 '있을 법한 이야기'다. 근거 없는 거짓말을 한다는 의미로 '소설 쓰고 있네.'라고 하는 경우가 왕왕 있다. 소설이 '꾸며진 허구'이긴 하지만 그렇다고 거짓말은 아니다. 남을 속이기 위하여 지어낸 것이 아니라 자신의 진정한 속내를 전달하고자 만든 픽션이기 때문이다. 소설이 현실에 바탕을 둔 것이라 하지만 '과거에 있은 이야기'이거나 '현재에 있는 이야기'인 것만은 아니다. 그럴 듯하고 있을 법하게 꾸미는 것은 흥미를 끌고 공감을 불러일으킬 의도이다.
 소설은 고대의 신화나 전설로부터 그 싹이 텄다. '그리스·로마신화'나 '주몽신화' 등이 대표적인 소설의 모태로 볼 수 있다. 문자의 등장 이후엔 역사나 서사시로부터 진화했다. '삼국지'나 '일리아드', '오디세이' 등이 소설 '삼국지연의'나 소설 '트로이'의 원형질이다. 민담이 소설로 발전된 경우도 비일비재하다. 서양에선 기사의 영웅담이나 로맨스가 소설로 정착했고 우리나라에선 구전설화가 심청전, 춘향전, 박씨전 등 소설로 자리 잡았다.
 소설을 쓰는 일은 인간과 삶의 탐구다. 거대담론에 천착하는 일이 많고 그 분량이 부담스럽기 때문에 통상 접근하기 힘든 영역으로 생각한

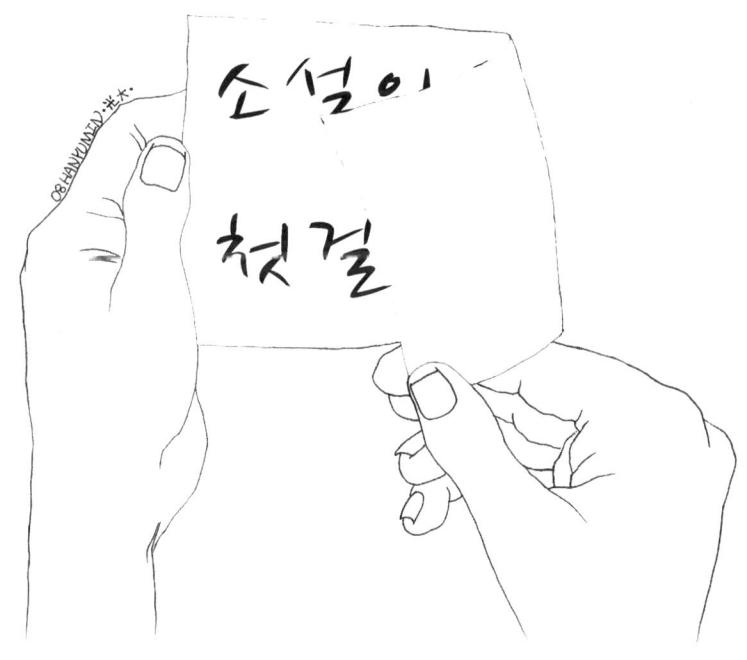

다. 그런 선입견으로 인해 소설쓰기를 두려워하는 경향마저 있다. 풍부한 경험을 쌓고 인생을 통찰하는 힘을 기른다면 누구나 소설을 쓸 수 있다. 축적된 경험을 자기만의 방식으로 소화하고 공감을 이끌어낼 수 있도록 통찰력을 구체화하는 작업이 필요하다. 이는 문제의식에 터 잡은 생각을 짜임새 있게 설계하여 재미있게 감동적으로 풀어내는 것이다.

　어떤 일이든지 동기가 있다. 소설 창작에 있어서도 모티프, 즉 동기가 존재한다. 동기는 착상이나 발상으로 표현되기도 한다. 착상은 번개처럼 떠오르기도 하고 순식간에 왔다가 가버리기도 한다. 대개 다시 떠오르지만 간혹 지나가 버리면 죽을 때까지 다시 오지 않기도 한다. 불쑥 럭비공처럼 튀어 오르는 착상을 재빨리 포착할 필요가 있다. 항상 메모하는 습관으로 찰나를 붙들어 매어두는 방법밖에 달리 묘수가 없다.

메모는 '내노라' 하는 작가들도 흔히 지니고 있는 습관이다. 심지어 꿈을 꾸다 잠결에 기록을 남기기도 한다. 물론 잠에서 깨어나 보면 외계어가 따로 없지만 그 흔적을 반추해 소중한 기억을 솎아낸다.

착상이 소설로 승화되려면 기발한 발상만으론 부족하다. 우선 이야기의 주제를 명확하게 정리하고 그 주제를 부각시킬 소재를 취사선택하여 잘 배열하는 구상단계를 거쳐야 한다. 구상은 건축의 설계에 해당한다. 설계는 건물의 골격을 좌우한다. 구상을 독창적이고 유려한 문장으로 옮기는 작업이 뒤따라야 한다. 문체는 각종 인테리어처럼 재미와 품위를 주고 소설을 풍성하게 한다.

(2)소설, 무엇을 쓸 것인가

작가라면 의례적으로 흔히 듣는 말이 있다. 글을 잘 쓴다는 공치사다. 어떻게 글을 그렇게 잘 쓰느냐는 말이 통상 첫인사말로 나온다. 물론 좋은 의도로 칭찬하는 찬사일 것이다. 그걸 알면서도 은근히 불편한 기분이 든다. 글쟁이를 기능인으로 하대하는 뉘앙스가 그런 말속에서 풍겨 나오기 때문이다. 글쟁이는 글이 손끝에서 술술 그냥 나온다고 믿는 모양이다.

한 술 더 떠, 인사말이나 자기소개서 따위를 써달라는 개념 없는 무뢰한도 적잖다. 글을 잘 쓴다고 글이 손에서 화수분처럼 절로 나오는 것은 아니다. '쓸 것'이 머릿속에 괴여있어야 그걸 꺼내서 잘 써낼 수 있다. 그런 의미에서 글을 잘 쓰려면 2단의 요건을 충족시켜줄 필요가 있다. 머릿속에 '쓸 것'을 채워야 한다는 것이 1단이고, 머릿속의 '쓸 것'들 중에서 '그 무엇'을 선택하는 것이 2단이다. '2단'은 '무엇을 쓸 것인가'로 치환해도 무방하다.

소설도 그와 다르지 않다. '쓸 것'을 머릿속에 채우는 일과 '무엇을 쓸 것인가'란 의사의 결정이 그 출발점이다. '쓸 것'을 채우는 일은 평소 경험과 독서를 통하여 부지런히 양식을 쌓아가는 것이다. '무엇을 쓸 것인가'는 곧 주제설정이다. 따라서 소설쓰기의 실질적인 최초 절차는 '무엇을 쓸 것인가'의 '그 무엇'을 결정하는 일이 된다. 주제는 전체 글의 통일성을 꾀하고 긴밀성을 유지하는 역할을 한다.

　주제는 가공하지 않은 본래 모습대로 널려있는 소재 중에서 제재로 편입시키는 기준 잣대다. 주제와의 연관성이나 친연성이 높은 소재 또는 적대성이나 상대성이 두드러진 소재를 그 제재로 선택함으로써 주제를 갈고닦는 용도로 활용한다. 주제는 소설쓰기의 목적이고 소설을 일관되게 지배하는 통일 원리다. 인생관이나 세계관을 이루는 바탕 요소이고, 인생의 본질에 대해 가지는 중심사상이자 공감을 이끌어내는 엑기스다. 요컨대 주제는 창작의 으뜸가는 원동력이다.

　소설쓰기를 생명 현상에 비유한다면 난자에 생명의 씨를 뿌리는 정자나 달걀의 노른자위에 위치한 하얀 배자가 주제다. 정자가 없는 난자는 생명을 잉태할 수 없다. 배자가 있는 유정란은 부화하여 병아리가 되지만 배자가 없는 무정란은 생명을 품어내지 못한다. 주제가 없는 글은 무정란과 같아서 죽은 글이다. 주제가 없는 소설은 비록 겉모습이 소설로 보인다 하더라도 앙꼬 없는 찐빵이나 다름없다.

　소설은 주제를 드러내놓고 보여주진 않는다. 대놓고 주제를 내세우는 글은 논설문이나 설명문이다. 소설은 보물을 직접 주지 않고 보물섬으로 안내하는 지도를 보여주고 이정표를 세워둔다. 이정표를 따라가다 보면 보물을 찾을 수 있다. 그렇다고 보물을 꼭꼭 숨겨 두자는 건 아니다. 소설의 묘미는 보물을 찾아가는 즐거움에 있다. '무엇을 쓸 것인가'를 생각하는 것이 소설의 첫걸음이다. 주제를 설정하면 그 절반은 쓴 셈이다. 시작이 반이다.

(3)소설, 어떻게 쓸 것인가

집을 지을 때 설계도가 필요하듯이 소설을 쓸 때도 '어떻게 쓸 것인가'에 대한 구체적인 계획이 반드시 필요하다. 구성이나 플롯이 바로 그것이다. 소설을 쓰는 목적이 주제를 보여주는 것이라면 구성은 그 주제를 설득력 있고 효과적으로 부각시키기 위하여 제재를 질서정연하게 배치하고 전개하는 짜임새 있는 얼개라 할 수 있다. 소설의 주제와 선택된 에피소드의 인과관계가 필연성과 일관성을 가질 수 있도록 판을 짜는 것, 논리적 개연성을 획득할 수 있도록 치밀한 밑그림을 그리는 것 등이 바로 구성의 기본적 역할이다. 구성의 밀도가 소설의 완성도나 공감능력에 절대적으로 영향을 미친다고 보는 것도 그런 까닭이다.

전통적 입장에서 분석하는 소설의 구성요소는 인물, 사건, 배경 등 세 가지다. 인물의 설정은 배역이나 캐릭터를 정하는 것이다. 작가는 새로운 캐릭터나 인간형의 창조를 통해 작품에 생명을 불어넣는다. 사건은 작품에 나타나는 모든 행위를 말한다. 객관적 현실을 기본으로 하고 시간을 매개로 하여 다양한 진행 패턴을 구사한다. 사건 진행을 단순히 시간의 순서에 따라 서술하는 것이 아니라 논리적 발전을 지향한다. 배경은 인물이 사건을 전개하는 장소와 시간의 결합이다.

세상과 인생이 변화무쌍하기 때문에 소설도 다양한 인물과 사건을 보듬는다. 이에 따라 소설의 구성도 변화를 수용할 필요가 있다. 끊임없는 변화와 함께 지속적인 발전이 있어야 함은 물론이다. 그 발전 또한 임의성이 아니라 필연성을 띠어야 진정성 있는 픽션이 된다. 그런가 하면 사건 진행 도중에 다른 사건이 끼어들기도 한다. 하지만 그 바탕은 주제를 중심으로 단순화되어야 한다. 전체적 흐름에 통일성이 유지되어야 주제가 살아나는 법이다. 결국 소설은 다양한 듯이 보이지만 주제를 중심으로 통일된 단일체이다.

행위, 성격, 사상 등 세 범주에 사건의 중심인물, 그의 성격, 결말의 변화, 대인관계 등이 숨어있다. 구성에 대한 포괄적인 논증이 필요하다.

등장인물의 명예, 지위, 건강 등에서 행위나 운명이 나타나고, 동기, 의지, 인품 등에서 성격이 드러나며, 심리, 이성, 신념 등에서 사상이 표출된다. 그러한 요소들은 인물의 대화나 행위 속에 녹아있다. 따라서 작가는 대화나 행위 속에 운명, 성격, 사상 등을 심어둬야 한다.

구성의 유형은 통일적이지 않다. 하나의 이야기로 구성된 단순구성, 핵심 이야기와 몇 가지 부차적인 이야기를 조화롭게 병진시키는 복잡구성, 명확한 구조를 미리 설계하지 않고 여러 사건을 산만하게 엮은 산만구성, 처음부터 끝까지 명확한 설계도에 의하여 유기적으로 진행되는 긴축구성, 각각의 독립된 이야기가 전체로서 논리적 통일을 이루는 피카레스크 구성 등 다양한 유형이 작가의 선택을 기다리고 있다.

언제 어느 곳에서 어떤 인물이 어떠한 행위나 사건을 통해 그 주된 메시지인 주제를 구현할 것인지 구체적으로 설계하는 것이 구성이나 플롯이다. 이는 결코 만만치 않지만 소설을 쓰기 위해 작가가 반드시 넘어야 할 산이다.

(4) 소설, 쓰다가 부딪히는 것들

소설의 전체 윤곽이 잡혔다고 해서 바로 소설이 되는 것은 아니다. 실체가 없는 구상을 문자로 구현하는 작업이 필요하다. 가장 먼저 부딪히는 것은 제목이다. 제목은 작품의 축약적 표현이고 메뉴판에 실을 얼굴마담이다. 제목이 주된 메시지를 담고 있으면서 눈길도 끌면 그보다 좋을 순 없다. 허나 그런 제목을 찾기 쉽지 않다. 두루 갖춘 제목을 뽑기 힘들면 가지치기를 해서 선호하는 줄기만 남기는 차선책을 찾아야 한다. 손쉬운 선택지는 주인공 이름을 따는 방법이다. 무성의한 것 같지만 주인공 이름에서 제목을 딴 경우가 적지 않다.

제목을 정하고 첫 문장을 쓰다가 또 다시 선택의 기로에 서게 된다. 구상 중인 서사를 누구의 눈으로 바라보고 이끌어 가는가, 즉 인물과 사건과 배경을 누구의 시각으로 보고 생각하며 서술하는가의 문제에 직면

한다. 흔히 관점 또는 시점으로 다뤄진다. 이 부분이 깔끔하게 정리되지 않으면 서사가 난삽하게 엉켜 그 의도와 내용이 제대로 전달되지 않을 뿐만 아니라 설득력이나 감동을 기대할 수도 없다.

시점은 기본적으로 '나'의 관점이거나 '나 아닌 다른 사람'의 관점, 즉 1인칭 시점이거나 3인칭 시점이다. 창의나 필요에 따라 약간의 변용이 존재한다. 1인칭 주인공 시점, 1인칭 관찰자 시점, 1인칭 전지적 관찰자 시점, 3인칭 관찰자 시점, 전지적 작가 시점, 제한적 전지적 작가 시점 등은 모두 파생된 변용이다. 각 시점의 장단점을 파악해본 후 그 작품의 성격에 맞는 시점을 채택하는 것이 맞지만 초심자라면 1인칭 주인공 시점부터 시작하는 것이 무난하다. 일기나 수필처럼 편하게 접근가능하기 때문이다.

그 줄거리만 서술한 걸 소설이라 할 순 없다. 인물, 사건, 배경 등에서 그 이미지와 현상을 감각적으로 서술하는 묘사가 필요하다. 스토리라인을 서술하는 것만으로 주된 메시지를 전달할 순 있지만 그것만으로 재미와 감동을 주긴 힘들다. 읽는 맛을 좌우하는 것은 디테일이다. 구체적 감각적 묘사가 들어간 글이라야 실감이 나고 설득력도 생긴다. 인물, 성격, 심리, 환경 등이 살아나려면 눈앞에서 보듯 생생한 디테일 묘사가 필수적이다.

데커레이션 여부에 따라 동일한 방도 완전히 다른 방으로 변모하듯이 소설도 마찬가지다. 묘사가 빈약하면 딱딱하고 무미건조하며, 묘사가 지나치면 너저분하고 지겹다. 묘사가 있어야 할 곳에 없으면 스피디하긴 하나 자칫 비약으로 비칠 수 있고, 묘사가 넘치거나 늘어지면 풍성하고 현학적인 느낌을 주긴 하나 현실감과 진정성이 떨어지고 보편적 공감도 이끌어내지 못한다.

한 술에 배부를 순 없고 글쓰기에 왕도가 따로 없다. 글쓰기 실력은 그 흘린 땀과 소비된 원고지 분량에 비례한다. 소설 창작도 예외일 수 없다. 조급한 마음과 근거 없는 오만을 버리고 성실히 노력하는 사람만

이 실력 있는 작가가 될 수 있다.

미몽

초판 인쇄일 • 1쇄 2022년 3월 7일
초판 발행일 • 1쇄 2022년 3월 10일

지 은 이 • 오철환
펴 낸 곳 • 화니콤
편 집 인 • 정준영

주　　소 • 대구광역시 수성구 들안로54길 12 1층
전　　화 • 053.755.6700
팩　　스 • 053.755.6726
전자우편 • red0202@nate.com
출판등록 • 2006년 8월 31일 제346-2006-00012호

ⓒ오철환, 2022

ISBN 978-89-97823-16-1-03800

값 15,000원